代文学故事

时明月——月夜叹国殇

范中华◎编著

liushumuyueyueyetanguoshang

湖南人民出版社

图书在版编目（CIP）数据

旧时明月：月夜叹国殇：明代文学故事 / 范中华编著 . —长沙：湖南人民出版社，2013.1（2024.09 重印）

（快乐读中外文学故事）

ISBN 978-7-5438-8644-5

I.①旧… Ⅱ.①范… Ⅲ.①故事—作品集—中国—当代 Ⅳ.① I247.8

中国版本图书馆 CIP 数据核字（2012）第 186800 号

快乐读中外文学故事：旧时明月——月夜叹国殇（明代文学故事）

编 著 者　范中华
责任编辑　骆荣顺
装帧设计　君和设计

出版发行　湖南人民出版社［http://www.hnppp.com］
地　　址　长沙市营盘东路3号
邮　　编　410005
经　　销　湖南省新华书店

印　　刷　永清县晔盛亚胶印有限公司
版　　次　2013 年 1 月第 1 版
　　　　　2024 年 9 月第 4 次印刷
开　　本　710×1000　1/16
印　　张　15
字　　数　250千字
书　　号　ISBN 978-7-5438-8644-5
定　　价　25.00元

营销电话：0731-82683348　　（如发现印装质量问题请与出版社调换）

目 录

2

悲愤诗人张羽龙江自沉
bēi fèn shī rén zhāng yǔ lóng jiāng zì chén

在明初的诗坛上，吴中的诗人占有一席重要的地位，其中"吴中四杰"的诗名最高，人们把他们与"初唐四杰"相比。作为"吴中四杰"之一的张羽，他的命运和创作，在明初的诗人中也是颇具代表性的。

张羽（1333—1385年），字来仪，江西浔阳人。张羽少年时随父亲客居浙江吴兴，在山阴跟随夏仲善学《易》。后来因为元末天下大乱，战火纷起，他和父亲阻于兵乱，不得回江西老家，就客居于杭州。因为他喜欢吴兴一带的山水景色，就与诗人徐贲相约，共同卜居于戴山之麓，经常相携优游山水，吟诗作文。不久，他应聘担任安定书院的院长。明代初年，有人将他举为贤良，推荐于朝廷，他不愿出仕。后来朱元璋下诏征他赴京，在朝廷之上，他的对答得到朱元璋的欣赏，被任命为太常司丞。朱元璋非常看重张羽的文才，在洪武十六年（1383年）亲自述说滁阳王的事迹，命张羽撰写庙碑，当时朝廷的一些文诰也出自张羽之手。洪武十八年（1385年），张羽因事得罪了朱元璋，被流放岭南，走到半路时，朱元璋派人将张羽追还。张羽星夜赶往京师，抵达龙江时，他感到自己回到京师也免不了一死，于是就投龙江自杀而死。其作品集留存有《静居集》六卷。

张羽早年就走出相对封闭的江西地区，到江浙一带居住，后来又定居吴中。江浙一带是当时商品经济最为发达，市民意识产生较早的地区，吴中浓厚的人文气氛给他的思想带来影响，使他开始用新的眼光打量周围的世界。他用自己的一腔热情去赞美吴中城市的繁华，在《长洲行送黄茂宰之官长洲》的诗中，他这样描写苏州城的繁荣景象："闾门大道多酒楼，美人如雪楼上头。争唱吴歌送吴酒，玉盘纤手进冰羞，劝人但饮不须愁。"写苏州城内街道平坦，酒楼林立，美人如雪，吴歌阵阵，吴酒飘香，使这座商业城市处处充满着世俗的诱惑，字里行间流露出诗人对城市生活的热爱。

在中国的传统观念中，一直是重农轻商，商人在人们的心目中大都是唯利是图的奸诈之徒，因此，在宋元之前的文学作品中，商人多充当反面的角色。元末，东南沿海尤其江浙一带商业较为发达，人们对商人的认识也在逐步改变。在张羽的笔下，商人及商人的生活得到描绘与肯定，《贾客乐》这首诗，就从正面肯定了商人的生活，反映出人们对待商人态度的变化。诗中写了商人为获利而浮家泛宅，志在江湖的人生态度，姓名不在

锦衣卫木印

官籍的自由自在生活，大妇歌小妇舞的家庭乐趣，沽美酒宿娼楼的尽情享乐。商人们不仅有丰富的物质生活，也有美满的感情生活，不再是"商人重利轻别离"，而是"旗亭美酒日日沽，不识人间离别苦"。由此张羽发出了"人生何如贾客乐"的感叹，感叹之中又带有艳羡，诗中充盈着一股享乐意识，这种意识正是市民意识的体现。在张羽同时代的一些诗人的创作中也有描写商贾的作品，如徐贲的《贾客行》、杨维桢的《海客行》、刘崧的《祝船词》等，对商贾生活都有不同程度的描写与肯定，但都不如张羽的这首诗对商人生活描写得这么细致，这么充满着欣赏之情。

张羽是一个很有才华和抱负的文人，青年时期就有很大的志向，渴望着建功立业。他最推崇的是古代的游侠之士，凭着自己的本领游行四方，小者可以助困济危，大者可以跻身卿相。

他不属于周人的重利轻义，瞧不起孔孟之类的迂儒，他追慕的是战国的游侠之士虞卿。虞卿是战国的游侠，他游说赵王，受到赵王的信任，被任命为赵相。中国古代的文人每每谈及建功立业与实现自由人格的双重理想时，就不约而同地把目光投向春秋战国时期的游侠之士。在他们眼中，春秋战国的游侠之士胸怀才干，遍说诸侯，建功立业可以致身卿相，为王者之师，追求自由可以抛弃权位走向山水。但是，随着秦汉封建大一统政

权的确立，战国游侠的独立自由精神渐渐被封建专制君主的权力意志所奴役，他们留给后世文人的只有无尽的遐想和一连串的叹息。身为书生而又不甘心于书斋生活，不满于书生的穷困遭际，这是自唐代以来埋藏在文人心中的一个情结，这可以说是奋发进取，也可以说是因自身的失落感而带来的伤心之叹、不平之鸣，张羽对于这一点是有切身体会的。

尽管张羽青年时遭逢元末大乱，胸怀大志却没有得到实现的机会，尤其到了中年之后，在明初封建专制政权下做官，亲眼目睹了一批文人惨遭迫害，特别是自己的好友高启、陈惟允无故被杀，使他时刻体会到人生的忧惧，昔日的雄心早已消磨殆尽，有的只是明哲保身、谨慎度日的惶恐，这种人生态度在他的诗中多有体现。例如高启被杀之后，张羽写了许多悼念怀友的诗篇，但大多写得很含蓄，吞吞吐吐，刚开了头就很快地结了尾，给人一种欲言又止的感受。如他的《悼高青丘季迪三首》之一写道："灯前把卷泪双垂，妻子惊看那得知。江上故人身已没，箧中寻得寄来诗。"他偶然翻寻自己的书箧，发现了高启生前寄给自己的诗篇，一种物在人亡的怀旧之感陡然涌上心头，他感慨高启的屈死，但又不敢为高启之死鸣不平，甚至连痛哭好友一场也不敢，只有在灯影下暗自垂泪，使得他的妻子也感到很吃惊。妻子当然不理解张羽内心的痛苦，他的这种痛苦无法向他人诉说，只有深深地埋藏在心底。心中有苦难诉，只有以泪洗面了。

从张羽的这类诗中，我们不仅可以看到他心中的痛苦和忧惧，也可以了解到，在明代初年近乎残酷的封建专制之下一代文人的特殊心态。正因为在张羽心中一直存在着这种惶恐不可终日的畏惧感，才造成了他龙江自沉的悲剧。

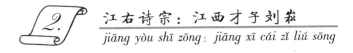

2. 江右诗宗：江西才子刘崧
jiāng yòu shī zōng：jiāng xī cái zǐ liú sōng

在元末明初的诗学界，流派众多，各呈异彩，特别是以地域为代表的

各种风格流派最为引人注目。据明胡应麟在《诗薮》中说，在明代初年吴中诗派以高启为首，越中诗派以刘基为首，闽中诗派以林鸿为首，岭南诗派以孙贲为首，而江右诗派则以刘崧为首，由此可见刘崧在明初诗坛上占有重要的地位，可以说他是明初江右诗派的领袖人物。

刘崧（1321—1381 年），字子高，又名楚，号槎翁，江西泰和人。刘崧出身贫寒，自幼聪明过人，五岁跟随祖父学习诗书，每天能记诵几千字的文章。七岁起就开始做诗，一次，他跟随祖父睡觉，夜晚听到鸡叫声，祖父就以鸡鸣为题让他做一首诗。刘崧脱口而出，吟诵出一首七律，诗的末句说："唤醒人间蝴蝶梦，起看天上火龙飞。"祖父听了感到很吃惊，不由得感叹说："这孩子将来一定能成大器！"刘崧学习十分刻苦，因家中贫寒，冬天没有炉火御寒，他练习写文做诗不懈，手被冻得开裂成一道道血口，仍然不停地写。

刘崧十六岁游兴国，为了谋生做了私塾先生，十九岁时游历南昌，当时南昌一带的诗人李叔正、万石、杨伯谦、查和卿、周复等十人诗名很大，被人称为"江西十才子"。刘崧与他们交游，把自己的诗作拿出来给他们看，他们看了之后，对刘崧的诗才大为叹服，于是就推举刘崧做他们的首领。刘崧的名气越来越大，有人就向行省的官员推荐刘崧，行省就征聘刘崧做龙溪山长，刘崧不屑于做这样一个低微的职务，拒不赴任。刘崧显然是在向嵇康学习，以嵇康的高洁人格自比。简单地说，他不愿出仕，主要在于他的孤高自傲与对自由人格的追求。

元至正年间，刘崧参加科举考试，中了举人，当报捷的使者到他家时，刘崧正在田间干活，听到这种喜讯，他感慨万千，潜然泪下，叹息说："当初父母教训我，就是为了使我有今天，想不到今天我中了举，父母却见不到了！"后来因为天下大乱，他就没有出去做官。明洪武三年（1370 年），刘崧以经明修行被荐于朝廷，被授职为兵部职方郎中，不久迁北平按察司副使。后因得罪当朝丞相胡惟庸，很快被放逐回乡。洪武十三年（1380 年），胡惟庸被诛，刘崧再度被起用，授官礼部侍郎，不久升迁为吏部尚书，可是没多久，又因故停职回家。洪武十四年（1381 年）又复官，任职为国子司业，上任不久就病死了。刘崧为人谨厚，为官清廉，任兵部职方郎中时，他奉命征粮镇江，镇江一带勋戚大臣的田地很多，租税很重，老百姓怨声载道。刘崧立即上书朝廷，要求减轻百姓的赋税，并得到朝廷的批准。任北平按察使期间，他减轻刑罪，召集流民，恢复生产，兴办学校，移风易俗，得到当地百姓的称颂。他为官多年，家产没有增加，生活仍然很清贫。他有一床棉被，盖了十年，被老鼠咬坏后，仍然拿来改成棉衣让儿子穿，由此可以看出他的廉洁清俭。刘崧的清廉一直受到人们的称赞。朱元璋对刘崧似乎也很赏识，在刘崧死后，他写了一幅"学通古今"的诰书赠与刘崧，并命有司为刘崧治丧，自己还亲自为刘崧写了一篇祭悼的文字。

刘崧不仅是一个清官，还是一个勤奋的诗人。在他的一生中，不论处于何种情况下，他都吟咏不停，写作不止。在他的性格中有一种对诗的痴迷。刘崧的诗歌数量多，内容丰富，其中有一个突出的主题，即描写他内心中追求自由与建功立业的矛盾，或者说是仕与隐的矛盾。刘崧出身贫寒，自幼苦读，目的是有朝一日中进士、做高官，光耀门楣，名留青史。同时他又是一个渴望自由的诗人，不甘心受官场规矩的束缚，在元代末年他拒不赴任，其中的原因之一是追求自由自在的生活。明代初年，他做了官，功名心得到了满足，可又失去了自由，这常在他心中引起痛苦的反思，造成他心理的矛盾。特别是在明初险恶的政治环境中，他必须时刻小心谨慎，使他越来越感到做官的不自在。刘崧在明初做官，一方面有功名心在起作用，另一方面也迫于当时的政治环境。他虽然厌倦官场生活，却不敢贸然辞官，因为辞官就意味着与朝廷不合作，就会引来杀身之祸。朱元璋在明初有明确的规定，文人士大夫凡是不为君用者就是犯罪，轻则抄家，重则杀头，高启、朱同、苏伯衡等人的被杀就是例子。正是出于这种原因，刘崧才希望朝廷把自己斥逐回家。

刘崧诗歌的另一个重要内容，是以写实的手法反映出元代末年动乱的社会现实，描写战乱给人们带来的灾难，具有"诗史"的价值。刘崧身历元末的社会大动乱，亲眼目睹了广大百姓家破人亡、流离失所的惨景，他

用自己的诗笔将这些全都记录了下来。如至正十一年（1351年）刘福通、芝麻李、彭玉莹、徐寿辉等人领导的农民起义在各地兴起，全国范围内很快掀起了轰轰烈烈的反元斗争运动，刘崧有感于此，写了《壬辰感事六首》的组诗，反映了战争兴起前后的社会景象。第一首歌颂动乱之前的社会升平，第二首写红巾军起义的浩大声势，第三首、第四首写起义军势力发展的迅猛无比，第五首写各地农民踊跃参加红巾军的情景，第六首写战争给城市与百姓带来的毁灭性灾难。作者笔下的景象是"井邑十万家，一炬同飞灰"。《罗明远杀贼歌》写至正壬辰三月起义军入庐陵，守将罗明远招募乡勇与起义军作战，最后被起义军所杀的经过。写这首诗时，刘崧虽然是站在敌视起义军的立场上，但毕竟如实地将这场战争记录了下来，具有一定的史料价值。从这一角度上说，刘崧是继承了杜甫诗歌传统的现实主义诗人。

3. "开国文臣之首"：帝师宋濂
kāi guó wén chén zhī shǒu：dì shī sòng lián

宋濂（1310—1381年），字景濂，号潜溪，浙江浦江人。幼年聪明英挺，学习刻苦，向别人家借书，都亲手抄下来。最初拜当时有名的梦吉为师，学习儒家经典，后来跟元末文学家吴莱、柳贯、黄溍学习古文，柳、黄二人对宋濂自叹弗如。隐居在青萝山中读书，几年不出书屋。又获得到一位姓郑的藏书楼学习的良机，读尽其中几万卷的藏书，学问日益渊博。元朝至正年间，朝廷征召他任翰林院编修，他看透元政府的腐败残暴，借口父母年老需要奉养，推辞不就，自己隐居于龙门山，著书立说。

朱元璋攻取南京后，由于李善长的推荐，宋濂与刘基、章溢、叶琛同时接受征召来到南京，刘基辅助筹划军务，宋濂被任命为江南儒学提举，为太子讲解经籍。宋濂博洽的学问，深受朱元璋的赏识，让他常常跟随左右，以备顾问。他曾多次建议从《春秋》、《尚书》等儒家经典中吸收治国之道，得到朱元璋的赞许。1365年，宋濂回家省亲，写信劝勉太子要"孝友敬恭、进德修业"。朱元璋十分高兴，让太子好好回信，并与太子重赐宋濂。洪武二年（1369年），任命宋濂为总裁，编修《元史》。宋濂任太子老师前后十几年，常以法律礼制、前代兴亡规劝教导，太子都虚心接受，称宋濂为"师父"。

宋濂一直对这个新政权满怀热情，对朱元璋也是忠心耿耿。明太祖想以五等官爵分封功臣，常与宋濂同宿大本堂，通宵达旦地讨论。明太祖问他帝王最该读什么书，宋濂推荐《大学衍义》，太祖就命人把它抄写在大殿两边的墙上。有位大臣茹太素上书一万多字，明太祖很生气，嫌太长，问群臣该如何处置。有的说"这是不敬之罪"，有的说是"诽谤非法"，只有宋濂说："他正是因为忠于陛下啊。陛下正广开言路，不可治罪。"等明太祖看完了书，觉得甚有可取，就把群臣召来训斥，说："要没有宋濂，朕差点误伤忠臣。"宋濂还常劝告太祖要清心寡欲，保养身体。明太祖对宋濂也是恩宠有加，他夸赞宋濂说：

浙江浦江县郑义村的古柏，为宋濂亲植，至今已有六百余年。

"我曾听说最高尚的人是圣人，其次是贤者，再次是君子。宋濂跟我十九年，未曾说一句假话，讥嘲任一人的短处，始终如一。他不只是个君子，几乎称得上是个贤者了。"每次宴饮，朱元璋都给宋濂设座敬茶。宋濂不能饮酒，一次太祖逼他喝了三杯，他就迈不开步了。朱元璋哈哈大笑，让

人作了一首《醉学士诗》。据说朱元璋曾调制了一杯甘露汤，亲手端给宋濂喝，说："这能治病延年，愿与卿共享。"并令太子赐宋濂好马，亲制《良马歌》，让群臣唱和。君臣相得，毫无猜忌。

洪武六年，宋濂官拜侍讲学士，兼赞善大夫，三年后升为翰林学士承旨知制诰，明朝的典章制度、宗庙山川的祭祀文章，乃至元勋功臣传记碑文，大多出自宋濂手笔，被尊为"开国文臣之首"。1378 年宋濂告老还乡，朱元璋赐他《御制文集》和锦缎，并问他年纪多大，宋濂回答"六十八"，朱元璋就说："你把锦缎拿回去藏上三十二年，作百岁衣穿吧。"宋濂非常感激。1381 年，因孙子宋慎犯法，宋濂被流放茂州，病死途中。正德年间，追赠谥号"文宪"。

宋濂善写传记体散文，如《秦士录》、《王冕传》、《记李歌》、《李疑传》、《杜环小传》等，都十分有名。他的人物传记，叙述绘声绘色，毛发都动，具有太史公笔法。如《记李歌》，写一位品质纯贞的妓女，不事妆饰，缟衣素裳，姿容如玉雪，望之宛若仙人，从不与无赖少年交往，不得已参加酒筵应酬，则"歌道家游仙辞数阕，俨容默坐。或有狎之者，辄拂袖径出，弗少留"，以死抵抗县令的淫威。一个洁身自爱，美丽勇敢的女性形象，被作者用简练的文笔活画出来，对话鲜活，如闻其声。可叹这位美丽的主人公终为强盗所杀。

宋濂的散文，结构精巧却浑然不觉，雄健质朴而气势博大，"随地涌出，波澜自然浩渺"。（黄宗羲语）语言自然洗练，明白晓畅，不用险僻艰涩之句，读来朗朗上口，节奏合拍，却极具表现力，如《环翠亭记》写道："当积雨初霁，晨光熹微，空明掩映，若青琉璃然。浮光闪彩，晶莹连娟，扑人衣袂，皆成秋色。"仅三十四个字，就把雨后竹林的水、气、光、色——写出而浑然一体，加上晨曦初露，风吹衣袂，使人心胸清爽，其语言之精练，融情入景之超妙，已臻化境。

宋濂一生，除大量的制度文诰外，著述尚多，今传有《宋文宪公集》、《宋景濂未刻集》、《渊颖集》等多种。

4. 开国元勋刘罗锅的诗与文
kāi guó yuán xūn liú luó guō de shī yǔ wén

刘基（1311—1375年），字伯温，元武宗至大四年六月十五日出生于处州青田县南田山武阳村（今浙江省文成县）一个没落的书香人家。父亲刘口，自己一生未能中举，将希望都寄托在刘基身上。刘基从小聪慧颖异，过目成诵，而且勤奋好学，当地人把他视为神童。十四岁进入处州郡读书，除学经史之外，诸子百家，无所不览。十六岁时考中秀才，不久就辞别家人，只身来到青田县城西四十余里的石门洞，潜心治学，修身明理，"上贯三坟，下通百家"，"九流六艺，靡不穷极"，这一番闭门苦读，刘基的视野开阔了，思想深邃了，学业取得了不同寻常的成就，为他以后的诗文创作乃至安邦定国，打下了深厚的基础。

元朝统治者崇尚武功，极端鄙视文士，科举制度也常遭荒废，不能按期举行。元仁宗接受汉人老师的建议，不顾许多蒙古贵族的反对，于延祐二年（1316年）恢复科举。尽管如此，民族歧视的政策仍然时时左右着人才的选拔。元科举分为两榜，右榜为蒙古人、色目人；左榜为汉人、南人。汉人考试的题目难，名额少，考中进士倍加艰难。在这种情况下，刘基二十二岁时参加乡试，顺利中举，考中江浙第十四名举人。元统元年（1333年），二十三岁的刘基又北上大都，一举及第，考中第二十六名、汉人南人第二十名进士，登时名扬海内。翰林学士、老诗人揭傒斯见到刘基，赞叹道："此魏征之流，而英特过之，将来济世器也。"可谓慧眼识人。

三年后，刘基出仕，任江西行省高安县丞。他疾民所苦，为官清廉，秉公执法，不畏强暴，很快将境内治理得清平安乐，百姓仰赖，称为"青天"。不久，他奉命复查一桩因赃官胡乱判处的冤案，虽然案情大白，凶手伏法，但是得罪了当地蒙古乡绅势力。他们罗织罪名，诬告陷害，使刘基几乎无法立足，只得调到江西行省任掾吏。官府的昏暗腐败，同僚的贪赃枉法，使清廉正直的刘基难以与他们同流合污，三十岁时，他毅然辞官归田。三十八岁时他复出，任江浙儒学副提举，旋即辞去。四十一岁时他抱病居于乡里，钻研宋朝兵书总汇《武经》，分类整理，辑录古代战例，以自己独到的兵法思想加以发挥，写成著名兵书《百战奇略》。四十二岁时，刘基第三次走入仕途，任浙东元帅府都事，赴江东剿灭海盗方国珍，几次战败其军，保卫了沿海人民的生活安宁。但因朝中有些受贿的大臣坚持让朝廷以"仁心"招降方寇，坚持剿捕的刘基受到了免职的处分，交由绍兴地方官看押。刘基看透了元朝的腐朽昏庸，从此不再对它抱有幻想。虽然四十七岁前刘基曾四次为官，其实一直心灰意懒，再次弃职是他的必然选择。半生的奔波与遭遇，使刘基对政治、人生有了自己透彻的理解，在家乡青田隐居的时期，他将这些理解和认识写进寓言集《郁离子》中。

五十岁时，在朱元璋再三礼请下，刘基与宋濂、章溢、叶琛同赴金陵，陈时务十八策，拟定征讨大计。朱元璋视他为肱股膀臂，奖信有加，

浙江文成县刘基庙

专门建一个礼贤馆让他安居。凭着卓绝一代的才学智慧、谋略决断，刘基运筹帷幄，协助朱元璋先取陈友谅，得胜龙湾，再捣江州，降洪都，最终大战鄱阳湖，歼灭陈友谅。后攻张士诚，取江淮之地，得湖、杭二州，包围张的老巢平江，迫使张士诚悬梁自尽。其间，刘基任吴王朱元璋的太史令，鼓励、拥护朱元璋摆脱小明王韩林儿，扫灭群雄，摧毁暴元，一统天下。并在金陵为他建筑宫城，与李善长等立法定制，积极为新王朝做好筹备工作。1367 年十一月修成《戊申大统历》，十二月，修成《律令》，1368 年奏立《军卫法》，为新朝议取国号为"明"。明朝建立后，刘基任御史中丞、太子赞善大夫等职，后被封为

开国翊运守正文臣、上护军、诚意伯。他主张宽以济世，让百姓休养生息，鼓励开垦荒地，兴修水利，奖劝农桑。刚正廉洁，秉公执法。曾奏斩中书省都事李彬而触怒李善长，也因讨论宰相人选时，公允直言而得罪了汪广洋、胡惟庸。六十三岁时，已告老还乡的刘基在胡惟庸的逸言诬陷下被朱元璋剥夺了俸禄，他只得抱病进京谢罪。1375 年病逝，享年六十五岁。

刘基不仅精通兵法韬略、天文历法，是一位乱世军师、治世良臣，而且是一位卓有成就的文学家，是明初三大家之一。文章与宋濂并驾，诗歌与高启齐名。他的诗歌大多作于元末，但不像当时诗坛的诗歌那样平弱、雕刻，而是古朴雄浑、慷慨苍凉。刘基诗歌的深雄宏阔，慷慨激扬的特色，显示了新时代的阔大气象。作为明代诗坛的奠基者之一，他的诗歌对后来者不无开辟先导之功。

刘基文章的成就以寓言集《郁离子》为代表。寓言形式短小，情节生动，以精练的语言表达深刻的道理，是智者哲人表达思想的绝好工具。刘基聪颖绝代，遭遇曲折，对社会对人生都有着深刻的认识和理解，《郁离子》正是他的智慧、才华与想象力的结晶。

《郁离子》一书共收寓言一百九十五则，分为十八章。郁离子是作者假托的理想人物，借他之口，表达自己的政治或人生思想。从内容上看，有一部分寓言鞭挞了社会上各种丑恶行为和错谬思想，揭示了为人处世的正确态度与方法。如《工之侨》表达了对贵古贱今思想的不满；《赵人患鼠》告诉人们办事要先解决主要矛盾；《野猫捉鸡》嘲笑了贪财如命的人；《若石防虎》警告对于敌人永远不要丧失警惕；《道士救虎》则要人们分清善恶；《西郭子乔》告诫要慎于交友；《好姣服者》告诫不要因小失大；《象虎》反对经验主义等等，无不切中人病，含意深刻。

《郁离子》不仅思想精练，令人深思，而且能给人以文学的享受，情节具体生动，想象奇特丰富，语言精练古朴，写人写物情态毕现，惟妙惟肖，而且善用排比、对偶，骈四俪六之句，散见错落，读来流畅自然，音节琅琅。是寓言中不可多得的精品。

 国子助教贝琼感作《真真曲》
guó zǐ zhù jiào bèi qióng gǎn zuò zhēn zhēn qū

贝琼（？—1378 年）字廷琚，又名阙，字廷臣，崇德（今浙江省）人。贝琼博学多才，尤其擅长于诗歌。他为人坦率耿直，笃性好学，但科举一直不顺利，直到四十八岁时才中了举人。元末张士诚占据吴中，贝琼隐居于殳山，张士诚听说贝琼的大名，派人前去征聘贝琼，让他出来做官，可贝琼却拒不出山。明洪武三年（1370 年），朱元璋诏修《元史》，征聘博学通儒，贝琼应召进京，参加修《元史》。《元史》修完，贝琼被赐金还山。洪武六年（1373 年），贝琼被诏用为国子助教，他在任恪尽职守，慨叹古乐不作，主张恢复儒家的礼乐之治，他与另两位国子助教聂铉、张九韶被时人称为"成均三助"，美名传于朝廷。洪武九年（1376 年）贝琼改任中都国子监，专门负责教育有功勋臣的子弟，因为他人品端方，学问渊雅，无论是文臣还是武将，对他都很敬重。洪武十一年（1378 年），贝琼致仕归家，不久就病死于家中。

贝琼的诗歌大多数都是写景记事之作，写景诗多是短诗，自然清新，记事诗则以长诗为优，其叙事诗最具代表性的是《真真曲》。这首诗所记是元代发生的一个真实的故事，故事发生在姚枢担任翰林承旨的至正年间。一天姚枢与翰林院的同僚官员们在一起集会宴饮，宴席中间有歌伎优伶们演奏乐曲。当一段乐曲演奏完毕后，这时一个倡女出来唱歌曲，姚枢见她年纪很轻，容貌美丽，气质高雅，举止行为不同于一般的倡家女子，心中感到奇怪。倡女唱起曲子，声音婉转，歌喉轻圆，是用南方口音唱的南方曲调，姚枢更加奇怪，显然这女子是从南方流落到京师来的。等到女子唱完一支曲子，姚枢把她叫到面前，问道："听你的口音是南方来的，你是哪里人？叫什么名字？祖上是做什么的？"女子听了，突然眼中流泪，哭泣着说："我是建宁人，叫真真，是西山公的后代子孙。我父亲在济南做官，掌管库府，因为盗用库府的财物，吃官司下狱，官府逼着我家偿还财物，父亲无钱偿还，只好卖了我偿还，因此我就流落在倡家。"说完已经是泣不成声。女子所说的西山公是南宋著名儒者、理学家真德秀，原来她竟然是一代大儒真德秀的子孙，不幸落入倡门。在座的人听了无不愕然，姚枢更是感叹不已，怎么能坐视大儒西山公的子孙落入这种不堪的境地呢？他心中顿起怜悯同情之心，他马上派人到丞相三宝奴那里说明情由，请三宝奴把真真的倡籍销去，还她的自由之身。然后，他又对翰林官员王棣说："真真是大儒之后，出身名门，我现在认她做义女，你还没有娶妻，我就把真真许配你为妻吧。"随后姚枢又亲自出钱为真真置办了丰厚的嫁妆，像嫁自己的亲生女儿一样将真真嫁给了王棣。王棣后来做官顺利，一直做到翰林待制，真真也做了翰林夫人。姚枢义救真真女的事从此在文人士大夫中传为佳话。在元末明初，这件事仍然被人们作为美谈，比如高启在明初也参加《元史》的撰修，一次在史馆听同事们谈起姚枢拯救真真的义举，很受感动，就写了一首题为《真氏女》的诗，据高启在这首诗的序中说，当时在场的同馆之士都有诗作记写这件事。贝琼与高启同在史馆修史，对这件事自然也很熟悉。但据他在《真真曲》的诗序中所说，他这首诗的起因是因为读《筼谷笔谈》而作的，他本来对真真的事就有所闻，在翻阅《筼谷笔谈》这部笔记时，看到书中详细地记载了姚枢为真真销倡籍的事，他深受感动，于是就挥笔一抒胸中的感慨，写下了长诗《真真曲》。

《真真曲》一共八十二句，四十二韵，记叙了从酒座听曲，到姚枢嫁真真的全过程。这首诗写得平易流畅，叙述有序，在记叙中时加作者的议论，将议论与抒情融为一体，很能体现贝琼诗歌的艺术特点。

6. 罗贯中怀志著"三国"
luó guàn zhōng huái zhì zhù sān guó

《三国志通俗演义》是中国文学史上第一部长篇白话小说，它的出现，对明清小说的创作产生了重大的影响。《三国志通俗演义》虽然最后成书

于元末明初的作者罗贯中之手，但三国故事的流传以及其从历史到小说的演变，却经历了数百年的漫长历程。

《三国志通俗演义》所描写的，是中国历史上公元 184 年到公元 280 年间的故事，这一时期是中国历史上军阀混战，三国鼎立，从统一走向分裂，又从分裂走向统一的历史时期，那是一个动荡的年代，也是一个英雄辈出的年代，曾产生过很多可歌可泣、可悲可叹的人物和故事。因此，从晋代开始，三国的人物和故事便在史学家和文学家的笔下得到再现，在民间众口流传。

罗贯中以其独特眼光，发现了蕴藏在三国故事中的历史文化内涵和审美价值，并以其卓越的才华，对流传在社会上的三国故事进行收集整理，作了很大的艺术加工和发挥创造。他删去了《全相三国志平话》中荒诞离奇的传说，增加了许多的史实，扩充了篇幅，《三国志通俗演义》这一巨著，终于以其全新的面貌在他的笔下诞生。

《三国志通俗演义》是一部历史演义小说，罗贯中是以三国时期的历史人物和事件为基本素材创作这部小说的。因此，《三国志通俗演义》就与一般的小说有所不同，它具有"历史"和"文学"的两种特征和功能。说得更明白一点，《三国志通俗演义》既然是一部历史小说，它首先必须尊重历史事实，符合历史精神，它所写的人物和主要事件必须是三国历史上存在过的，发生过的，作者不能随意编造，信口开河；其次，既然它是一部小说，一部文学作品，它又必须具有文学性，就应该允许作家进行适当的艺术虚构和创造，而不能去机械地照抄历史，模仿历史，否则它就成了历史教科书而不是一部小说。

罗贯中写作《三国志通俗演义》，遵循了严格的历史精神，他所写的人物和故事，基本上都是以三国的史实为基础的。在具体的故事叙述和人物描写中，罗贯中在不违背历史精神的原则下，对三国时期的历史和人物进行了特殊的艺术再现，进行了合理的改造和虚构。例如在陈寿的《三国志》中，有关刘备三请诸葛亮的事记载得相当简单，仅有五个字："凡三往，乃见。"意思是说刘备去请诸葛亮，一共去了三次，才见到他。至于刘备如何去见诸葛亮，为何去了三次等，陈寿都没有写。在《三国志通俗演义》中，罗贯中却充分发挥了自己的艺术想象和创造精神，将《三国志》中的五个字发展成为洋洋洒洒数万字的三回篇幅，写出了令中国人家喻户晓的刘备"三顾茅庐"的生动故事。这种手法我们可以称为"扩展法"。

罗贯中在《三国志通俗演义》的创作中，为了表现艺术的真实性，敢于大胆创造，在尊重历史事实的基础上，对史实进行改动，有时为了突出甲的形象，就将在历史上本来属于乙的故事嫁接到甲身上，这种方法可以称为"移花接木法"。

就尊重历史与艺术创造两方面来看，《三国志通俗演义》是有实有虚，虚实结合的。这不

清代福建漳州年画所绘《空城记》场景：司马懿兵临城下，孔明命大开城门，令军士洒扫。司马懿怕遭埋伏而退兵。

仅表现于作者罗贯中对历史材料的取舍，还表现在人物性格的塑造上。如书中张飞的性格特征是勇猛粗鲁，疾恶如仇，小说中怒鞭督邮的故事就突出地表现出张飞的这种性格。再如，曹操是历史上一个英雄人物，具有雄才大略，在历史上多有贡献。而罗贯中在小说中却把曹操塑造成一个"奸雄"形象，突出了曹操性格的奸诈。写他杀吕伯奢全家，借粮官王垕的头来稳定军心等，多出自罗贯中的创造。后来，有的历史学家不满意罗贯中把曹操写得那么奸，那么差劲，要为曹操翻案，主要还是因为，他们把历史与文学混为一谈，没有区分开来。其实，罗贯中笔下的曹操与历史上的曹操并不是一码事，已经脱离了历史上的曹操成为一个"奸雄"的典型，我们在读《三国志通俗演义》时，应该把文学形象的曹操与历史上的曹操

区别对待，才会在评价曹操的形象时不致产生误会。由此可见，罗贯中的《三国志通俗演义》虽然取材于历史，是尊重历史的，但它毕竟是一部小说，在这部小说中，历史之实与艺术之虚是相互依存的，在实中有虚，虚中有实，正是这种虚实的有机结合，才使这部小说取得了令人瞩目的艺术成就，成为中国古代历史小说创作中不可企及的高峰。

7. 《三国》中的战争与谋略
sān guó zhōng de zhàn zhēng yǔ móu lüè

战争是人类历史的奇观，它是残酷的，也是壮丽的，几乎自人类历史产生以来，人类之间的战争就没有停止过。在世界各民族的历史文献记载和文学创作中，有关战争的记述与描写也是层出不穷。在中国古代的文学作品中，描写战争最出色的当数《三国志通俗演义》。

《三国志通俗演义》的战争描写，继承了从《左传》到《史记》中的战争描写传统，并加以发扬光大，创新提高。全书写了大小几十个战争场面，其中有两军对阵的厮杀，也有战略战术的运用；有以少胜多的范例，也有出奇制胜的妙计；有水战，也有火攻。每一个战争场面都写得具体而生动，形式多样而不呆板，表现出战争的复杂多变。比如诸葛亮七擒孟获，七纵七擒，每次擒拿孟获的形式都不一样，而他的六出祁山，也各自不同。再如用火攻的战例，诸葛亮火烧新野用的是火攻，周瑜在赤壁之战中火烧战船用的是火攻，陆逊大破刘备同样也是用的火攻，可每次战争的形势不同，敌我双方的力量不同，所用的火攻也就有所差异。诸葛亮火烧新野时，曹军人多势众，刘备则兵少将寡，只得放弃新野。诸葛亮让出新野城，故意叫曹军占领，然后放火烧城。待曹军逃出城到白河下游时，又让关羽放水淹曹军，这是水淹火攻并举，以少胜多。周瑜火烧战船，与此不同。当时曹操凭借着千艘战船排列江面，要攻东吴，诸葛亮与周瑜联合用计，先使蒋干中计，借曹操之手杀死曹军中懂得水战的将领蔡瑁、张允，然后再让庞统到曹操那里，去献连环计，把曹军战船用铁链锁在一起，使其不便移动，最后是借东风，一把火将曹操的战船焚烧殆尽，使曹操不战而败。周瑜的火烧战船，可谓是机巧百出，费尽心思。在吴蜀彝陵之战中，刘备一则由于为关羽报仇心切，二则不懂兵法，连营七百里依山林下寨，结果被陆逊轻易地用火攻之法，一举火烧刘备的七百里大营，使刘备元气大伤，惨败气绝白帝城。《三国志通俗演义》的这种战争描写方法，可以称为"犯中见避法"。所谓"犯"，就是指其在战争描写方面不仅写战争很多，而且同样形式的战争也写了不少，如同是写水淹、写火攻就写了多次，这样就会很容易造成写法上的雷同。所

主救江截

"赵子龙截江救阿斗"是《三国志通俗演义》中浓墨重彩描绘的一个故事。

谓"避"，就是说罗贯中即使写同类的战争，也能灵活用笔，使其在相似之中见变化，写出新意，避免了重复与雷同。从这方面可以看出，罗贯中是一个善于描写战争的高手。

《三国志通俗演义》通过战争描写揭示了这样一个道理：决定战争胜负的是人而不是武器装备，是人的智慧和韬略的运用。因此，在战争描写中，罗贯中特别擅长于写出战争中复杂的人际关系，通过战争描写展示各种人不同的性格特征。在这一方面，赤壁之战是写得最精彩的例子。罗贯中用整整一卷十则的巨大篇幅，着力描写这一战争，写了这场战争的发生、发展和结局，展现了十多个人物的形象风采。将战火与诗情相结合，

使整个战争描写表现得丰富多彩，跌宕生姿，具有很强的艺术魅力。

《三国演义》这部不朽的长篇历史小说，能够和《水浒传》、《西游记》、《金瓶梅》并称为"四大奇书"（李渔语），不仅仅由于它记载了一段波澜壮阔的社会历史，描写了惊心动魄的政治斗争，塑造了众多鲜活人物，描绘了刀光剑影的沙场厮杀，更在于它描述了众多智者的惊人谋略，运筹帷幄的高超本领，并教人以处世的方法。

《三国演义》中对谋略的描写堪称一绝，而且把应用谋略所取得的功效也表现得淋漓尽致。刘备能以"贩屦织席之辈"，占荆州，得西川，与魏、吴终成"鼎立"之势，无疑与他的军师，被称为"智绝"的诸葛亮的韬略是分不开的。诸葛亮历来被人们看做是智慧的化身。

《三国演义》对诸葛亮是极为推崇的。对诸葛亮祭东风、草船借箭、三气周瑜、智料华容道、巧摆八阵图、识魏延反骨、智取成都、骂死王朗、空城计、七星灯，死了以后还以木偶退敌兵，遗锦囊杀魏延等一连串的描写，把他的聪明才智描述得痛快淋漓。他的智谋之高，少有人敌。难怪鲁迅先生说："状诸葛之多智而近妖。"

除了对诸葛亮进行大肆泼墨地描写外，书中还用大量笔墨对另外两位智者：周瑜和司马懿的谋略作了描述。他们虽也是智慧绝伦，可和诸葛亮比起来仍是稍逊一筹。这样，他们就几乎成了诸葛亮的陪衬人物。

《三国演义》除了描述智者的智斗外，还记述了不少文人谋士的策略，如王允以貂蝉为饵，巧用连环计，使董卓和吕布父子反目，从而成功地除掉董卓。杨彪使用反间计，令李傕、郭汜发生内讧，等等。计谋之多，不一而足。这样看来，《三国演义》简直是一部"谋略大全"了。

古人说："老不看'三国'，少不看'西游'。"读《三国演义》确实能给人以启发，启迪，增人阅历，长人智谋。尤其是谋略方面，用之正途，对人对己都有好处，但是，倘若用之邪途，则害人匪浅。总之，我们读《三国演义》，常常不由自主地为其中的谋略描写而赞叹，不论其所写的是阴谋还是阳谋，都是中国传统智慧文化的一部分，值得我们辨析总结。

8. "三国"故事中的人物"三绝"
sān guó gù shì zhōng de rén wù sān jué

叙述故事和描写人物，是中国古代小说的两大基本功能，衡量一部小说的成功与否，主要看它的故事叙述是否曲折生动，人物描写是否形象逼真。《三国志通俗演义》获得成功的秘诀之一，就在于它塑造出了众多栩栩如生的人物形象。小说中描写了大小数百个人物，其中至少数十个人物写得较为生动，尤其是曹操、诸葛亮、刘备、张飞、关羽、周瑜、鲁肃、吕布、司马懿等人物，写得最生动。清初毛宗岗对《三国演义》的人物塑造十分推崇，他在《读三国志法》中指出："吾以为三国有三奇，可称三绝；诸葛孔明一绝也，关云长一绝也，曹操亦一绝也。"认为《三国演义》把诸葛亮、关羽、曹操三个人物写绝了，写奇了，写得无以复加了。诸葛亮是"古今来贤相中第一奇人"，关羽是"古今来名将中第一奇人"，曹操则是"古今来奸雄中第一奇人"。根据毛宗岗的说法，我们可以把诸葛亮、关羽、曹操三人称为《三国志通俗演义》的"人物三绝"。

勇猛无畏、粗豪天真的张飞

在《三国志通俗演义》中，诸葛亮是贤相、军师合而为一的人物。作为蜀汉的丞相，他先是辅佐刘备，后是辅佐刘禅，为了复兴刘氏的天下，忠心耿耿，真正是做到了鞠躬尽瘁，死而后已。诸葛亮之所以对刘备父子如此忠心，主要是因为他感激刘备的知遇之恩。刘备礼贤下士，不惜屈身，三顾茅庐，请他出山。自从诸葛亮答应出山，为刘备效力的那天起，他已经将自己的一生交付与刘备了。正如他在《前出师表》中所说的，他是"受命于败军之际，奉命于危难之间"，为了刘备的大业，几十年如一日，尽心尽力。可以这么说，没有诸葛亮就没有蜀汉的事业。特别是诸葛亮虽然为刘备的大业作出了巨大的贡献，但他从不居功自傲，始终谦虚谨慎，兢兢业业。从这一方面看，称诸葛亮是古代贤相的典型，是不过分的。

尽管如此，当人们读过《三国志通俗演义》之后，对诸葛亮印象最深的，还不是他的忠，而是他作为第一流的军师，所表现出来的超人的智慧和才能，是他足智多谋，运筹帷幄之中，决胜千里之外的神机妙算，是他临危不惧、指挥若定的风度，是他知己知彼、百战百胜的军事天才，等等。诸葛亮作为一个小说人物，依然受到历代读者的敬仰和喜爱，这足以看出罗贯中塑造的诸葛亮的形象，具有极大的艺术魅力。

《三国志通俗演义》中的关羽是义勇的典范，在他身上，体现出来的一是勇，二是义。先说其勇，关羽勇冠三军，在《三国志通俗演义》中除吕布之外，无人可敌。他斩颜良、诛文丑，温酒斩华雄，过五关斩六将，单刀赴会，尽显英雄本色。关羽之勇与张飞之猛有明显的区别，张飞之猛，于勇敢无畏中显莽撞；关羽之勇，则于刚毅勇武之中见沉着，露机智。鲁肃为要荆州，邀关羽赴江东，中藏祸机。关羽明知山有虎，偏向虎山行，单刀赴会，周密安排，终于使鲁肃的阴谋破产，显出他的大智大勇。关羽之义，义薄云天，他重承诺，贵情谊，秉大节，正如毛宗岗所说的"做事如青天白日，待人如霁月风光"。从他的形貌看，他生得"身长九尺三寸，髯长一尺八寸，面如重枣，唇若抹朱，丹凤眼，卧蚕眉，相貌堂堂，威风凛凛"。且不说他的魁梧身材，只看他那飘洒胸前的长须，就显得极其儒雅风流，因此又有"美髯公"的称誉。何况还有他那赤面如赤心的表里如一，君子坦荡荡的阔大胸怀，以致在明清以来的中国戏曲舞台上，红面长髯成为关羽的独特形象，也成为忠义君子的独特表征。自桃园三结义之后，关羽与刘备、张飞结下生死之谊，对大哥刘备尤其尽心尽忠。曹操大败刘备，将关羽围困土山，派人劝说关羽投降。关羽为了保全刘备的两位夫人，答应暂时归降，但提了三个条件：第一，降汉不降曹；第二，要曹操供给刘备俸禄，奉养刘备的夫人；第三，只要知道了刘备的去向，就去寻找刘备。曹操答应了关羽的条件，并以厚礼优待他。关羽虽然感激曹操的恩德，最后得知刘备的下落，毅然护卫着刘备的夫人，千里独行，投奔刘备，遵守了与刘备的兄弟大义。后来关羽为报曹操的恩德，在华容道上放走了曹操，承诺了对曹操的义气。罗贯中对关羽的这类忠义行为大唱赞歌，甚至在关羽死后让他成神显圣。关羽的"忠义"，在清代受到最高统治者的推崇与提倡，甚至被授以"关圣帝君"的显赫封号，从此，关羽的形象在社会上越来越高大，以致关帝庙在中国的城乡随处可见。关羽之所以获得如此高的优遇，应该归功于罗贯中的创造。

曹操是奸雄的典型，许劭给他下的评语是"治世之能臣，乱世之奸雄"。说明无论是治世还是乱世，曹操都是一个有所作为的特殊人才，而他生逢乱世，这就为他发挥"奸雄"之才提供了用武之地。汉末天下大乱，群雄并起，曹操奋起其中，讨董卓、伐袁术、灭袁绍，挟天子以令诸侯，与吴蜀争夺天下，奠定了统一天下的大业。没有雄才大略，焉能至此？他知人善任，选贤任能，在他的手下，聚集了大批的文臣谋士与武将精兵。他精通用兵之道，常常能以少胜多，转败为胜，马陵山中破吕布，官渡之战败袁绍，显示出他的军事才能。他爱才而不杀陈琳，不追杀关羽而放其回归刘备，说明他晓知大义。《三国志通俗演义》中的曹操是一个复杂的形象，在他身上既有"奸"的一面，也有"雄"的一面，他不是中国传统戏曲舞台上那种类似于小丑的花脸奸臣，而是一个智足以欺天下，才足以定乾坤的"奸雄"。

总之，罗贯中在《三国志通俗演义》中所塑造的诸葛亮、关羽、曹操这三个人物形象，代表了智者、义士和奸雄这三种类型，成为中国文学史

上不朽的艺术典型，称他们为"三绝"，并非虚誉。

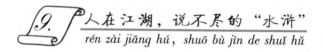

9. 人在江湖，说不尽的"水浒"
rén zài jiāng hú，shuō bù jìn de shuǐ hǔ

《水浒传》早期的本子都题为《忠义水浒传》，这就很明显地展示了施耐庵创作这部小说的意图，他是推崇忠义的。事实上也正是这样，整部作品中作家都在极力突出"忠"和"义"，可以说表现"忠"、"义"是《水浒传》的重要主题。

施耐庵在创作《水浒传》的时候，还另外给它起了个名字，叫《江湖豪客传》。这个名字倒也合情合理，《水浒传》也确实讲述了众多江湖好汉的故事。梁山众英雄在未受朝廷招安之前，都是叱咤江湖的英雄豪杰。他们大致可分为两大类：一类是从小混迹江湖的好汉，像武松、石秀等人；另一类是半路出家，由于种种原因才被迫游走江湖的豪杰，如宋江、鲁智深等人。

无论是谁，要想在江湖上站住脚，非得讲义气不可。因为"在家靠父母，出门靠朋友"，离了朋友去闯荡江湖，可以说是寸步难行。所以江湖人大都重义。这在梁山好汉身上体现得相当明显。"义"的内涵颇广，表现形式也多种多样，主要的莫过于"为朋友两肋插刀"、"路见不平，拔刀相助"、"仗义疏财"等几种形式。我们下面就梁山好汉身上所体现的"义"剖析一下。

在第二类英雄好汉中，还可以按出身阶层的不同分为好多类，比如宋江、鲁智深等人是下层小官吏出身，他们的处境比那些平民百姓强不了多少；而林冲、呼延灼、关胜、秦明等人是高级军官，柴进是拥有先皇丹书铁券的富贵"闲人"，卢俊义等是家资颇丰的大地主，他们原先的生活环境和物质条件，不知比那些从小流落江湖的好汉强出多少倍。因此，这些高级军官、大地主等身份的人，他们身上也有义，但体现得不甚明显。施耐庵之所以在他们身上花去不少笔墨，更主要的原因恐怕是为了突出作品

"官逼民反"这个主题。像林冲，他本来有着贤惠的妻子、漂亮的侍妾、高级的地位，生活颇安适。因此在高衙内调戏他的妻子时，他忍而不发，他从内心说是不愿意放弃眼前的美好生活的。但统治者并不放过他，设下计谋，让他白虎堂献刀获罪，而后刺配沧州道、火烧草料场，终于将甘心忍辱偷安的林冲逼上梁山。他在晁盖等人上梁山后，火拼王伦，其实也不见有多少义，发泄怨愤的成分还是居多的，因为王伦在他上山时刁难过他。再如杨志是因为失陷生辰纲才上二龙山落草为寇的，呼延灼、关胜、秦明等人本是梁山寨的降将，善使钩镰枪的徐宁是被梁山好汉赚上山的，卢俊义是梁山好汉从法场上救下的。他们多因没有退路才入伙的，他们身上的"义"就相对淡薄，因此我们对他们不做太多的分析。

梁山好汉中最能体现江湖义气的是第一类好汉和第二类中的宋江、鲁智深等人。

像第一类好汉中的石秀，"为朋友两肋插刀"的兄弟义气在他身上体现得很明显。杨雄"去市心里决刑了回来"，他得到的赏赐在途中差点儿被张保抢走。石秀"路见不平"，上去助架，才与杨雄相识，并因意气相投义结金兰。石秀本是江湖流落人，认了哥哥分外亲热，就住在杨雄家中，才得以识破杨雄之妻潘巧云与和尚裴如海的奸情。按说，石秀只是杨雄的朋友、结义兄弟，看到了这种事告知杨雄也就尽了兄弟之情了。可他不，他不能忍受杨雄受辱。在他告诉杨雄实情反遭潘巧云诬陷后，他智杀裴如海，使杨雄从妇人的迷惑中醒悟，兄弟二人终于共赴梁山。再如武松：武松杀了西门庆和潘金莲，被刺配到孟州牢城，得交施恩这个朋友。当他得知施恩被蒋门神夺了快活林后，他便要去替施恩报仇。未去之前还交代明白："拳头重时打死了，我自偿命！"为了朋友，命都可以不要，这就是朋友义气！不单第一类好汉有这般义气，第二类好汉中也有，像鲁智深。鲁智深与林冲相交时间并不长，但义气深重。他为了防止解差在押送林冲到沧州的途中暗算林冲，舍下看菜园的清闲生活，主动陪林冲他们走了一遭。也多亏了鲁智深的暗中保护，否则在黑松林中，林冲早被解差杀了。但是在鲁智深身上表现最突出的恐怕还是"路见不平，拔刀相助"。

梁山好汉武松、鲁智深雕塑

鲁智深还在做提辖时，偶遇卖唱的金翠莲。鲁智深并不认识金翠莲，却被她的不幸遭遇打动，挺身而出，放走金氏父母，又三拳打死恶霸镇关西。为了不吃人命官司，他只好游走江湖。后来他在金翠莲的丈夫赵员外推荐下做了和尚。做和尚的本应六根清净，而他却本性难改。在他往东京大相国寺去的途中，路过桃花村，恰逢小霸王周通要强娶刘太公的女儿为妻，鲁智深见了如此不平之事，忍不住又要出头，把周通揍了一顿。这些都是俗事，火烧瓦罐寺却是他佛门中的事了。崔道成和丘小乙强占瓦罐寺，在里面胡作非为，把寺中原先的老和尚饿得面黄肌瘦，连鲁智深"喝一声"，吓得那和尚赶忙"摇手道：'不要高声。'"他是怕崔道成他们听见后来找麻烦呢。崔道成、丘小乙气焰如此嚣张，难怪鲁智深要去兴问"废寺"之罪呢，结果引出一场恶斗，瓦罐寺化为一堆瓦砾灰烬。

"义"的这两种表现固然受到大家的称赞和敬仰，但是江湖好汉最喜欢也最推崇的莫过于"仗义疏财"了。这是有一定的社会原因的。江湖好汉们在江湖行事，他们依据的原则多是意气和道德，而不是朝廷律条。他们所管的事，多是朝廷官府不管或管不上的事。如高衙内多次凌辱妇女，被称为"花花太岁"，然而他始终逍遥法外，这是官府不管的；而小霸王周通强娶刘太公的女儿为妻，却是官府管不着的。遇到这些不平的事，好汉们就出手了，有些手略重些，像鲁智深只打了镇关西三拳，却把他打死了，这样就难免受到官府缉拿，他们只好亡命江湖。这时，"仗义疏财"的朋友就派上用场了，或躲避在他们那里，或拿上钱财远走高飞。他们好像那些惹下很大麻烦的江湖好汉的保护神。

柴进就是"仗义疏财"的典型，过往好汉都要到他的庄上歇歇脚，取些盘缠。再如宋江对投奔他的人是很看重的，"终日追陪，并无厌倦"。宋江本是"刀笔小吏"出身，只因怒杀阎婆惜，之后又在浔阳楼上吟反诗，差点儿掉了脑袋，才被迫上了梁山。他在做押司期间，也曾冒了性命危险去给劫了生辰纲的晁盖他们送信，让他们逃走。这种行为就很令人敬佩。更兼宋江还是个出了名的大孝子。花荣反了清风寨，又会齐了秦明、黄信、吕方、郭盛，在宋江带领下要上梁山入伙。这时石勇传来宋太公病亡的假书信，宋江就不顾一切地要回家祭父了。在这之前，宋江曾让宋太公到县里告他"忤逆"，"出了他籍"，这其实也是为防止拖累宋太公的保全之计。江湖人也是比较看重孝的，对待自己生身父母都不好，何况外人？

"义"使江湖好汉感到安全和温暖，同时，也使江湖好汉由个体走向联合。在当时官府的黑暗统治和逼迫下，江湖好汉纷纷奔赴梁山，汇成一股坚不可摧的力量。众英雄在梁山寨中，大碗喝酒，大块吃肉，豪气四溢。大家不分尊卑、贵贱，一律平等，高官与小吏平坐，官差与囚犯共席，郎舅同喜，主奴同乐，真是逍遥自在，快乐无比。但正是聚会到梁山以后，梁山好汉的江湖义气发生了很大变化，行侠仗义的行为明显地少了。虽然他们也曾有过大的举动，但多是从整个山寨利益出发。像三打祝家庄，那是因为祝朝奉等人欺众英雄为寇，要与梁山为敌；打曾头市是因为曾家五虎抢了段景住本想献给宋江的照夜玉狮子马。虽也是打击恶霸地主，但性质已变了。究其原因，是宋江为代表的"忠君"思想把梁山众英雄原有的"义"消磨殆尽，直至消失。

梁山英雄终日想招安，然而，招安给他们带来了什么呢？他们刚受招安，就被派去破辽。行军初始，宋江在陈桥驿"滴泪斩小卒"，就已经暗示梁山众英雄悲剧的开始。他们被作为朝廷的枪手，东征西杀，富贵没见

捞到多少，众英雄却死伤殆尽。直到宋江被鸠杀，葬于蓼儿洼，一场轰轰烈烈的农民大起义在一片哀歌声中走向灭亡，一出悲剧终于降下了帷幕。

"忠"和"义"本是难以调和的。作者却试图将二者调和在一起，既歌颂梁山好汉的义，又要肯定他们的忠，但梁山好汉忠于朝廷的结果是导致了梁山事业的失败和他们的悲惨结局。这种悲剧性是发人深思的。《水浒传》作为描写江湖好汉的优秀巨著，对后世的武侠小说有很大影响。比如武侠小说中最为普遍的江湖侠客联合起来、与武林败类决斗的文章构架，恰和梁山众英雄汇集与官府作对相似。不同的是，梁山众英雄不但有根据地，而且组织性很强。但在表现江湖义气方面它们有共同之处。

10. 理性的宋江与天真的李逵
lǐ xìng de sòng jiāng yǔ tiān zhēn de lǐ kuí

呼保义宋江画像

在《水浒传》所写的众多梁山好汉中，有两个人物值得注意，一个是梁山的首领宋江，另一个是梁山的猛将李逵。两个人代表了两种人物类型，宋江的性格温厚和平，俨然是一个蔼然长者，李逵的性格粗鲁天真，活像一个未成年的孩童，两人虽然性格差异很大，关系却分外密切。他们之间相辅相成，相衬相映，形成鲜明的对比，如果仔细品味，其中还隐含着某些人生哲理。

从两人的外貌特征看，宋江虽面黑个子矮，却显得气质儒雅，气宇恢弘，小说这样描写道："眼如丹凤，眉似卧蚕。滴溜溜两耳悬珠，明皎皎双睛点漆。唇方口正，髭须地阁轻盈；额阔顶平，皮肉天仓饱满……志气轩昂，胸襟秀丽。"从这段外貌描写可以看出宋江是一个胸有大志，有文化教养的君子，于儒雅中显出庄严与肃穆。李逵则生得是一个"黑凛凛大汉"、"不搽煤墨浑身黑，似着朱砂两眼红。闲向溪边磨巨斧，闷来岩畔斫乔松。力如牛猛坚如铁，撼地摇天黑旋风"。一副粗野凶猛的样子，带着一股质朴原始的野味，显然是没有受过文化教育的人。从他们的出身看，宋江出身太公之家，母亲早亡，自幼在父亲的管教下成长。在封建社会中，父亲是家长，是家庭中的权威，代表着威仪与尊严。宋江在父亲的教育下成为一个守规矩，懂礼法，知忠知孝的彬彬君子。李逵则来自荒山野村，穷乡僻壤，家境贫寒，父亲早亡，自幼跟母亲长大。在孩子的心目中，母亲代表着温情与慈爱，意味着对孩子的骄纵与放任。李逵从小失去父亲的管教，养成了他自由任性，野蛮粗莽的性格，使他从不知礼法为何物。

从两人的经历看，宋江出身下层官吏，刀笔纯熟，吏道精通，熟知人情世故，深知江湖义气，为人仗义疏财，专好结交天下好汉，人称他为"及时雨"。宋江无论是混迹官场，还是浪迹江湖，都能随遇而安，如鱼得水。李逵呢，出身草野，因为在家乡杀了人逃了出来，闯荡江湖，做过小牢子，经常醉酒闹事，需要戴宗的庇护。他对人情世道可以说是一窍不通，不论是在江州城还是在江湖中，都难以适应。宋江的性格很善于随顺环境和适应社会，而李逵的性格常常与环境和社会相冲突。

梁山好汉闯荡江湖，大都是凭着一身武艺，在梁山的一百零八位好汉中，若论武功，除了萧让等几个文人外，恐怕要数宋江最差，可宋江偏偏能够领导群雄，做了梁山泊的寨主。那么，宋江闯荡江湖领导群雄靠的是什么呢？不是武功的高超，而是德行的高尚。小说在宋江出场时介绍他"于家大孝，为人仗义疏财，人皆称他做孝义黑三郎"。说明宋江的德性中以孝和义为主，正是凭着孝、义的德行，宋江才折服了群雄，使天下的英雄好汉听说了他的名字，就心向往之，见了他的面，就纳头便拜。中国古代有两句谚语说："万恶淫为首，百善孝为先。"可知中国人将孝视为德行之首，宋江的孝在小说中多有描写，他知道自己在官做吏最难，如果犯了

罪就会抄家连累家人，于是他就故意让父亲到县里告他忤逆不孝，出了户籍，与父亲分居，这样就可以不连累父亲，可见他的用心良苦，这种用心正是出于孝心。杀了阎婆惜走上江湖之后，他念念不忘在家的父亲，花荣大闹清风寨后，他们一起投奔梁山，眼看到了梁山，他接到一封父亲已死的假信，便大哭着立即放弃上梁山的念头，奔回家中，结果被官府抓去，发配江州，等到梁山好汉劫了法场，把他请上梁山，他想起的第一件事便是搬取父亲上山快活，足见他的孝子之心。关于宋江的义，小说说他："平生只好结识江湖上好汉，但有人来投奔他的若高若低，无有不纳，便留在庄上馆谷，终日追陪，并无厌倦；若要起身，尽力资助，端的是挥霍，视金如土。人问他求钱物，亦不推托；且好方便，每每排难解纷，只是周全人性命。如常散施棺材药饵，济人贫苦，赒人之急，解人之困，以此山东、河北闻名，都称他做'及时雨'"。他冒危险为晁盖报信，郓城县救助王公，甚至在清风山上释放刘高的夫人等，都是义的体现。在中国古代的道德中，孝和忠是密不可分的，在家为孝子，做官为忠臣，这才算是道德高尚。在宋江身上除了孝和义之外，还具有忠的品质，他虽然是一个小吏出身，却时刻想着报效君主，即使是人在江湖，他仍是心系朝廷。武松要上二龙山落草，他劝武松顾惜前程，要武松劝化鲁智深、杨志投降朝廷，为国尽忠，并说："我自百无一能，虽有忠心，不能得进步。"上了梁山，他念念不忘的是招安，最终带领着梁山的人马投降了朝廷，直到最后他饮了奸臣的毒酒，明知朝廷昏庸无能，仍然抱着"宁可朝廷负我，我忠心不负朝廷"的信念死去。更有甚者为了怕李逵反叛朝廷，坏了自己的忠义之名，竟拉李逵一起去死，他真可说是宋朝的忠臣了，他对朝廷的忠已经到了"愚忠"的地步。由此可以看出，宋江是一个孝、义、忠兼全的人物，他是封建社会中忠孝道德的代表，在他身上体现的是一种道德为上的理性精神。

李逵性格粗野，头脑简单，何况他又是"天杀星"，有些嗜杀成性，正像小说中对他的评价"杀人放火恣行凶"。李逵的为人直接简单，心里怎么想，口里就怎么说，他没有细致的情感，缺乏深谋远虑的心机，更不懂得什么叫三思而后行，他的行为准则是"前打后商量"。每当冲锋陷阵，杀人放火，他总是板斧一挥，大吼一声，赤膊向前，不顾性命。当他性子起时，难免不顾一切地乱杀人，例如在江州劫法场，他只顾杀得痛快，"一斧一个，排头砍去"，使不少无辜者死于他的斧下。在四柳庄狄太公庄上"捉鬼"，他不分是非，把狄太公的女儿与情人杀死。李逵的粗野来自他的天真无邪，野得自然无矫饰，金圣叹评《水浒》最赞赏李逵，称"李逵是上上人物，写得真是一片天真烂漫到底"。所谓"天真烂漫"就是出自童心，这就是说李逵的野性是基于他的赤子之心。关于这一点，另一位《水浒》批评者怀林也看到了，他在《水浒述林》中说："李逵者，梁山泊第一尊活佛也，为善为恶，彼俱无意……无成心也，无执念也。"这些话确实道出了李逵性格的真谛，李逵做事无论是为善为恶，都是无意而为，任心而发的，没有丝毫的成念，"成心"和"执念"都是出自深通世故的成人之心，天真的童心则与此绝缘，李逵的可爱之处就在于他的野性始终出于天真的童心。比如他初次见宋江，劈头便问："这黑汉子是谁？"全无一点礼貌，戴宗批评他粗鲁，他却认真地说："我问大哥，怎地是粗鲁？"身为粗鲁人而不知粗鲁为何物，这就是李逵的天真。后来他陪宋江吃鱼，他"并不使箸，便把手去碗里捞起鱼来，和骨头都嚼吃了"。吃完自己碗里的鱼，又伸手去宋江碗里捞鱼吃。他受自己食欲本能的驱使，不顾体面礼节，这种行为与儿童没有多少区别。在李逵的浑朴未凿、天真可爱的性格中，最突出的是他的蔑视礼法，疾恶如仇，反抗权威。李逵最崇拜的人物是宋江，但是一旦当他认为宋江所做的事不正时，他依然不肯放过。《水浒传》第七十三回写李逵误以为宋江抢了人家的女儿，就直奔忠义堂，拔出大斧，把"替天行道"的杏黄旗砍倒，然后又要去砍宋江。天真与邪恶难以相容，在李逵的眼中是容不得任何邪恶与伪善的，即使是他最崇拜的大哥也不能放过。再比如宋江整日不忘招安，李逵则反对招安，他曾说，宋朝的皇帝姓宋，宋江大哥也姓宋，同样姓宋，宋大哥也可以做皇帝。他动不动就高喊："杀去东京，夺了鸟位！"一次宴会上，宋江让乐和唱了一支自己写词的"招安曲"，李逵听了十分气愤，大叫道："招安，

招安，招甚鸟安！"一脚把桌子踢翻。从这里可以看出，在李逵这个血性汉子的性格中，涌动着一股反叛权威和秩序的热情。

从上面的分析不难看出，宋江重德行，李逵重自我；宋江讲礼法，李逵轻礼法；宋江遵从社会秩序，李逵反抗社会秩序；宋江代表的是理性精神，李逵代表的是感性的天真，两人的性格恰恰相反。但从小说描写中我们还看出，就个人的感情来说，宋江和李逵之间的感情最深，宋江像大哥关爱小弟一样关爱李逵，虽然李逵几次犯错误惹恼了他，但他对李逵的错误却格外宽容。同样，李逵对宋江也分外敬重，甚至到了盲目崇拜的地步，他处处维护宋江的威信与地位，比如宋江要把梁山的第一把交椅让给卢俊义时，李逵气得当众大嚷道："哥哥若让别人做山寨之主，我便杀将起来。"他从心底里敬畏宋江，为了宋江他什么都敢去做，甚至愿为宋江去死，他说："哥哥剐我也不怨，杀我也不恨。除了他，天也不怕！"最后他真的陪宋江一起死去。宋江与李逵、理性与天真之间既对立又统一，既冲突又互补的关系，不仅体现出两种性格的调和，也体现出中国文化立足中庸、讲求和谐的精神。

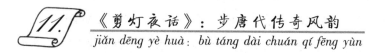

11. 《剪灯夜话》：步唐代传奇风韵

jiǎn dēng yè huà: bù táng dài chuán qí fēng yùn

我国的文言短篇小说，以唐传奇最为兴盛，此后便渐趋衰落，宋元时期虽有不少作品，但成就不高。到了明代，文言短篇小说又逐渐复兴，成为较有影响的一个文学支派，而真正能够步武唐传奇风韵的，是瞿佑的《剪灯新话》、李昌祺的《剪灯余话》和邵景詹的《觅灯因话》这三个文言短篇小说集。

瞿佑（1341—1427年），字宗吉，号存斋，祖籍江苏淮安，后移居浙江杭州。瞿佑少年时就以能诗善文而远近闻名，相传十四岁时，他父亲的好友张彦复由福建来访，他恰好放学回家，张彦复要试他才学，就以酒席桌上的鸡为题，叫他赋诗一首。他即席吟出《七绝》，而且四句诗中每句都有一个关于鸡的典故，抒发了知己相逢、情深义重的情怀。张彦复击节称赏，亲自为他画出桂花一枝，并题诗："瞿君有子早能诗，风采英英兰玉姿。天上麒麟原有种，料应高折广寒枝。"说他少年英锐，才华横溢，将来必定能蟾宫折桂，金榜题名。瞿佑的父亲很是得意，为此专门建造了一座"传桂堂"，以纪念张彦复画桂之赠，兼寓望子攀桂之意。

当时的著名文学家杨维桢与瞿家是世交，有一天走访传桂堂，见瞿佑所作的诗文思维敏捷，隽语迭出，杨维桢大加叹赏，称赞说："此君家千里驹也！"自此，瞿佑声名远播。但他虽然多才多艺，却一生坎坷，仕途并不顺利，只做过一些小官。甚至还一度因诗获罪被流放，十年后才得放归。

回乡后，瞿佑便致力于小说创作。他将耳闻目睹的古今远近之事，记录下来，汇总成册，共四卷，"其事皆可喜可悲、可惊可怪者"。他搜奇猎异，创作"新话"的目的，并不是仅仅作为茶余饭后的谈资，而是为了劝善惩恶、哀穷悼屈，使世风淳化，人心向善。所以，田汝成在《西湖游览志余》中说，瞿佑的作品，至今"照耀文苑"，可见他在明代是一位很有影响的作家。

《剪灯新话》共四卷，收文言短篇小说二十一篇，内容多是借烟粉灵怪故事，寄寓作者对社会人生、对爱情婚姻的见解，揭露时弊，抨击黑暗现实，惩治邪恶，表彰忠烈。

瞿佑生逢乱世，由元入明，对战争给人民带来的灾祸有深刻描绘。元末张士诚与朱元璋互相攻伐，造成淮河沿岸三十多万百姓在战乱中丧生。战乱过后，千里之内没有村庄人烟，黄沙白骨，一望无际，傍晚时候，愁云四起，阴风骤至，群尸环起，景象可怖。(《太虚司法传》) 战争还使得千百万人民流离失所，妻离子散。《秋香亭记》中写商生与杨采采，本是一对热烈挚恋的有情人，战乱将他们生生拆散，使他们天各一方，含恨终身。作品明确道出："好因缘是恶因缘，只怨干戈不怨天。"正因为作者极端厌恶战争，所以便想超越现实，以追求"桃花源"式的理想生活。(《天台访隐录》) 作者还试图剖析战乱的原因：有才的贤能者槁死蒿下，没有

才能的人比肩接踵显扬于世，所以太平之日常少，祸乱之日常多（《修文舍人传》）。为此，小说对祸国殃民的权奸佞臣大加挞伐，对丑恶的社会世情无情揭露。如《天台访隐录》叙南宋末年，元军兵临城下，百姓易子而食，析骨而炊，国家亡在旦夕。贾似道、谢堂等宰辅权臣仍醉生梦死，穷奢极欲，挥霍无度。四处寻找名胜之地营建私宅，用水晶做门帘；夜宴宾客，用夜明珠照明；为宠爱的戏子，不惜千金买笑，而对忠臣良将和无辜百姓却肆意残杀。《三山福地志》将他们直斥为"多杀鬼王"，而把那些贿赂公行、贪得无厌者称为"无厌鬼王"。

《新话》中有关爱情婚姻方面的小说，数量最多，描写也更为细腻，富有文采，具有较高的艺术成就。如《翠翠传》写男女双方只重人材，不讲贵贱贫富，这就与旧的婚姻观判然有别。《联芳楼记》写双方父母尊重儿女们的自主选择，对包办婚姻有着强烈的冲击作用。

《金凤钗记》写元代扬州富家吴兴娘，自幼许婚崔兴哥，崔家用一只金凤钗作为聘物。其后，两家天各一方，十五年音信不通。兴娘思念兴哥，一病而亡，金凤钗随身陪葬。兴娘死后两月，崔生寻亲而至，知兴娘已死，百无聊赖，无处投靠，只得权且住在岳父家。一日，时值清明，吴家上坟扫墓，兴娘有妹名叫庆娘，已十七岁，也一同前去。只留崔生在家看守。天色已晚，扫墓归来，崔生到门前迎接。轿子过后，有物堕地，铿然作响，崔生拾起一看，是一只金凤钗。便带回房中，将要就寝，忽听有敲门声。崔生开门，见有一美貌女子站在门外自言是兴娘之妹庆娘，寻找金凤钗。进屋，遂与生媾欢。此后，朝回暮来一月有余，无人知晓。一天晚上，女与崔生商定私奔丹阳，依崔家老仆金荣而居。将近一年，女思念父母，便与崔生一同返回扬州。将及家门，女推故不前，却让崔生携金凤钗一只，先去谢罪。崔生见到岳父将前事述说一遍，请求宽恕。岳父大惊道："庆娘卧病在床近一年，哪会有这种事？"崔生见岳父不承认，便拿出金凤钗作为执证。岳父更加惊讶，说："这是兴娘死时的殉葬品，怎么到你手里？"这时，兴娘亡魂附到庆娘身上，走到父母面前，将事情说明。原来，兴娘死后，冥司怜其无罪，给假一年以了结尘世姻缘。故诡称庆娘，使崔生不疑。并要求父母将庆娘许嫁崔生，否则庆娘之病将不愈。父母答应后，庆娘倒地而死，急用汤药救醒，问她以前事情，一毫不知。崔生与庆娘婚后，将金凤钗货卖，得钱全部用来买香烛纸马，以追荐兴娘亡魂。从此，合家安宁。

这篇小说情节曲折，奇突幻变，引人入胜。明末凌□初曾将此篇改写成话本，收入"二拍"，题目是《大姊魂游完宿愿，小妹病起续前缘》。明代沈□也曾把这个故事谱写成戏曲《坠钗记》。

《绿衣人传》写元延祐年间，书生赵源到杭州游学，寓居西湖葛岭原贾似道旧宅。一日，倚门而望，见一十五六岁的女子，身着绿衣，容貌艳丽，自东向西而来，赵源眉目顾盼，恋恋不舍。明日复来，与赵生言来语去，俱各有情，夜晚与生同宿，备极欢洽。如此，一月有余，情深意密。赵源问她姓名住址，均不告诉，只说："称我为绿衣人就行！"赵源怀疑她是某个豪富之家的婢妾，私奔而来，便以诗戏谑。女颜色惨沮，说出实情。自言本是宋末贾似道的侍女，精于下棋，十五岁时被贾似道抢入府中作棋童，备受宠爱。赵源前世是贾似道家男仆，少年美貌，二人一见钟情，互赠礼品，但贾府内外防护严密，无法联络。后为贾似道察觉，将二人溺死于西湖断桥下。赵源再世为人，女仍隶鬼籍，因前缘未尽，所以来此相会。赵源听了这一番话，十分动情，说道："你我既然是再世姻缘，应当更加亲爱，以偿还前世夙愿。"此后，二人更加恩爱。烹茗弈棋，其乐融融。女曾言：一天，贾似道率妻妾登楼远眺，看到两个书生乘船登岸，一妾脱口而出："这两个少年真英俊！"贾似道说："既然你觉得他漂亮，就让你嫁他吧。"不一会儿，便令人将该妾的人头砍下，放到盘盒中，传示众妾，众人皆不寒而栗。又有一次，某太学生写诗嘲讽贾似道擅卖私盐，被逮捕下狱……后来，贾似道被贬漳州，在木棉庵中被郑虎臣杀死，人心大快。

后来，赵源与绿衣人三年夫妻之情已尽，绿衣女溘然长逝。赵源哀痛欲绝，感女恩情，终身不复再娶，遂投杭州灵隐寺出家做和尚去了。

作品深刻揭露了贾似道骄横纵恣、草菅人命的罪行，"一念之私，俱遭惨祸",令人触目惊心。小说还热情歌颂了男女双方"海枯石烂,地老天荒,此情不泯"的人间至情,真切动人。明代周朝俊曾据此写成戏曲《红梅记》。

《爱卿传》写嘉兴名妓罗爱爱色艺双全,独步一时,而且文思敏捷,工于诗词,因此,备受人们敬慕,称为爱卿。爱卿从良嫁给同乡赵生,夫妇恩爱,事母勤谨。爱卿以贤孝闻名乡里。后值元末战乱,军官刘万户见爱卿貌美,挟势强娶,爱卿守身自缢,以死捍卫贞洁。

《渭塘奇遇记》写元末金陵王生一次路遇酒家女,一见钟情。梦中二人热烈欢会,情深意密。一年后,终于成就梦中姻缘,夫妇白头偕老。

这些作品都清新可喜,富有新的时代气息,令人百读不厌。

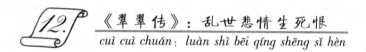

12. 《翠翠传》：乱世悲情生死恨
cuì cuì chuán: luàn shì bēi qíng shēng sǐ hèn

唐传奇小说的流风余韵,历宋元而未已,至明初又稍稍振起,其复兴的标志便是瞿佑《剪灯新话》的出现。揭露元末明初黑暗现实,反映战乱给人们造成的爱情婚姻悲剧,便成为《剪灯新话》的一个重要特色,而《翠翠传》就是这方面的杰作。

《翠翠传》写元末淮安民家女刘翠翠,自幼聪明颖悟,酷爱读书,于是父母就将她送到学舍,与邻家子金定一起读书学习。金定与翠翠同岁,人极聪俊。同学们见到他俩,常开玩笑说:"同岁者当为夫妇。"二人心中默许,遂私订终身。翠翠长到十六岁时,父母为她提亲,则悲泣不食,坚持非金定不嫁,并说:"若不相从,有死而已。"然而,刘家富裕而金家贫穷,门不当户不对,但翠翠父母为了满足女儿的要求,不计较贫富,毅然招金定为女婿,翠翠与金定从小青梅竹马,同窗共读,一双两好,终于好梦成真,新婚宴尔,自然恩爱情深,生活幸福美满。但好景不长,未及一年,张士诚起兵高邮,攻陷沿淮各郡县。战乱中刘翠翠被张士诚的部将李将军劫掠而去。金定辞别父母,单人独自寻访妻子的下落,发誓不见不回。金定风餐露宿，沿路乞讨，费时七年，辗转周折，历尽千辛万苦，终于到达湖州李将军府上。此时，李将军正受重用，威焰赫赫，对翠翠十分宠爱。金定谎称寻妹，李将军信之不疑，让他与翠翠以兄妹之礼相见于厅堂上。李将军是一武夫，不懂书札，便留金定在军中作记室。金定本为寻妻而来，一见之后，便内外悬隔，再也不得会面，心中十分痛苦。一日乘秋凉换洗衣服之由，将写好的情诗藏到布裳衣领内转交给翠翠，翠翠见诗五内俱焚，吞声饮泣，和诗一首，表示了以死相从的决心。金定更加悲伤，不久便抑郁成疾，一病不起。翠翠闻听金定病势沉重，向李将军请求，才获准到金定床前看望一次。翠翠用手将金定轻轻扶起，金定回头将翠翠看了一眼，泪流满面，长叹一声，溘然长逝。翠翠强忍悲声将金定安葬在道场山下，送殡归来，夜里得病，不求医治，两月而亡。李将军根据翠翠的生前请求，将她埋葬在金定坟侧。明洪武初年，刘家旧仆人经商路过湖州的道场山下，"见朱门华屋，槐柳掩映，翠翠与金定方凭肩而立"。二人将旧仆邀进家中，询问父母安否及故乡事，并托仆人捎信给父母。刘父见信后，非常高兴，便同仆人来到道场山下，只见"荒烟野草，狐兔之迹交道"，惟两座孤坟尚存。刘父夜宿坟侧，梦中与翠翠、金定相见，"翠翠与金生拜跪于前，悲号宛转"，具述始末，遂抱其父而大哭，刘父惊梦而醒，天明，以牲酒祭坟而归。

这是一部震撼人心的爱情婚姻悲剧，悲剧的主要根源不是包办婚姻，而是纷争的乱世给人民造成的离别之苦和生死之恨。刘翠翠与金定由同学而相爱，虽然一富一贫，门户不相当，但双方父母对儿女的婚姻却未作任何阻挠和干涉，刘父还很旷达，说："婚姻论财，夷虏之道，吾知择婿而已，不计其他。"选女婿只看重人品才学，而且充分尊重儿女们的自主选择，这在以前的作品中是不多见的，反映了市民阶层的新观念。所以，翠翠与金定的结合是封建社会少有的美满婚姻。元末兵荒马乱，武夫弄权，争战不息，人民流离失所，活活拆散了翠翠与金定这一对恩爱夫妻。金定万里寻妻，历尽千难万险，见到翠翠也不得相认，只好"相对悲咽而已"，却不能措一辞。最终相继而亡，含恨九泉。这就有力地暴露了战争给人们

带来的灾难，歌颂了青年男女生死不渝的爱情。

这篇小说在人物形象的塑造方面也很有特色，作者主要采取略貌取神、求其神似的手法，重点描写人物的思想言行，刻画其细腻、深刻的内心活动，以突出人物的鲜明性格，而且故事情节的叙述也婉转曲折，富于波澜。如写刘翠翠与金定从相爱到结合，十分幸福美满。而战乱陡起，一对恩爱夫妻劳燕分飞，天各一方。这样就将爱情婚姻与社会动乱紧紧地联结在一起，来揭示悲剧的深刻意义。金定历尽艰险万里寻妻的过程，更奇峰突转，百折千回；而结尾写二人饮恨九泉，魂魄托旧仆致书父母，凄婉动人，余韵悠然。因此，整篇故事跌宕起伏，一波三折，引人入胜，具有很强的艺术感染力，即便与唐人传奇中最优秀的篇章如《任氏传》、《李娃传》等相比，也毫不逊色。

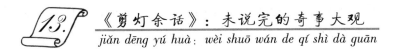

13. 《剪灯余话》：未说完的奇事大观
jiǎn dēng yú huà: wèi shuō wán de qí shì dà guān

自瞿佑《剪灯新话》问世，起而效仿的首推李昌祺所著的《剪灯余话》。

李昌祺（1376—1451 年），名祯，字昌祺，江西吉安人。永乐二年（1404 年）进士，授翰林院庶吉士，参与编修《永乐大典》，以学识渊博为时人所倚重，擢升礼部郎中，外调做到广西、河南布政使，为一方诸侯，位高权重。昌祺为官清廉，救灾恤贫，抑制豪强，政绩显著。

李昌祺显然是很佩服瞿佑的，他的《剪灯余话》有意模仿《剪灯新话》，不但篇数相等，而且所写的题材也很相近，只有一首歌行《至正妓人行》，是有意仿效白居易《琵琶行》的，还有列于卷五的一篇很长的传奇文《贾云华还魂记》，是《新话》所没有的。而且他喜欢炫耀自己的才学，在作品中穿插进大量的诗词，因此，《余话》虽然和《新话》篇数相等，但字数却超过一倍。

《剪灯余话》多写烟粉灵怪故事，借以抒写胸臆，而且"意皆有所指"。但像李昌祺这样功业、道德、才情均值得称道而又声望很高的士大夫，就因为写了《余话》，粉饰闺情艳语，便被当时的卫道士视为白圭之玷，死后竟不得享祭于乡贤祠，由此可见当时社会上对传奇小说所持的偏见。

《剪灯余话》多借古人之口而议论古今政事，如《长安夜行录》写洪武年间巫马期仁游宦，路遇唐开元间长安卖饼师夫妇的鬼魂，向他倾诉怨苦之情，揭露大唐盛世皇亲国戚骄奢淫逸，荒淫无耻，残害人民的罪行。《何思明游丰都录》写宋代衢州儒士何思明因讥谤仙、佛，指斥鬼神而被捉到地狱游历的故事。作品虽然意在宣扬善恶轮回、因果报应思想，但对黑暗的社会现实也表现了深恶痛绝之情。何思明游历地狱，亲眼目睹了阴曹地府对邪恶之徒的严厉惩处：对不忠不义之人，鬼卒拿着烧红的铁条穿入这些人的眼中，并将他们吊绑起来，"如悬槁鱼"。对虐害良民者，则用刀割开身体，浇以热醋，反复十余次方才停止。对那些贪赃枉法之徒，使夜叉生割其肉，以饲饿鬼，直至仅剩筋骨而后已。对人世间所谓的"清要之官"，"欺世盗名，瞒人利己之徒"，则用铁蛇铜犬，吸其血髓，使其欲死不能，要生不得，"叫苦之声动地"。由此可见作者对"赃滥"贪官和以权谋私者的痛恨。在《两川都辖院志》中，作者借两川都辖院主吉复卿之口指出为官之道的"廉、恕两字符"，即自身要清正廉洁，对百姓要善加体恤，宽厚仁慈。这大概是作者为官的信条和切身体会。

《剪灯余话》中所占比重最大，成就最高的仍然是爱情故事。《鸾鸾传》写山东东平赵举的女儿赵鸾鸾"长而体香"、"有才貌，喜文词"，许嫁近邻之子柳颖。柳家遇事，家道中落，赵家悔亲，改嫁缪氏，鸾鸾见志不得遂，郁郁寡欢，整日悲吟愁坐。不久，缪生死，柳颖亦丧偶。柳生遣媒婆王妈复申前盟，一对有情人得以结合。鸾鸾既嫁，孝敬公婆，友爱乡邻，怜孤恤寡，殷勤持家。与丈夫柳颖更是情投意合，恩爱有加，品诗论词，吟咏性情。鸾鸾诗才超绝，丈夫柳颖都自愧不如，服其精妙。

元末战乱纷起，刘福通的部将田丰攻破东平，柳颖与赵鸾鸾失散，不知所在。柳颖冲锋冒刃，四处寻找鸾鸾，皆不可得。后听女道观的一名妇女说，鸾鸾被乱兵劫获，誓死不辱，被幽囚五个月后，被周万户劫持而去。万户统领重兵，声威显赫。柳颖千难万险寻到彼处，不敢莽撞行事，便在周府近邻赁房而居，以观动静。后买通周府亲信女巫，知将军夫人悍妒，所掠妇女，不容将军近身。柳颖于是重贿夫人，赎回鸾鸾，夫妇再合。

柳颖与赵鸾鸾有感于身处乱世，前途未保，于是相携隐居于徂徕山麓，男耕女织，同甘共苦，相敬如宾。一天，柳颖出城负米，被乱兵杀死于路上。"邻舍奔告鸾，鸾走哭，负其尸以归，亲舐其血而收殓之"。火化柳颖尸体的时候，鸾鸾亦投火中自焚。

这是一部动人的爱情婚姻悲剧。《鸾鸾传》的题材与构思，似乎在仿效《剪灯新话》中的《翠翠传》、《爱卿传》，而有翻新之意。赵鸾鸾与柳颖的悲欢离合，情节更为曲折，更显得跌宕有致。

《琼奴传》写浙江常山才女王琼奴，两岁丧父，母亲童氏携女改嫁富人沈必贵，必贵视琼奴如同己出。等琼奴长大后，必贵为继女琼奴选婿，只重人品和才学，不计其他，结果，家贫而有才的徐苕郎得以入选，而家富却愚笨的刘汉老落选。为此，刘家恼羞成怒，设计诬陷沈、徐两家，冤不得白，徐家充役辽阳，沈家远戍岭南，琼奴与苕郎被生生拆散，天南地北，不相闻问。沈必贵在岭南悲愤而死，家事零落，童氏与琼奴母女，栖身荒凉茅舍，以卖酒为生。当地的吴指挥喜欢琼奴貌美，欲强娶为妾，琼奴守身如玉，誓死不从，以待徐生。吴指挥怒逐母女，幸亏老驿使杜君，怜母女孤贫，出于同乡之义，善加抚恤，得以留住驿所。适值徐苕郎从辽东来南海取军，住于驿站，得与琼奴母女相遇，并与琼奴成婚。离散五年，一朝结合，绸缪感伤，自不必说。谁知，吴指挥竟以抓逃军为名，"捕苕于狱，杖杀之，藏尸于窖内"，再次威逼琼奴嫁给他。这时，监察御史傅公到南方查案，住于驿所，琼奴以冤情上告。御史拘吴指挥刑讯，搜出徐苕郎尸身，惩办了凶徒，冤案得以昭雪。琼奴见大仇已报，遂"自沉于冢侧池中"，受到朝廷旌表。

这篇小说深刻揭露地方豪强、武夫专横跋扈，终于酿成了琼奴与苕郎的爱情婚姻悲剧，歌颂了男女双方坚贞不渝的爱情，情节曲折，引人入胜，琼奴的形象尤其鲜明生动，真切感人。

《芙蓉屏记》写元末江苏士人崔英，字俊臣，携妻王氏到浙江温州上任。在苏州附近，船夫贪财，陡起恶念，将崔英沉入水中，尽杀仆婢，席卷其所有资财，独留王氏，企图霸占为儿媳。王氏假为应允，"勉为经理，曲尽殷勤"，船夫遂不复防备。中秋之夜，王氏乘机将船夫灌醉，逃到一尼庵中为尼，法名慧圆。后来，船夫顾阿秀到尼庵中布施芙蓉屏一轴，王氏认出是其夫所作，在船上失去，遂题诗屏上。此屏后来被郭庆春买去献给退隐于苏州的御史大夫高纳麟。崔英被船夫沉入水中后，因善识水性而侥幸不死，一日卖字到高府，高纳麟赏其才艺，礼聘为塾师。一天，高御史拿出芙蓉屏鉴赏，崔英见上面有妻子新题的诗句，知道妻小尚活在人间，便陈述往事，高公为之动容。高公经多方查访，在尼庵中找到王氏，遂请王氏入府中为夫人诵经。又过半年，高公旧吏按临本郡，高公将崔英夫妇遇盗事告知，尽捕凶犯，审结此案，崔英夫妇得以破镜重圆。

这篇小说以芙蓉屏作为故事的主要线索，巧妙安排情节，而且合情合理，不蹈窠臼，颇能新人耳目。后来，凌濛初据此改写成拟话本，题目是《顾阿秀喜舍檀那物，崔俊臣巧会芙蓉屏》，列入《初刻拍案惊奇》卷二十七。此外还有佚名的《芙蓉屏》传奇。

《秋千会记》写元代宣徽院使孛罗在私家花园举行秋千会，诸女竞集，笑声不断。枢密公子拜住路经此地，闻声后便前去窥视。后拜住遣媒求婚，宣徽使以爱女速哥失里许嫁。郎才女貌，二人皆获称心。不久，拜住一家因事零落，宣徽夫人悔亲，速哥失里却不以拜住贫贱而易志，坚决反对改嫁。父母夺其志，速哥失里遂自缢而死。拜住夜晚去速哥失里灵柩旁哭奠，速哥失里竟起死回生，遂相携私奔他方，成其夫妇。这篇作品描写了少数民族青年男女的爱情故事，在中国古代小说中尚不多见，而且构思新颖，矛盾冲突尖锐，富有戏剧性。

本篇曾被凌濛初改写成拟话本，题目是《宣徽院仕女秋千会，清安寺夫妇笑啼缘》，列入《初刻拍案惊奇》卷九。谢宗锡的《玉楼春》传奇，

也以此故事为题材。

此外，《贾云华还魂记》、《连理树记》、《凤尾草记》等都是有关青年男女爱情婚姻方面的作品，构思新颖，情节曲折，思想深刻，具有较高的艺术成就。

14. 李昌祺赋写长诗《至正妓人行》
lǐ chāng qí fù xiě cháng shī zhì zhèng jì rén xíng

在中国诗歌史上，以七言长篇歌行体描写人物、叙述事件，最成功也最具代表性的是唐代大诗人白居易、元稹开创的"长庆体"，像白居易的《长恨歌》、《琵琶行》，元稹的《连昌宫词》，都是传诵不衰的佳篇。它们都是通过儿女之情和悲欢离合反映出深刻的时代内容，在表现手法上以铺叙为主，间杂抒情，将叙事与抒情相结合，音调协调圆转，语言婉丽缠绵。在明代初年模仿学习"长庆体"的诗歌也曾出现，较具有代表性的是李昌祺所写的《至正妓人行》。

李昌祺为人耿介正直，做官廉洁奉公，洪熙元年（1425 年），他以才望卓著迁广西布政使，后改任河南左布政使，为地方大员。在河南任上，他与右布政使萧省身一起整顿吏治，抑制豪强，打击贪婪的猾吏，疏滞兴废，恤灾救贫，很快使河南一带政化大为改变，赢得了当地百姓的拥戴。后来他因为要为父亲守丧而回故乡，当时河南大旱，百姓生活困苦，人们感念李布政的恩德廉正，纷纷上书请愿，请求朝廷恢复李昌祺的官职，朝廷采纳民情，下诏旨把李昌祺从家乡召回，命他继续去河南赴任，这在古代是特例，称为"夺丧"，可见朝廷上下对李昌祺的推重。明仁宗曾称赞李昌祺是难得的"佳士"，虽然如此，李昌祺却因为不善逢迎而在官场上屡屡受挫，一直没有受到重用，人们对他没有进入内阁执掌大权而感到惋惜。

永乐十七年（1419 年），李昌祺在广西布政使任因事受牵连，被朝廷罢职服役房山（今河北省房山县），他从桂林府（今广西壮族自治区临桂县）动身去房山，长途跋涉，一路风霜。当时已经到了寒冬，他住在一个旅馆里，偶然在那里碰到一个老年妇女，她看上去已经七十多岁，虽然已经年老色衰，但在她的言谈举止与音容笑貌中依稀可以看出她当年的风韵。她虽然满面风尘，衣服破旧，却随身带着一支紫箫，可以肯定她擅长于吹箫的技艺。凭着诗人的敏感，李昌祺隐约觉得这老妇有些来历，或许在她身上还藏着一段鲜为人知的故事，于是他主动与老妇攀谈，询问她的情况。从老妇口中他知道这位老妇原来是元代京城大都（今北京市）的名妓，因为才貌出众而经常供奉内庭，出入于朝廷百官的酒宴之间，曾经名满京华，后来，元代灭亡，她身无所依，准备出家为尼，但没有如愿，就嫁给了一个平民百姓为妻，生儿育女，日益沦落。如今丈夫早已死去，她老无所依，就随着做匠工的孙子，在营造工地上乞食讨饭。李昌祺被老妇的身世遭际所感动，他要了几个菜，两壶酒，请老妇与自己对面而坐，真是"同是天涯沦落人，相逢何必曾相识"，两人对饮话旧，老妇拿出紫箫，特意为李昌祺吹奏了一支曲子，箫声幽咽低回，如泣如诉，如怨如慕。曲子吹奏完毕，老妇已是满目泪花，李昌祺也是司马青衫泪已湿。他感叹老妇的身世，也慨叹自己的遭逢，感慨万千，情不自禁，当场挥笔舒纸，写下了七言长诗《至正妓人行》，写完后将诗赠与老妇作为留念，老妇人很是感动，她起身双手接过诗篇，看了一遍，对李昌祺说："大人的这首诗写得太好了，真类似元（稹）、白（居易）的诗风，只可惜我们相见太晚了！我已经老了，将不久于人世，等我死后，我一定让我的孙子把这首诗在我灵前焚烧，使我在地下冥间也可以诵读您的诗篇！"

李昌祺感慨万端，他告别了老妇，又奔上北上的路程。第二年的春天，李昌祺到京师去，在路过那座旅馆时，他去访问那位老妇人，却不见老妇人的踪影，向人询问，才知道老妇已经死去。李昌祺吟诵去年为老妇人写的诗稿，心中充满着惆怅和悲哀。

李昌祺感事而作的七言歌行体叙事诗《至正妓人行》共八十八韵，一百六十六句，近一千二百字，无论是内容还是风格，都很像白居易的《琵琶行》，两诗都是作者在遭贬之时的作品，都是通过妓人的沦落生平抒发

作者的沉沦遭际与抑郁心态，都是有感而发。李昌祺的这首《至正妓人行》从创作上看明显地在模仿白居易的《琵琶行》，但他的模仿并不是机械地仿效，也不是"少年不知愁滋味"式的强说愁，而是有感而发，有遇而作，所以诗写得虽没有白居易诗的圆转流丽，但仍然具有自己的特色，凄伤感人。李昌祺的这首长诗传开后，当时的名人文士达官巨公多有题咏，光是为这首诗所写的跋文就达十多篇，可见这首诗在当时的影响。李昌祺生当台阁体诗风盛行的时代，但他的诗歌创作却不受台阁体的浸染，能摆脱台阁体的弊病陋习，他的诗清新流逸，色新意古，在当时独具一格。他的诗文集有《运甓漫稿》、《容膝轩草》、《侨庵诗余》等。

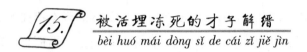

15. 被活埋冻死的才子解缙
bèi huó mái dòng sǐ de cái zǐ jiě jìn

在明代初年的文坛上，有一位名闻遐迩的才子文人，他就是被人们称为"解学士"的解缙。解缙不仅生前以才学冠绝一世，而且在死后也一直被人们视为"才子"的典型而津津乐道，最突出的是有关"解学士诗"的打油诗在社会上广泛地流行，经数百年而不衰。有这样一个传说，说解缙少年时一天在街上走，当时是春天，天上下着丝丝春雨，解缙不小心跌倒在地，周围的人看到了，都笑了起来，解缙随口吟出一首打油诗讽刺笑他的人："春雨贵似油，下得满地流。滑倒解学士，笑杀一群牛。"这当然是民间的随意编造，但却从一个方面说明人民大众对解缙的喜爱。

解缙字大绅，江西吉水人，生于明洪武三年（1369年），死于明永乐十三年（1415年）。他出身于一个仕宦世家，父亲解开是元末明初的文人，曾任吉水县学师训，教育人才，开吉水文学之盛。解缙生而聪明颖悟，据载他生下来还不会说话，就能理解大人的教诲。五岁时，他曾梦见五色笔，笔上有花像荷花一样鲜艳。一天，他的族祖把他抱在膝上玩耍，戏问他："小儿何所爱？"他应声而答道："小儿何所爱，夜梦笔生花。花根在何处，丹府是吾家。"致使他的族祖大吃一惊，认为这孩子将来一定会有出息。七岁时，解缙读书就能过目成诵，写诗作文不假思索，一挥而就，常常笔下出奇语，连大人都比不上他。解缙自己在诗中也说："我时七步诗即成，诸生学士观如堵。"（《河洲正月十五夜有感》）可见他是一个天才早熟、诗才卓越的奇才。

图为《永乐大典》。明初才子解缙以"凡鱼不敢朝天子，万岁君王只钓龙"的马屁诗逃脱了朱元璋的屠刀，得以主持编纂《永乐大典》，但最终还是死于图圄之中。

解缙十九岁参加科举考试，中江西乡试第一名，立刻名声大噪。二十岁时考进士，他与兄长解纶同时考中进士，明太祖朱元璋曾亲自考问他，对他的聪明和才学分外赏识，授他为中书庶吉士，常常令他侍奉在侧。一天，朱元璋在大庖西室对解缙说："我与你义则君臣，恩如父子，你有什么话对我讲，应该知无不言。"让解缙对朝廷政事直接发表自己的看法。解缙很是感动，他当即写了一封长疏奉上，名为《大庖西封事》，在这篇疏中，他毫无顾忌地指陈朝政得失，指出朱元璋喜怒无常、滥杀无辜、奴役百官、加重赋税等行为不利于国家的兴盛。随后他又上《太平十策》，主张参考井田制，兼行郡县制、兴礼乐、办新学校、省繁冗、薄赋敛等。可以说解缙的见解是比较符合当时实际的，但他少年气盛，不谙人情世故，竟敢指陈皇帝的过错，惹得朱元璋老大不高兴。解缙平时自视也很高，特别瞧不起那庸俗的武夫和官吏，一次他到兵部去，索求皂隶，曾不顾情面当面辱骂兵部尚书，样就使他在朝廷上得罪了不少人。朱元璋虽然爱他的才能，但对他的耿介狂傲也很不满意，他曾对人说："解缙以冗长自恣耶？"于是朱元璋趁解缙的父亲解开进京谒见的机会，对解开说："大器晚成，若以而子归，益令进学，后十年来，大用未晚也。"（《明史·解

缙传》）意思是说解缙还年轻不太懂世故，不会做人，你把他带回家去，让他继续学习磨炼，等十年后再让他出来做官也不晚，这就等于将解缙解官回家。解缙只好随父亲回到家乡。

　　洪武三十一年（1398年），朱元璋驾崩，解缙虽被解官在家，还不忘朱元璋对他的赏识知遇之恩，就主动进京哭悼朱元璋。一些平时嫉恨他的权臣们就借故说解缙没有听到朝廷的召唤就私自进京，就把解缙远远地贬谪到河州卫做小吏。后来经过礼部侍郎董伦的推荐，解缙才被召回到京师，任翰林院待诏。明成祖朱棣夺取皇位之后，也很赏识解缙的才华，就擢升解缙为翰林院侍读，让他与大臣杨士奇、黄淮、胡广、金幼孜、杨荣、胡俨等一起进入内阁，参与朝廷的重大决策。在当时入直内阁的七位权臣中，以解缙最为年轻。但解缙任事直言，言无顾忌的性格并没有改变，因此常遭奸谗小人的妒忌。特别是在选立太子的问题上他得罪了汉王朱高煦。按封建时代立嫡立长的规定，朱棣应该立长子朱高炽为太子，但朱高炽为人仁厚，朱高煦虽不是长子，却想夺到太子的位置，他在父亲朱棣面前有所表现，讨好朱棣，致使朱棣在太子的人选上一直犹豫不决。一次，朱棣问解缙立谁为太子合适？解缙极力推荐朱高炽，朱棣这才下决心立朱高炽为太子。此事后来被朱高煦得知，他认为是解缙从中阻挠，使自己失去做太子的机会，就对解缙怀恨在心，时常在朱棣面前说解缙的坏话。朱高炽做太子后，因不会奉迎朱棣，逐渐失去朱棣的欢心。解缙劝谏朱棣，让他不要这么宠信朱高煦，说这样下去会引起他们兄弟间的不和。朱棣听了很恼火，认为解缙是在有意离间他们父子间的亲情，开始对解缙不满起来。一次借故解缙廷试时读试卷不公，把解缙贬谪到广西任布政司参议，不久又改谪交趾布政司右参议。永乐八年（1410年），解缙来到京师面见皇帝，正巧朱棣北征未回，解缙就拜见了皇太子然后回去了。等朱棣回京后，朱高煦就在朱棣面前说解缙的坏话，说解缙趁皇上不在京师时私自拜见太子，有不臣之心。朱棣听信了朱高煦的谗言，十分震怒，就命人把解缙逮到京师，投进牢狱。永乐十三年（1415年），锦衣卫的头目纪刚进呈囚犯的簿籍，朱棣看到籍册上有解缙的名字，就顺口说了一句：

"怎么解缙还没有死啊？"纪纲以为皇帝要处置解缙，回去之后就用酒灌醉解缙，然后把他埋在积雪之中，解缙就这样被活埋冻死。当时他才四十七岁，英年被害，十分令人惋惜。

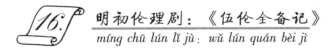

16. 明初伦理剧：《伍伦全备记》
míng chū lún lǐ jù：wǔ lún quán bèi jì

　　明初的剧坛相对来说显得较为冷落，这个时期并没产生任何传世佳作。尽管几位皇帝都是戏曲爱好者，但明初的封建专制和文化高压政策对艺术创作产生了阻扼。由于对文艺的教化作用的过分看重，使这个时期的许多文学创作成了宣扬封建礼教的工具。在传奇创作上，朱元璋认为高明的《琵琶记》是富豪家不可缺的"珍馐百味"，因为它倡导"风化"，宣扬合乎封建伦理的"忠孝"。当时许多具有较高地位的士大夫和官僚主动体会圣意，用传奇创作来劝忠劝孝，宣扬礼教，他们的作品形式上骈偶藻丽，深受八股文的影响，内容上大肆宣扬礼教。这种倾向在成化年间开始出现，至嘉靖年间而登峰造极，形成了传奇创作中的骈俪派，与明初诗文领域中的"台阁体"并行。因为主要作家多系昆山一带人，所以又可称为昆山派。其代表作家、作品是邱浚的《伍伦全备记》。

　　《伍伦全备记》全名《伍伦全备忠孝记》，又名《伍伦全备纲常记》。它的作者邱浚是弘治朝的文渊阁大学士，地位相当于宰相。他生于1418年，卒于1495年，字仲深，号赤玉峰道人，广东琼山人。他的父亲在他幼年时便去世了，他的母亲李氏亲自教他读书。邱浚本人也十分勤奋，三十四岁时中了进士，进入翰林院，做了庶吉士编修，以后他扶摇直上，历任翰林院学士、国子监祭酒、礼部尚书兼文渊阁大学士，因为向皇帝进呈《大学衍义补》被赏识，擢升入阁，实任宰相之职。邱浚是一位勤恩恭顺的官吏，同时又是一位道学家、理学大儒。他曾参与《大明一统志》、《英宗实录》等书的编写，晚年时右眼失明，仍然坚持著录。戏曲创作有《伍伦全备记》、《举鼎记》、《罗囊记》等，大都是道学家宣扬封建伦理纲常

的说教之作，以《伍伦全备记》最为典型。

河南禹县神垕镇伯灵翁庙明代戏台

　　《伍伦全备记》共二十九出，写伍伦全、伍伦备一家忠孝节义的伦理道德。太平郡太守伍典礼死后，他的后妻范氏抚育三个儿子，长子伦全是伍太守前妻所生，范氏生的名叫伦备，最小的儿子安克和是收养的同僚的遗孤。范氏对三个儿子一视同仁。一天，兄弟三人外出游玩，路途中遇到一个醉汉对他们出言不逊，安克和忍不住和他争吵相打，被大哥伦全拉开。半年后，这个醉汉在街上被人打死，凶手不知去向，有人报告官府说伍氏兄弟与他有旧仇，可能是凶手，于是三人被官府捉去抵罪。三兄弟在大堂上争相认罪，愿意以自身偿命，官府难以决断，于是传来范氏。范氏让二儿子伦备偿命，官府认为她偏袒亲子，当知道伦备恰恰是她的亲儿子之后，深受感动，便为三兄弟开脱罪名，并建议他们入京赴考。

　　范氏接受了官府的建议，但赴考前，她要为儿子们订下亲事。她不挑大富大贵人家的小姐，独独选中了儿子们的老师施善教的女儿。施善教品学兼优，除亲生女儿淑清外，还将父母双亡的外甥女淑秀也接来抚养，二人都深受三从四德的熏陶。因而范氏为伦全与淑清、伦备与淑秀定了亲，接着便促三人赴京赶考。伦全中状元，授谏议大夫之职，伦备中榜眼，授为东阳刺史。兄弟二人名震京都，一时名公贵胄纷纷提亲，二人不背前约，回家成亲。而伦备的未婚妻淑秀因思念亲生父母，感戴舅父养育之恩已哭瞎了双眼。施善教因此不愿联姻，意欲退婚。范氏认为"结亲即结义"，坚不退婚，伦备也誓不另娶，因而兄弟二人同时成婚。新婚之夜，淑清一方面忙着筹备次日婆婆的生日，一面又设案为弟妇祷祝。不久，诚意感动上天，淑秀很快双目复明。兄弟二人为报母亲的养育之恩，一心只想在家尽孝，无心赴任。范氏以"忠孝一理"进行教诲，兄弟二人才安心赴任。

在朝为谏议大夫的伍伦全一心忠于朝廷，屡次向皇帝进谏，结果触怒权贵，危及自身。后因向皇帝推荐自己的恩师、岳父施善教被人抓住把柄，贬为抚州团练使，守备边塞小城神木寨。他的妻子施淑清见丈夫被贬边远地方，自己要服侍婆婆无法随行，并且丈夫年已三十尚未有子，于是决定为丈夫娶一个小妾代替自己去照顾丈夫、生儿育女。媒婆被她的豁达大度感动，将女儿景氏许与伦全为妾。景氏在送往神木寨的途中，被夷狄将领劫持，定要娶为夫人，景氏坚决不从，为保住名节纲常，投井自杀。不久，伍伦全也被夷狄俘获，夷狄将领要他投降，封他高官，伦全宁死不屈。范氏在家乡听到这个消息，十分焦急，忧郁成疾。淑清二人竭尽孝道亦无好转。为治疗婆婆疾病，淑清用刀割开自己的肚子，割取肝片给婆婆煮汤，淑秀也割股疗亲，为婆婆滋补身体。但范氏终究伤心过度，一病而亡。

伍伦备、安克和听说长兄被俘，急忙赶去搭救。他们同赴敌营，争相用自己的生命来替出伦全，同去的仆人永安也愿为主人一死。他们的"乾坤正气"终于感动了夷狄，使之率众归顺朝廷。朝廷念伍氏一家五伦俱全又立有大功，便封赠官爵。兄弟三人回乡为母守孝三年，还朝后伍伦备升任宰相，伍伦全升为征虏大将军，一家极尽显贵。

最后，伍伦全、伍伦备年近古稀，深感仕途不是人生归宿，便上本辞归，与家人团圆。而此时施善教已经成仙，名为"玉虚丈人"，统管天下名山洞天，母亲范氏、妾景氏俱已成仙，于是一家人成仙而去，全家在仙界团圆。

邱浚作《伍伦全备记》，目的就是表彰母慈子孝、妇女贞节、兄弟友爱、臣子忠义等纲常伦理，在剧中人名中明显地寓有封建礼教，他认为传奇"若于伦理无关紧，纵是新奇不足传"。

《伍伦全备记》虽然遭到后人的抨击，但由于它适合封建礼教，因而仿效之作甚多。由于邱浚是当时名公大儒，又有一定文采，因而作品内容虽然酸腐，但行文却华实并茂，直接影响了骈俪派的形成。

17. "要留清白在人间"的于谦
yào liú qīng bái zài rén jiān de yú qiān

于谦（1398—1457年），字廷益，号节庵，明洪武三十一年生于浙江钱塘县太平里。他童年聪慧英挺，出语惊人。七岁时与叔父等路过一街叫"癸辛街"，众人都不能想出一个工稳的地名与之相对仗，于谦张口答道："可对'子午谷'。"并指出《三国志》、《通鉴》等出典之处，众人都啧啧赞叹。一个善于相面的和尚曾看见小于谦头上梳着三个小髻，就戏弄道："三丫如鼓架。"于谦立即反唇相讥："一秃似擂槌。"旁观的人都笑起来，那和尚却说："诸君莫笑。此子骨格非凡，人莫能及，他日乃救时丞相也。"十岁时，骑马碰上浙江张巡抚的车驾，巡抚见他是读书人家子弟，就出题考考他："红衣儿骑马过桥。"于谦应声答道："赤帝子斩蛇当道。"不仅对得工稳，而且气魄过人。巡抚大为赏识，送他考试，考中当地秀才。二十一岁中举。二十二岁赴京会试，得中第一名。在皇帝主考的殿试中，他因直陈时弊，取为三甲进士，时为永乐十九年（1422年）。

不久，于谦出仕任监察御使，出使广东，查处官兵滥杀少数民族的事情。做江西、河南、山西巡抚时，他公正清廉，刚直不阿，关心人民疾苦，平反许多冤狱错案，救济灾荒，安置流民，发展农业生产。宣德元年（1426年），汉王谋反被俘，犹自强辩不服，于谦当场历数他的罪状，声若洪钟、义正词严，汉王这才伏地认罪。宣德帝非常赞叹于谦的胆识才略，提升他为金都御史兼兵部右侍郎。

明英宗即位后，太监王振执掌朝政，欺上压下。1450年秋，瓦剌也先大举侵犯，王振挟持皇帝亲征，至土木堡被围。英宗被俘，明军五十万全部覆没，消息传到北京，朝野震动。一些大臣以徐珵为首主张迁都南逃，同时也先大军以英宗为人质，以送驾为名，破关斩将，直逼京师。在此危急关头，于谦挺身而出，力排和议，反对南迁。一面请□王监国，调取山东、河南、南京等地军队急赴北京，一面削除王振余党，稳定人心。在敌军迫近北京时，提出以"社稷为重"的口号，认为国不可一日无君，毅然请立□王为景帝，同时招募民兵，派重将把守京师九门。于谦亲自督战，号令严明，用计诱敌

于谦画像。于谦不仅用"粉身碎骨浑不怕，要留清白在人间"的诗句表明了自己的磊落志向，更用保卫北京的实际行动展示了自己的报国情怀，但正因为如此，他更不见容于官僚集团。

深入，广大军民奋勇杀敌，终于打退也先，赢得京师保卫战的胜利，把明王朝从败亡边缘挽救回来，为国家民族作出巨大贡献。在叛徒喜宁的策划唆使下，也先一边假意要求和谈，一边以英宗为要挟，向边关州县勒索钱粮财货或者攻城掠地。于谦坚决反对和谈，要求边关将领坚壁自守，同时派遣勇士计擒喜宁。也先见无机可乘，战又不利，只得派遣使臣，要求送还英宗。明朝派李实、杨善等出使，最终迎得英宗回京，居于南城宫殿。瓦剌嚣张之时，福建、贵州、浙江、湖广、广西、瑶、苗等许多地方都有盗寇蜂起作乱，于谦调兵遣将，指挥若定，群臣无不佩服。

他功高盖世，却口不言功；加官晋爵，也坚决推辞；所居房屋，仅能遮蔽风雨，这都使一些矜功自傲的人愧恨在心。景帝素来宠信于谦，也为

他忧国忧民的忠贞所感动，曾经亲自为操劳成病的于谦烧取竹沥来和药，这种恩宠也招致了一些人的嫉恨。更因为于谦禀性刚直，群臣有过，他常加弹劾；景帝因用人问他，他从不隐瞒，无所顾忌，所以对他心怀怨恨的人很多。景帝驾崩，奸臣石亨、曹吉祥、徐有贞（前文提到的徐锃）拥护英宗复位，立即逮捕于谦、王文等人，诬陷他们"意欲"迎立襄王的儿子，是谋逆之罪。英宗还在犹豫说："于谦确实有功。"徐有贞道："不杀于谦，我们的所为就无法交代了。"景泰八年（1457年）正月二十八日，一代功臣就这样在奸邪的陷害下以"莫须有"的罪名惨遭杀害。家人充军，家产抄没，抄家的人惊讶地发现他"家无余资，萧然仅书籍耳"。于谦死后不久，奸人石亨等的罪行日益显露，得到了应有的下场：徐有贞流放，石亨在狱中死去，曹吉祥谋反被诛杀九族。于谦的冤情终于大白天下。1489年，明孝宗赐谥号"肃愍"，万历年间，又改谥为"忠肃"，杭州、河南、山西等地的人民纷纷建立祠堂，纪念于谦。于谦的一生与南宋岳飞一样，是一出壮丽慷慨的悲剧，他们同葬在美丽的西湖边上，"江山也要伟人扶，神化丹青即画图。赖有岳于双少保，人间始觉重西湖"。他们的光辉业绩、悠悠忠魂，与绿水青山相伴，万古长存。

于谦作为明代杰出的政治家、军事家名垂史册，他的诗歌创作就不如政治功业那样著名了。于谦时代的诗坛在杨士奇、杨荣、杨溥的"台阁体"安闲冲淡的诗风笼罩中，他却能摆脱时风束缚，关心国家兴亡、民生疾苦，写出许多言之有物、富有个人特色的诗篇。

18. 画家文人沈周的神仙生活

huà jiā wén rén shěn zhōu de shén xiān shēng huó

沈周（1427—1509年），字启南，号石田，晚年又号白石翁，明宣宗宣德二年出生在苏州府长洲县相城里。沈家在苏州是屈指可数的名门望族。祖父沈澄年轻时被朝廷以"贤才"征召进京，不久辞归田园，嗜酒好客，诗才名重江南。他不愿做官的举动，被后代作为家法传承下来。父亲沈恒，也善于做诗，风格清丽；同时善于绘画，跟杜琼学习山水，骨劲思老，妙逼宋人。伯父沈贞也能诗善画。一门祖孙父子，常相聚一堂，吟诗作赋，谈论古今，四方文士学人不断登门拜访观瞻，被评为盛族之首而名扬三吴。

沈周画的盆菊幽赏图卷

生长在这样的家庭里，使沈周的天资禀赋更易发挥，很小的时候，他就有一些华章丽句传布于世人之口了。七岁时，沈周跟江南名师陈宽学习，所作的文章高出陈门诸子。当时，父亲沈恒被乡里推选，不得已做了代收税粮的粮长，常因不能及时完成任务而受到县令的责迫，沈周不忿之下上书为父辩白，人们很赞赏他的智勇孝道。在十五岁那年的秋天，沈周代替父亲的粮长之职到南京听候宣示，并作了首百韵长诗呈给户部主事崔恭，崔恭又当面让他作了《凤凰台歌》，沈周一挥而就，词采焕发。崔恭大加赞赏，称他是当代王勃，并立即下文书，蠲免了沈周父亲的粮长差役。十八岁时，沈周娶了常熟富家女陈慧庄为妻，陈慧庄性格淡泊柔静，略知诗文，孝敬公婆，对沈周的一生事业帮助很大，被他一直看做自己的"闺中良友"。

沈周做诗学画，广交文友，声名日高。二十八岁时，苏州知府想举荐他应"贤良"科考试，他用《周易》给自己算了一卦，得遁卦的九五卦，卦辞是"嘉遁贞吉"，他于是辞谢不赴，从此决心不进仕途为官。三十五岁的时候，沈周被官府免除服徭役，从此不再遭受官吏呵斥侮辱，他好像逃脱樊笼的鸟儿一般欣喜雀跃，一气作了许多诗来表达欢悦之情。

他把自己的居处命名为"有竹居"，每日悠游林下，笑傲烟霞，或寄

情翰墨，吟诗作画。来往的朋友非常多，有刘珏、文林、吴宽、韩襄、钱昌、陈完、徐有贞、沈翊、张渊、周鼎、颜昌、朱存理、李应祯等，进士秀才、官吏处士，不一而足，江南英俊、汇聚左右。朋友们在一起，饮酒畅谈、诗乐并作。沈周常与友人携手出游，近则三吴山水，园林僧庐；远则登虞山、天台，游西湖而访灵隐，探洞庭而看君山，到处联句步韵，风流潇洒。奇山佳水，助成了沈周的诗情文思，更变成为他的胸中丘壑，笔底烟云。

在世人眼中，沈周过的是一种神仙生活，但沈周心底也常常泛起一种淡淡的忧愁甚至伤痛。那时江南连年水灾，农田歉收，家中也是景况惨淡，弟弟沈召卧病数年，在沈周四十六岁时病故，沈周悲痛万分："去年曾约看山行，谁道重来隔死生。身后未成妻子计，水流难尽父兄情。交游屈指无嗟几，修短令人怨不平。下马哭君斜阳里，西风断雁共悲鸣。"（《哭沈继南》）情哀辞切，呜咽欲绝。五十一岁时父亲沈恒又逝世，一年后在朋友的资助下，沈周才得以买地埋葬了父亲。紧接着，连心爱的童仆小同也患痘而死。几年以后，妻子陈慧庄也撒手离去，沈周的创痛无与伦比："已信在家浑似客，更饶除发便为僧。身边老伴悲寒影，脚后衰年怯夜冰。"（《悼内》）真实描绘了诗人身槁心碎的形象。尽管家园多故，他仍然得面对现实的日子，他依旧吟诗作画、接待朋友，心态安宁地走向人生的终点。1509年夏历八月二日沈周病逝，享年八十三岁。

沈周一生都是个布衣文人，连秀才都没考过。年轻时知府汪浒推荐过他，五十四岁时明宪宗下诏征聘过他，七十六岁时巡抚彭礼因读他的《咏磨》诗，还欲礼聘他作为幕宾，都被他一一谢绝了。他恬淡的襟怀甚至超过了陶渊明、孟浩然这样出名的隐者。他们还常为不得志而怨愤，沈周则终生都避开了出仕与退隐这类困惑封建文人的永恒的矛盾，成为中国文化史上少有的典型。这一方面因为家法规矩，另一方面也因为他看透了明朝君主昏聩、阉宦专权的黑暗现实而终生不仕，也因为他的淡泊的性情、旷达的胸怀而不为退隐而痛苦，同时作为画家的志向与审美情趣使他在对自然山水的亲近中找到并实现了自我。他性格热忱而谦逊，谨慎而正直，始终保持高洁的操守，不恃才情而傲世骂俗，不因退隐而放浪狂诞。他不因不做官而只顾"独善其身"，反而时常关注国家命运和民生疾苦。"土木堡之变"时他写下了《己巳秋兴》，表达了忧国之思；因为雨灾朝廷罢免程敏政官爵"以塞天变"，沈周直指这种政治的昏暗与荒谬，写出了海内传诵的"人从今日去，雨是几时停"的名句；御史蒋钦因弹劾权宦刘瑾被杖毙，八十一岁的沈周仍不畏淫威，做诗哭且赞叹：

> 肝胆都消血肉中，老夫和泪哭英雄。
>
> 片言祸福人难料，一死是非天自公。
>
> 后世茫茫青竹简，高堂咄咄白头翁。
>
> 忠魂化作长生树，垄上空号西北风。

生在乡野，农民的苦难都是他亲见亲睹的，沈周掩着同情之泪为之写下了纪实诗篇，如《廿四夜书事》云："租摧鞭扑命何堪，百落千村尽卖男。"如《堤决行》、《低田妇》等，无不可信为"诗史"。

朋友杨循吉称沈周画比文好，尽管他主持江南文坛几十年，他的绘画确实远超过他的诗文。他十六岁跟伯父沈贞学画，后又师从杜琼，四十一岁后，由盈尺小景拓为大幅，粗枝大叶而天真烂漫，曾为朱存理作山水长轴长达三丈九尺九寸，历时一年。早年学习董源，中年以黄公望、倪云林为宗，晚年陶醉于吴镇，却能默有心得，融会贯通。更兼做画态度严谨，"十日画一山，五日画一水"。胸中丘壑万千，自称"江山落吾手"，看如可行可居，妙绝天然，其成就之高，影响之远，开创"吴门画派"，与文征明、仇英、唐伯虎合称"明四家"，而实可推为有明第一。

沈周的诗歌虽不及绘画的成就，但也不为复古时风所掩，而卓然成家。从中晚唐到南北宋、从白居易到苏轼到陆游，无所不学，而且以土语方言入诗，风格在雅俗之间，不可以一般的声律规矩来衡量。抒情体物，开阖变化，却能切近人情，感人至深。

沈周一生著述很多，现今传世的还有《石田文钞》、《石田杂记》、《石田翁客座新闻》、《杜东原先生年谱》等九种，诗歌主要收在诗集《石

田稿》及《石田先生集》里。

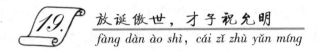

19. 放诞傲世，才子祝允明
fàng dàn ào shì，cái zǐ zhù yǔn míng

祝允明（1460—1526年），字希哲，因右手多生一指，所以自号"枝指生"，又号"枝山"，明英宗天顺四年出生在苏州一个仕宦人家。祖父祝显是个进士，朝中曾传旨选拔四名文才出众的人，进了宫门才知道是给小太监做老师，他一气之下就出来了。做过给事中、山西参政等官，很有政绩。祝允明自小聪敏过人，五岁就能写一尺见方的大字，九岁就很会做诗，读书很多，经史子集，旁收杂览，而且有过目不忘的才能，所以胸藏万卷，不管多么生僻的典故、知识，他都能随时记起。发为文章，宏大峭拔，奇气警人，而且思如泉涌，千言立就。他善于书法，小楷狂草，名动四海，当时人将他与文征明、唐寅、徐祯卿一起，合称为"江南四才子"。但就连这样的才识之士，在僵化腐朽的科举制度面前，也是连年碰壁。他曾连续五次参加乡试，却五次败北，这对他的打击很大，但他不是变得消沉，而是更加疏狂放浪、傲视一切。弘治五年（1492年），三十三岁的他终于在乡试中中举，当时的主考官王文恪早就熟知祝允明的才名，当他批阅到一份非常出众的考卷时，不忍释卷，说："这必定是祝允明的文章。"果然被他猜中。中举以后第二年，祝允明就开始了他漫长的会试考试的历程。哪知一直考了二十一年，直到他五十五岁的时候，第七次会试还是落第了，而他的儿子祝续早在三年前就中了进士。他觉得心灰意懒、索然无味，决定放手不考。不久，他以举人的资格被朝廷委任做官，远远地跑去广东惠州兴宁县做个小小知县。他之所以选择这条路，是想攒点钱作为晚年隐居之资。祝允明在任上做过一些好事，他捕杀了三十多个盗贼头目，境内得以安宁，但他既不会催租要粮，而且也觉得毫无乐趣，光阴蹉跎，不由诅咒起这个鬼地方来了。既没有荔枝吃，又没有美酒喝，整日风里来水里去地走村过巷，听到杜鹃声声"不如归去"的啼叫，真想打道回家了。他既没有弄到想像中的银钱，第二年还因没完成钱粮任务而被停发了薪水。可能是官运亨通的儿子的缘故，后来祝允明居然升迁到南京做了应天通判，都市虽然繁华，但那官僚钩心斗角的政治旋涡让他害怕："世途开步即危机，鱼解深潜鸟解飞。欲免虞罗唯一字，灵方千首不如归。"三十六计走为上，祝允明不久辞去官职，回家赋闲。晚年穷困，六十七岁时离开了人间。有《怀星堂集》、《祝氏集略》传世。

祝允明手书《前赤壁赋》

祝允明是一位杰出的书法家，许多人求之而不可得，就贿赂与他相好的妓女，常常轻易地得到。据说他的一幅真迹可卖纹银五两，而当时十两银子就可置下一所不错的房产。王世贞《艺苑卮言》评他的书法说："（他对前人）靡不摹写工绝，晚节变化出入，不可端倪，风骨烂漫，天真纵逸。"小楷《叙字帖》、《前出师表》端整谨严、笔力矫健；晚年的《太湖诗卷》舒展秀逸，变幻莫测。狂草尤为当世所重，《前赤壁赋》、《箜篌引》锋势雄强，显出他不可羁束的性格。

20. 江南才子，风流唐伯虎

jiāng nán cái zǐ, fēng liú táng bó hǔ

唐伯虎（1470—1523 年），名寅，初字伯虎，后改字子畏，还有六如

居士、江南第一风流才子、桃花庵主、鲁国唐生、逃禅仙吏等别号。明成化六年二月初四，诞生于苏州府吴县吴趋里的一个商人家庭。父亲唐广德，虽然经商却有文人的品行，在繁华的苏州阊门开着酒店兼宰杀猪羊。

屠沽之家，在当时的社会中地位极其卑下，唐广德寄厚望于伯虎，盼他读书出仕、改换门楣。伯虎生来极为聪慧伶俐，几岁就能写作八股文了，十六岁参加苏州府秀才考试，高中第一名，让人惊叹侧目。他也善于古文，骈俪尤绝，诗歌秾丽绮靡，与文征明、徐祯卿、祝允明往还唱和，被誉为"吴中四才子"。唐伯虎十九岁娶妻徐氏，夫妻相得。然而命运乖舛，二十五岁时父亲辞世，母亲、妻子又相继殁亡，只留下年幼的弟妹，后妹妹出嫁不久就死去，"不幸多故，哀乱相寻，父母妻子，蹜踵而没，丧车屡驾，黄口啾啾"。伯虎虽然掌门户，但不善经营、不问生产，又慷慨好客，周人之急，家道急转直下。尽管多遭变故，他仍然狂放跌宕，不加检束，虽然是府县秀才，却不以科举为意，与同学张灵日夜饮酒，有时在县学水池中赤身而立，激水戏斗，称为水战。好友祝枝山规劝他道："你真想实现你父亲遗愿的话，还是钻研钻研科举文字吧。你若一定要一意孤行，干脆扯了秀才头巾，烧了《论语》、《孟子》算了。你这样身在其位却不谋其事，真不知你将来何去何从？"唐伯虎慨然道："好！明年将应天（南京）会试，我就努力学习一年。如果考不中，绝不再考第二次。"于是杜门谢客，精研《四书》、《毛诗》，学问一日千里。

文征明的父亲文林这时做温州知府，郁郁不得志，唐伯虎写信劝慰他，文林读了他的信，觉得他的文字雄伟奇异，就把信给苏州知府曹凤看，曹凤啧啧称叹："此人是龙门烧着尾巴的鲤鱼，很快就要跃登仙界了。"第二年应天大考，主考官梁储批阅到伯虎的文章，赞叹不已："难道读书人中真有这样的奇才吗？这解元非他莫属了。"结果唐伯虎乡试第一，天下哄传，万人争睹，其光辉荣耀，后世竟不称呼他的名字，而以"唐解元"称呼他。他自己的内心也兴奋不已。在《领解后谢主司》诗中得意地写道："三策举场非古赋，上天何以得吹嘘。"这一年他二十九岁。

然而，世事如棋，率真无忌的唐伯虎，很快从人生的顶峰跌进命运的

苏州唐寅墓

深谷。乡试的第二年，他与江南富家子弟徐经携手进京赶考。到了京师，二人奔走豪门，结纳显贵，更经梁储引荐结识了主考程敏政，伯虎虽然名誉日隆，但也遭到了一些人的疑忌。而徐经故伎重演，重金贿赂程敏政的童仆，偷了试题，先请伯虎做一篇作为范本，伯虎又将此事告诉了好友都穆。尚未发榜时，都穆在一姓马的侍郎家饮酒，听说唐伯虎又中第一，一时嫉恨，就将徐经买题的事说了出来，被给事中华昶上奏朝廷，顿起大狱。徐经革去功名，伯虎贬往浙江为吏，虽誓死不往，但仕举功名的道路也就此彻底断绝。从此他困顿穷愁，为世俗不齿。不仅第二个妻子离他而去，甚至自家的狗，也对他当门狂吠。阅尽了世间冷暖人情险恶的他，走向了世俗礼教的对立面，将本性中原有的叛逆性格淋漓尽致地表现出来，成为一个既避世又骂世的狂士。他将年幼的弟弟托付给文征明，愤然离家，千里远游，涉足庐山、天台、武夷、衡山，放舟洞庭、彭蠡、东海。回来后，筑室桃花坞，自命为"江南第一风流才子"。更加放浪形骸，游戏风尘，不拘礼法，所做多为惊世骇俗之举。他曾化装乞丐、戏弄一班附庸风雅的商贾，乞酒做诗曰："一上一上又一上，"商人大笑。他随后又挥笔续为一绝："一上直到高山上。举头红日白云低，五湖四海皆一望。"众人都惊奇万分。好友文征明生平不好女色，伯虎则约请妓女，骗文征明到花船中，逼他亲近女色，直到文征明急得要跳水，才大笑作罢。传说他曾爱慕一个叫秋香的丫鬟，化成书童进入某官宦家，最终获得了秋香的爱情。这就是著名的"三笑"故事，虽然是小说家言，但它的存在恰好反证了伯虎性格举止的风流放浪。唐伯虎晚年穷愁，常常三餐无继，靠写字卖画为生。曾有寄友人的诗写道："十朝风雨苦昏迷，八口妻口并告饥。信是老天真戏我，无人来买扇头诗。"他渐渐意态消沉，信仰佛教，认为世间一切皆是空幻，"如梦、幻、泡、影，如露亦如电，"便自号六如居士。明嘉靖二年（1523 年），他贫病交加，死于家中，享年五十四岁。

真正让唐伯虎名垂后世的，还是他那高妙的画艺和大量的画作。他早年师从周臣，取法南宋，后又向沈周学习。取法元人，融两派之所长，加上他曾壮游名山，胸藏万卷，很快自成一家，青出于蓝。老师周臣感叹道："我的画不如伯虎，因为我不像他胸有万卷书啊！"他与文征明、沈周、仇英一起，被后人称为"明四家"。他擅长山水、仕女、花鸟，山水多写实，兼表现高人隐士的飘逸生活；仕女往往取材于古代传说、故事，实则描绘画家心中的美女形象，以《簪花仕女图》、《秋风纨扇图》为代表；花鸟多用写意，活泼生动，以《古槎栖鸟图》为代表。笔法成熟，线条劲韧，墨色变化无方，加上他那罕世的文学修养，他的画形神毕备，趣味盎然，境界高妙。

唐伯虎一生诗文创作不少，然而多题于画端扇面，散佚很多，今天幸存的，不足十分之一。清人唐仲冕辑为《六如居士全集》，最为完备。

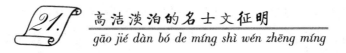

21. 高洁淡泊的名士文征明
gāo jié dàn bó de míng shì wén zhēng míng

明宪宗成化六年（1470 年）十一月六日，在苏州德庆桥西北曹家巷一户姓文的人家，一个男婴出世了。他就是后来名满天下的文征明（1470—

1559年）。

文征明初名璧，改字征仲，四十二岁时改名为"征明"。他小时候比较愚拙迟钝，七岁才能站立，八岁还不大会说话，到十一岁上私塾时口齿才顺畅。但他那进士出身的父亲文林却很钟爱他："这孩子必能大器晚成，不是他看来聪慧的哥哥能比得上的。"启蒙后果然颖异挺出，每日记诵几千言，尤其喜欢古文。当时以古文出名的杨循吉、祝允明，虽年长文征明十多岁，都愿折辈相交。祝允明（枝山）赞叹

文征明画像

道："文君真是锦绣才子啊。"当文征明十九岁时，就有人伪托他的名字作文出售，杨循吉都能一一辨别出来。与父亲同年进士的吴宽，是古文名家。在父亲的介绍下，文征明拜他为师，吴宽高兴非常，将自己的古文作法倾囊相授，并在公卿士大夫之间传播他的声名。

十九岁时，文征明第一次参加苏州的岁试，因书法不佳，列在三等。于是他发愤精研、刻意临摹，后来更拜南京太仆寺少卿李应祯为师，终于成为一代书法大家，也在这一年，文征明跟沈周学画，沈周对他特别器重喜爱，赠诗道："老夫开眼见荆关（按：五代后梁画家荆浩、关同，擅长山水，世以荆关并称），意匠经营惨淡间。未用荆关论画法，先生胸次有江山。"有青出于蓝之许。从十六岁开始，文征明与许多才子名士交游往还，先后有都穆、唐寅、蔡羽、祝允明、杨循吉、吴纶、吴仁、黄云、徐祯卿、钱同爱、沈律、朱凯、王鏊、吴一鹏、薛章宪等，皆一时英秀。更与祝允明、唐寅、徐祯卿一起，被时人称为"吴中四才子"，唐寅善画，徐祯卿善诗，祝允明善书，而文征明总有三家之长。如此才子，竟然连试

不第。都穆中了进士，唐寅得了解元，祝允明、徐祯卿也连起科举，友人的顺达不免引起他心中的振荡与悲伤。在唐伯虎中解元这年，父亲文林驰书告诫他："伯虎的才能宜中解元，但为人轻浮，恐怕最终无成。我儿你将来的成就之远大，不是他能达到的。"真是知子莫若父，这并非贬人慰己之辞，后来，果然文征明名垂天下几十年，为一时之泰山北斗，而唐寅命运乖蹇，福寿不终。

二十三岁的时候，文征明结婚了，妻子是昆山吴愈的三女儿。吴愈官河南参政，也是书翰世家。夫妇同年同月生，征明初六日，夫人初一，两人敬重恩爱，相守白首。征明生平无二色，足不涉狭邪；夫人孝事公婆，严教子女，持家节俭，一生不断织布绩麻，每日晚间都要记下一天的用度出入，而且规划有方，即使筑室置产、嫁女娶媳这样的大事，也不用征明过问，使他能潜心文艺。文征明的一生成就，都有着这样一位贤妻的功劳。

三十岁时，父亲文林在温州知府任上病重，征明闻讯，饮食俱废，带着医生星夜赶往温州。他赶到时，父亲已于三日前谢世，文征明悲恸欲绝，几度晕去。温州吏民出资千金作为丧仪，征明坚辞不受，说："不能让生者的不屑行为玷污了死者的清廉声名。"温州人民于是重修当地的"却金亭"，将此事刻在碑上。父亲去世后，文征明的生计日益困窘。父亲的故友俞谏，很想送钱给他。一天，俞公问他："你不觉得早晚艰难吗？"他说："早晚吃粥，很好的。"俞公又指着他的破衫问："怎么会破到这个地步呢？"征明故装未解："下雨天，只得穿上旧衣服。"虽不好再提送钱的事，但俞公在心底更加佩服征明的节操。又一日，俞谏访问征明，见他门前的沟渠堵塞了，水溢遍地，就说："从风水的角度讲，把这条水沟挖通了，你一定能考中进士。"征明推辞道："请您就别管它了。沟一挖通，水就要殃及邻舍了。"俞谏深自懊悔："我可真想帮他通沟改善风水，可我为什么要先说出来呢？唉！我真的不能帮征明什么忙了。"也真是命运多舛，文征明一直考到五十三岁，先后参加了九次应天府乡试，始终未能取得半个功名。后来工部尚书李充嗣巡抚苏州，钦服征明才学，将他作贡生举荐于朝廷。征明北上京城，经过吏部考核，很快被封为翰林待诏，参加修撰《武宗实录》。这时，他已经五十四岁了。

在翰林院三年，文征明受到杨慎、黄佐、陈沂、马汝骥等人的敬爱佩服，尤其是大司寇林俊更为看重。每当群英宴集，林俊必邀征明，谓"席间岂可无此君耶？"尽管做了翰林，尽管与朋友们惺惺相惜，优游酬唱，文征明并不觉得春风得意，反而怅然若失。仕途不仅远离了治国平天下的梦想，而且在征明面前展示了太多的阴暗面：一些大臣议论副相仪礼的错失，许世宗遭贬；七月，又因争论太后尊号，杨慎等人廷杖戍边，甚至有被杖死的。征明虽因病请假而幸免于祸，但知识分子在封建权威面前无足轻重的境地，不能不引起他的反思，一向决断的他，毅然三次上疏，辞官归里。于是优游林壑、潜心翰墨。名士周天球、彭年、陆师道等皆出之门下。他常携儿子、门人泛舟湖山之间，谈艺文、品泉石，焚香燕坐，望之如神仙中人。四方儒者填户塞巷地来拜访，连外国使者也绕道吴中，以见不到他为恨事。1559年二月二十日，文征明在为严杰御史的母亲写墓志时，握着笔就去世了，享年九十岁。

文征明号称"诗书画三绝"。书法工小楷，得《黄庭》、《乐毅》等法帖笔意，但更加精纯温正；隶书取法钟繇，为当世独步。绘画不肯墨守成规，步趋古人，而只取古人笔意，继承发挥，画风清真古淡，也时有天真烂漫处，无不体现了作者鲜明的个性。诗歌创作从陆游入手，后学习中晚唐，诗风温正和平，娟秀妍雅，尽管当时有人提倡格律气骨，他的诗风也不为时尚而变。文征明辞官之后，仍然有许多王侯权宦来结交他，周王送来古鼎古镜，徽王送来金宝瓶和其他珍宝，征明不仅不收，而且连他们的书函也不愿拆封看一眼。征明一生并不富裕，他的书画当时就很珍贵，求之者车载斗量，连那些仿作的赝品也被人重金收购，发财易如反掌，而他却不屑为，相反常常为许多生活贫困的人作画，连日不倦。

征明高洁淡泊的操守情性，即使在官场，面对权利、声色、饮酒，也能泊乎无心，断在其中，万变于前而不动，出乎淤泥而不染；在山林而不放浪，处江湖而不狂狷；发于翰墨，也能既中规矩，又写怀抱。他光辉的

人格魅力吸引了许多当时及后世人，并为人所仰慕与追随。

文征明的诗集有《甫田集》三十五卷传世。近人周道振辑校的《文征明集》，搜罗诗文，较为详备。

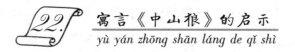

22. 寓言《中山狼》的启示
yù yán zhōng shān láng de qǐ shì

东郭先生和狼的故事，在我国早已是家喻户晓的寓言，"中山狼"一词也成了忘恩负义者的代称。在古典名著《红楼梦》中，贾迎春的丈夫孙绍祖被称为"中山狼，无情兽"。可见，这个故事在我国古代流传甚广。古代文学史上，宋代谢良就有《中山狼传》，这一小说收于明人所编《宋人小说百种》和《古今说海》。中山狼故事流行最盛的当属明朝。在小说方面有马中锡的文言小说《中山狼传》，由谢良小说改编而成。戏曲方面，则有王九思的一折杂剧《中山狼》，康海的四折杂剧《中山狼》。另外，陈与郊、汪廷讷也曾分别著有《中山狼》和《中山救狼》杂剧，虽然已经失传，但内容不外是东郭先生和狼的故事。在这些文学作品中，最负盛名的当属马中锡的小说和康海的杂剧了。

马中锡的小说和康海的杂剧在内容上大致相同。赵简子打猎，射中中山狼，狼负箭而逃。东郭先生往中山求取功名，负囊骑驴行于道上，路遇中山狼，狼向先生乞怜求救，先以报恩相许，继以兼爱之道相激，东郭先生虽然知道救狼会获罪于赵简子，但经不住狼的哀求，出于墨者的兼爱思想，将狼藏于袋中。赵简子率从人追捕中山狼，杀气腾腾而来，向东郭先生询问狼的去向，先是挥剑砍辕相威胁，又下令搜袋相逼，东郭先生巧言令色，终于哄骗了赵简子，救了中山狼。可是狼一脱险便忘恩负义，出袋便要吃东郭先生充饥，东郭先生斥责狼负心，狼却振振有词，认为东郭先生应该让它吃掉，以体现墨家兼爱思想，并凶狠地扑了过去。东郭先生只好一边躲避防范，一边要求"问三老"来看看该不该给狼吃掉。狼同意了东郭先生的要求，他们首先遇到一棵老杏树，老杏因有功于老圃，而老圃却要将自己砍伐十分气愤，认为人类皆是忘恩之辈，所以狼应该吃掉东郭先生。次遇一头老牛，因年老体衰将被人宰杀，正有满腹怨气，也主张将东郭先生吃掉，狼更加得意。最后遇到一位杖藜老人，东郭先生讲述了救狼的经过，求老人公平判断，而中山狼却说东郭先生救它是假，实际是想陷害它。杖藜老人已看透狼的真面目，假言要看看他们所说是否真实，将狼又照原样重新置于袋中，并示意东郭先生将狼杀掉。东郭先生仍不忍杀狼，还主张把狼放掉，杖藜老人拍掌大笑，给他讲了一通世道狼心的道理，东郭先生才恍然大悟，将中山狼杀掉。虽然马中锡的小说是典雅的文言，康海的杂剧通俗浅切，但其中都体现了平凡而深刻的哲理，揭示了狼奸诈凶残的吃人本性，批判了像东郭先生那样的迂腐糊涂、敌我不分的人。从中我们可以看出作者对世道人心的愤慨。

在明代文坛，流传着关于马中锡作《中山狼传》小说，康海和王九思作《中山狼》杂剧是以讥刺李梦阳负恩的说法。

康海是明代中叶著名的诗文作家，他和李梦阳同为当时复古派领袖，两人私交甚好。正德元年，武宗朱厚照即位，宦官马永成、谷大用、刘瑾等八人用事，时人称为"八虎"。李梦阳当时任户部郎中，户部尚书韩文等欲弹劾阉党，李梦阳代为草拟奏疏，因内阁群僚意见不一致而事未成，于是刘瑾等宦官权势更炽。李梦阳因此获罪，后被逮捕入狱，罪拟斩首。李梦阳在狱中托人传出片纸，向康海求援，纸上写着"对山救我"四字。康海接信后，打算去向刘瑾求情，因为刘瑾也是陕西人，康海中状元后，刘瑾慕其才名，多次以同乡关系和高官厚禄来招诱他，欲将其罗致门下。曾有一次，刘瑾特意派亲信致意康海，说："主上欲以汝为吏部侍郎。"而康海对使者说："我做官才五年，从来翰林没有做五年就升到堂部的，请为我向皇上推辞。"婉言拒绝了刘瑾的罗致。可见康海对宦官专权有所不满，并且具有高尚的节操。为救李梦阳，这次他却不惜名节，前往刘府。刘瑾听说康海来访，十分高兴，迎至大门口，并设宴相待。席间，康海口若悬河，谈经论典，刘瑾十分敬重，对康海说："人谓自来状元，举不如公，恨不获一见，今幸见之，又过于所闻。诚增光关中多矣。"康海笑道：

"海何足言！今关中自有三才，古今稀少。"刘瑾忙问"三才"是什么，康海回答说，一是您老先生的功业，二是张尚书的政事，三是李郎中的文章。刘瑾说："李郎中是指李梦阳吧？这个人应杀无赦！"康海叹口气说："杀是应该杀啊，可惜关中少了一才！"过了几天，李梦阳便获赦释放了。

两年之后，刘瑾事败倒台，康海被诬为刘瑾的同党而遭罢斥，削官为民，其中一条罪状便是拜谒刘瑾救李梦阳。而李梦阳复官，却没有对康海出力相救，因此，人们往往从道德上权衡比较，认为李梦阳有负于康海，康海作《中山狼》杂剧来讥刺李梦阳。王九思是和康海一起由于同样的原因遭到削籍的同乡官僚，回乡之后，二人又整日一起游山玩水，征歌选妓，放荡形骸三十余年，可谓志趣相投，所以，人们也认为王九思作《中山狼》杂剧是为康海鸣不平，斥责李梦阳的负恩。而马中锡和康海是同时代的人，他也曾因为反对太监刘瑾，被捕下狱。据《明史》本传记载，马中锡"居官廉，所至革弊任怨，以故有名"。由此看来，他是一个为人正直、为官清廉的人，他的《中山狼传》可能是有所感而发的。后人往往将其附会为是为刺李梦阳负康海而作。

其实，李梦阳与康海之间一直十分友好，无论是康海罢官前，还是罢官后。康海罢官的罪状之一是"谒瑾而救李"。而实质上是由于他的思想性格不容于世，嫉恨者借刘瑾一案来打击他而已。康海曾同李梦阳、王九思等倡导诗文复古，对以李东阳为首的台阁体提出尖锐的批评，认为这种文体使"文气大坏"。李东阳执掌朝政和文坛多年，对于这种批评，深为不满。再加上康海为人耿介直率，傲岸自负，好面斥人过，稍有不如意事就怒骂不止，引起了一些人的嫉恨。所以当刘瑾事败，这些人便乘机将康海排挤出朝。李梦阳即使想援手相救，恐怕也无能为力。康海去官后，二人还继续保持交往，友情很深。康海刚被罢官免职，就想到李梦阳，作了两首《怀李献吉》，约李梦阳共游五岳。可见他从未因丢官失职而怨恨李梦阳，李梦阳听到康海遭到弹劾的消息后，立即写诗寄与康海，对他表示深切的同情与关怀，由此可知，康海写《中山狼》谴责李梦阳忘恩负义是后人的捕风捉影和臆想。

　　然而，中山狼的故事，为什么会如此集中地出现在明代中后期的文坛呢？这与当时的社会状况有关。当时朝廷内部钩心斗角，官僚们争权夺利，机诈百出，为了权势名位，好友可以反目成仇，师友也能变成冤家对头。社会风气败坏，维系人际关系的传统道德观念日趋淡薄。为了现实利益，背亲忘友、忘恩负义的事时有发生。康海创作《中山狼》虽非讽刺李梦阳，但仍可能是对世情有所感而发。他曾经"数次援人于死地"，"而获生者及造谤焉"。在康海遭祸之时，的确有些曾经追随过他或受过他援助的人忘恩负义。康海本来就嫉恶如仇，对此必然会愤慨不已，《中山狼》也可能是由此而发。马中锡的一生也是大起大落，从自己的坎坷经历中看透人世的险恶，曾做诗感叹道："平生不识负嵎虎，末路乃遭当道狼。"他写《中山狼传》确是讽刺时世之作。王九思也是政治舞台上的失败者，对现实亦采取了冷峻的批判态度。

　　无论是小说还是杂剧，作者的意图都不在于讽刺某一个人。在康海的杂剧中，作者指出"世上负恩的尽多，何止这一个中山狼"。把目光投向了广阔的社会现实生活，"休道是这贪狼反面皮，俺只怕尽世里把心亏，少什么短箭难防暗里随，把恩情番成仇敌"。并且列举出种种忘恩负义的现象，包括负君、负亲、负师、负友等，说明了社会的混浊和人心的险恶，从而，使作品成为具有普遍意义的社会讽刺剧，产生了针砭社会人心的作用。

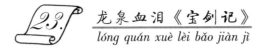

23. 龙泉血泪《宝剑记》
lóng quán xuè lèi bǎo jiàn jì

　　林冲是妇孺皆知的梁山好汉，在《水浒传》中，关于林冲的回目是全书中十分精彩的片段。在明代戏曲史上，第一个以林冲故事、也是以水浒故事为题材进行创作的是李开先，他的《宝剑记》就是取材于《水浒传》中的林冲故事而写成的。

　　李开先（1502—1568 年），字伯华，号中麓，山东章丘人，祖籍陇西。

李开先像

他的父亲李淳是当地的名士，善于解说经义，曾经以解经折服朝鲜使臣。但他一生皓首穷经，却未能博得一第，年仅五十便去世了。李开先自幼受到父亲"仕途经济"的教诲，习惯于读书习文。他七岁能文，并发愤自励，常常读书至深夜。终于在嘉靖八年（1529年）中了进士，踏上了仕途。

李开先为官精明能干，为人圆通但不失法度，得到了上司的赏识，早年有点儿春风得意。他先后做过户部主事、吏部考功司主事，稽勋司员外郎、文选司郎中及太常寺少卿等职。在公务之暇，他还与一些当时有名的文士相互唱和，文名称盛于京师，甚至连嘉靖皇帝也听说了他的文名，在敕书中特地表彰他在文学上的成就。李开先与王慎中、唐顺之等人并称"嘉靖八子"，在赋诗度曲方面的确富有才华，然而，早年李开先却志不在此，他"雅负经济，不屑称文士"，希望在仕途上有所作为。他做官期间廉洁守职，知人善任，显示出突出的政治才能。然而，封建社会官场的凶险却使他很难逃脱党派的倾轧，远离派系斗争的旋涡。

嘉靖二十年（1541年）四月，当时的皇家宗庙失火。这种天灾异变在当时往往被视为朝中出了奸佞。于是皇帝下诏，朝中四品以上的官员每人都要将自己的政绩如实写成报告以备查勘，并各呈上一份"辞职书"。李开先当时恰为正四品，依例上疏自陈。而当政的是夏言、严嵩。夏言等对李开先的耿直清正及才能声望有所嫉恨，便借机将其削职罢官。皇家宗庙的一场大火，烧断了李开先的美好前程，他在四十岁的壮年回乡赋闲了。

归乡闲居之初，李开先并没有失却对复出的信心，他素有经世济民的大志，还想再有所作为。但在毫无希望的等待中，他渐渐看清了自己的处境，对朝廷失却了希望，于是便纵情诗酒，放浪形骸，以此来消除一腔入世的热望，寻求精神的解脱。他参加了当地的词社和诗社，成为文坛中的核心人物。他还流连酒色，他的妻子曾专遣人到丰沛等地为其物色侍妾。早年他赋诗度曲的才能也得到了极大的发展。李开先赋闲家居时曾"蓄歌妓，征歌度曲"；起书楼，购秘籍，"藏书之名闻天下"，在当时有"诗山曲海之称"。特别是他家中养了一个很大的戏班子，全盛时约达到四十人。可见李开先把很大的精力投入到戏曲和其他文学作品的创作上。时人称他"年几七十歌犹壮，曲有三千调转歌"。李开先为我们留存下的诗文、戏曲非常丰富，据说《金瓶梅》可能是李开先的作品。但戏曲《宝剑记》是他目前可确定的最著名的作品。

《宝剑记》虽取材于《水浒传》中的林冲故事，但在人物情节上略有变动。剧中林冲出身官宦，原为征西统制。高俅以善蹴鞠封侯，童贯以宦官而封王，林冲对这种局面深为不安，因而上疏直谏，被贬为巡边总旗。后由张叔夜提拔，才做了禁军教师。他见高俅弄权误国，再次上表弹劾高俅。因而遭到高俅等奸臣的嫉恨，以看宝剑为名，把林冲赚入军机重地白虎节堂，以此为罪名，欲置之死地而后快。林冲之妻张贞娘为夫上本鸣冤，才改为刺配沧州。高俅密令解差杀林冲于途中，幸亏林冲的故交鲁智深救护，才幸免一死。这时，林冲的妻子张贞娘因婆婆患病赴东岳庙烧香禳灾，并为丈夫祈福，她遇见了高俅的儿子高朋，高朋一见张贞娘，便生邪念，企图霸占她。高俅一计不成，又生一计，派陆谦、傅安赶赴沧州谋害林冲，烧了林冲所管的草料场，企图将林冲葬身火海。林冲杀了陆谦、傅安，无处安身，投奔柴进，柴进举荐他投奔梁山，成为一名头领。而林冲的母亲在高衙内的逼迫下自缢身亡，张贞娘卖钗葬了婆婆，又在好心的邻居的帮助下逃出汴京，去找寻丈夫，后被白云庵中尼姑所救，出家为尼。她的侍女锦儿代主而嫁，自尽于洞房之中。后来，林冲带领五万梁山兵马攻打汴京，"两赢童贯，三败高俅"，朝廷震恐，忙招安了林冲、宋江，并接受了清除奸佞的条件，将高俅父子问成死罪，交由林冲发落。林

冲报仇后又寻到了贞娘的下落，夫妻团圆。

为了衬托出林冲的全忠全孝，《宝剑记》还丰富了张贞娘的形象。在《水浒传》中林冲的妻子是一个柔顺的妇女，而在《宝剑记》中她是一个有见识、有胆略、性格坚强的女性。她平常是林冲的知己，常鼓励林冲与权奸斗争。林冲被陷问罪后，又写本辩冤并弹劾权奸。丈夫发配后，她在家中赡养婆婆，高衙内一再威逼，她最终逃出汴京，去寻找丈夫，在她身上体现了尽孝全节的德行。写高俅等人对她的威逼迫害，揭露了权臣奸相的无恶不作。

另外，《宝剑记》中水浒英雄虽然也接受了招安，但这个招安却是梁山大军主动出击，围困汴京，迫使朝廷剪除权奸，使高俅等人伏诛，他们的斗争取得了胜利。较之《水浒传》中梁山英雄的结局，剧本的处理更有积极意义。

李开先是一个富有才华的戏曲家，《宝剑记》写得十分奔放豪迈。《宝剑记》问世时正是昆曲盛行之时，李开先却全用北曲写成了这个剧本，并取得了巨大的成功，这与他所表现的深刻社会主题是分不开的。

24. 归有光的家庭散文
guī yǒu guāng de jiā tíng sǎn wén

明代中叶，前、后七子倡导复古拟古，风靡文坛，此时，唐宋派作家对他们的复古拟古提出了尖锐有力的批评，而唐宋派作家中成就最高的当推归有光。

归有光字熙甫，自号震川，人称震川先生，他的老家曾居昆山项脊泾，故又号项脊生，晚年官至太仆寺丞，后世称归太仆。

归有光出生在江苏昆山县的一个大族中，当时昆山有"县官印不如归家信"的说法，可见他的家族在当地的声望。然而这仅是先祖的辉煌，到了归有光这一代，他的家族早已衰败了。

归有光自幼聪明颖悟，五六岁时开始读书，九岁能文，十岁时已能写出很好的制艺文字《乞醯》了。十四岁始应童子试，到二十岁以童子试第一名补苏州府学生员。二十三岁时，他和魏儒人结婚，这是他母亲生前（归有光八岁丧母）为他定的婚事。三十五岁中南京乡试，本应第一而列为第二。自翌年起，他每年一次，到北京参加会试，结果是八上春官，均不第。后来归有光曾计算了一下，八次会考加上一次贡选往来的路程共走了七万里。

嘉靖二十年（1541年），归有光三十六岁。他卜居于嘉定的安亭，此后即开始了二十多年的授徒生涯。由于他颇有些名气，来跟他学习的多至数百人。这段期间，他除了授徒外，还做了颇值得一提的事情。一是创作大量散文。《震川先生集》中所收六百零五篇散文，写作年代可考者在半数以上，其中作于此一时期的约一百八十篇。二是撰写经史著述。据《明史·艺文一》载：其说经之作有《洪范传》、《考定武成》、《孝经叙录》各一卷，《四库全书总目》另著录其《易经渊旨》一卷（《四库全书总目·经部·易类存目》）。这些都是为他授徒和应试所必需的。三是关心社会问题。归有光生活的太湖、吴淞江流域，水患颇多。明初虽屡加疏浚，问题并未解决（《明史·河渠六》）。他研究这一问题的成果，除写有《水利论》等论文外，另辑有《东吴水利录》四卷（《明史·艺文二》）。清代人认为："言苏、松水利者，是书固未尝不可备考核也。"（《四库全书总目·史部·地理类二》）

嘉靖四十四年（1565年），归有光六十岁的时候才中了进士。隆庆四年（1570年）春，归有光自邢州任上入贺京师，为太仆寺留修寺志。后经人推荐，升任南京太仆寺丞。南京的官衔本为闲职，于是被留在北京内阁制敕房，先是草拟敕命，后专修《世宗实录》。归有光本期望乘此机会尽读内阁制敕房的大量罕见的藏书，以便更加充实自己，作为一个封建士大夫，他此时仍存有在政治上得到重用的念头，但是命运总是给予诚实的人以意外的揶揄。浙江的监察御史仍在找他的碴儿，得知此消息，归有光悲愤交加，精神上无法承受这种打击，于隆庆五年正月十三日（1571年2月7日）离开了人世。

归有光纪念像（位于今上海市嘉定区安亭镇震川书院遗址内）

归有光的散文创作，远承《史记》，近学韩、欧。散文中写得最好的，是他的记人记事之作。这些作品因其多写家庭伦理之乐、日常生活琐事，故称之为家庭散文。

《寒花葬志》是归有光家庭散文的代表作。作者善于用简洁的笔墨勾勒人物的外貌，善于捕捉人物一瞬间的动作、神态变化，这是《寒花葬志》的显著特色。

作者只用了一处外貌描写、一处行动描写、一处神态描写，就将寒花的形象刻画得栩栩如生了。这个十岁的小丫头，垂双鬟，曳绿布裳，外貌是那样娇小可爱。更可爱的是她那天真无邪的性格。你看，在主人要拿她削好的熟荸荠吃时，她竟端起小盆就走，不给他吃。多么娇憨、任性、淘气。当女主人让她依几吃饭时，她一边吃饭，一边忽悠忽悠地转动着眼珠，显得那样机灵又那样怡然自得。全文没有一句对话，而这个全无长幼尊卑观念的纯洁美好的小姑娘却给我们留下了明晰的印象。我们不禁要赞叹归有光具有画家的慧眼、画家的手笔。这样一个活泼可爱的小姑娘却如天上的流星倏忽而逝了，谁能不感到忧伤，不觉得可惜呢？文章一头一尾，各用一句话抒发了作者的哀恸之情，言简意深，感情真挚。

归有光是明代"唐宋派"古文的魁首，著名散文家。他远承《史记》，近学韩、欧，其散文记事真实亲切，抒情生动感人。描写上注意吸收小说的技法，善于从表情、动作、行为、语言诸方面做细节描写。文章结构精巧严整，富于变化。语言洗练精粹，清丽隽永，言简意赅，具有独特的艺术风格，对后世散文影响很深。

25. 吴承恩搜奇著"西游"
wú chéng ēn sōu qí zhù xī yóu

吴承恩（1510？—1582？年），字汝忠，号射阳山人，淮安山阳（江苏淮安）人。他出身于一个从"两世相继为学官"，终于没落为商人的家庭。他的父亲是个不善经营的小商人，但他爱读书，常为其中的忠臣义士的不遇痛哭流涕，且好谈时政，"意有所不平，辄抚几愤惋，意气郁郁"。在这种家庭环境中长大的吴承恩，自然会感受世态炎凉，也会从父辈那里吸收到不平则鸣的气质。

吴承恩"性敏而多慧"，怀有满腹经纶，但在科场上他颇不得意，连个举人都未能捞到，心中自然愤懑。而他又是极喜欢那些奇闻轶事的，吴承恩不仅爱看这类的书，而且还动手写过志怪小说《禹鼎志》。《禹鼎志》至今已散失，但可以说是他著作《西游记》的一个前奏。当他对世间不平之事有了深刻体验以后，素爱神怪、奇闻轶事的吴承恩终于开始了他的《西游记》创作，借神怪故事来寓鉴戒，以笔来代替磨损了的"斩邪刀"。

事实上，吴承恩创作《西游记》是很有条件的。首先，他文采很好，在当时当地很有名气。其次，在他写作之前，他已经准备了大量素材。他说他小时候爱偷买偷看"野言稗史"，"迨于既壮，旁求曲致，几贮满胸中矣。"当然，这些素材的积累与他"博极群书"是分不开的。《西游记》中的许多故事可以在明代以前的古书中找到它们的根源。

当然，吴承恩创作《西游记》主要还是依据玄奘西游的故事。玄奘去西天取经是历史上的真人真事。唐太宗贞观三年（629年），由于当时佛卷经书的不完善，玄奘和尚不顾朝廷禁令，偷越国境，费时十七年，游历了大大小小百余个国家，前往天竺国取回经卷六百五十七部，在当时引起很

江苏淮安吴承恩故居

大震动。回来以后，由玄奘口述，他的门徒辩机将他的经历见闻辑录成《大唐西域记》。书中记载了玄奘和尚亲身经历的一百一十个、听闻过的二十八个西域国家和地区的地理环境、风土习俗、物产气候、文化政治等多方面情况，使人大开眼界。玄奘死后，他的门徒慧立、彦琮还撰写了《大唐大慈恩寺三藏法师传》，他们为了神化玄奘，在描绘他历尽艰险、一意西行的同时，还穿插了一些神话传说。

任何一部成名著作单靠借鉴还是远远不够的，还要加上作者的再创作。吴承恩集历代《西游记》故事之大成，并加以自己的艺术创造，使西游故事变得更丰富、更生动，人物形象也更丰满。从唐宋到明代，西游故事经历了数百年的流传，不少人都对它做了不同程度的丰满和加工。但唯有到吴承恩进行了大量的艺术创造后，才使之成为一部不朽的名著，其功劳可谓大矣。

作为一部神魔小说，《西游记》和其他小说不同，它主要讲述的是唐僧师徒四人从东土大唐到西天取经的故事。其中大多数故事都发生在他们取经的路上，待到他们的路程结束，全书也就结束了。这部小说所采取的叙述方式是"在路上走"的形式，我们可以说唐僧他们往西天取经，恰像人在旅途。

到西天取经可是一项硬任务，路途遥远不说，而且十分难走，途中多的是崇山峻岭，阔川险涧。

像八百里黄风岭，"那山高不高，顶上接青霄；这涧深不深，底中见地府"。真是山高岭峻，崖陡壑深。又有白云升腾，怪石乱卧，常见飞禽走兽、狼虫虎豹出没，真是险恶无比，不要说过，看着都令人心惊。这样的险恶山岭不止一处，后来经过的白虎岭、平顶山等，也是同样的怕人。这是山，再看河。刚过八百里黄风岭，又到流沙河。河岸上的石碑写得明白："八百里流沙河，三千弱水深。鹅毛飘不起，芦花定低沉。"这河水连鹅毛、芦花都浮不起，人怎么过？还有更厉害的呢。唐僧师徒来到通天河畔，八戒用顽石试河水的深浅，连他这个天蓬水神在试过以后也不禁惊叫"深深深"，深不可测；河面之宽，就连孙悟空那双昼看千里、夜视三五百里远的火眼金睛也看不到对岸。又无船只，这如何过？难怪唐三藏又"滴泪"了。

这是自然天成的险恶，也是无可奈何的事情。可偏偏更令人心怵的是，越是到了这样险恶的地方，越容易碰上妖怪。妖怪处处作梗，令唐僧师徒雪上加霜。像黄风岭上有黄风怪，使起黄风来把悟空的火眼金睛都吹得"眼珠酸痛"，"冷泪常流"。白虎岭上有白骨夫人，她善幻人形迷人；平顶山的金角、银角大王的宝贝可以把人化为脓血。六百里钻头号山涧里住着红孩儿，他放出的三昧真火连悟空也抵挡不住。这是山上的怪，再看水中的妖。沙僧曾在流沙河为妖，幸被收服。黑水河里住着龙王的外甥，他口口声声要吃唐僧肉，还顺便要为他舅爷祝寿。通天河里则是观音养的金鱼成精。这些妖魔的出现，使西行路途更加险恶难行。

多亏了悟空他们伏妖降魔，唐僧才得以平安到达西天。徒弟多能，连唐僧也不时衷心称赞，"丑自丑，却俱有用"。尤其是悟空，他火眼金睛，能识破妖魔的伎俩，看清隐形的妖精。但肉眼凡胎、不辨妖邪的唐僧耳活面软、蛮横专断，他大都听不进悟空的良言，一味"慈悲"，结果为自己惹下不少麻烦。这样，西行路上一部分灾难就被涂上了人为的色彩。

更有一种人为的灾难却是神佛们故意设置的，还美其名曰：为了考验。比如唐僧师徒四人行至平顶山，受到了金角、银角大王的阻挡。他们仗着手中的葫芦净瓶、法扇宝剑，一定要吃唐僧肉。孙悟空不屈不挠，多次与妖魔斗智斗法，好容易才将二怪拿住，这时他们的主子却出现了。原来他们是太上老君的金银二童子。当悟空指责老君"纵放家属为邪，该问个钤束不严的罪名"时，老君却说是南海观音向他借了三次才借到，菩萨

让他们托化妖魔来试唐僧师徒去西天的心意呢。而这次考验差点儿使唐僧尸骨无存，悟空化为脓血，难怪悟空骂观音菩萨"悫懒"，咒她"一世无夫"了。

唐僧一行一心向前，目的很明确，为的是：取回真经，修成正果。他们的西行带有戴罪立功、脱离苦海的意味。唐僧师徒四人原本都是有"罪"的。唐僧本是如来佛祖的二弟子，名唤金禅子。只因他"不听说法"，轻慢佛法，才被罚往东土转生。悟空大闹天宫，犯有"欺天罔上"之罪，四人中他的罪孽最重，出力也最多，更像赎罪。至于八戒，他是因调戏嫦娥被打到下界的天蓬元帅；而沙僧原是天上的卷帘大将，因在蟠桃会上失手打碎琉璃盏，才被罚下界到流沙河为妖。就连白龙马，也是罪身，他本是纵火烧了龙殿上的明珠，被其父敖闰告以忤逆之罪的小白龙。悟空他们罪孽深重，多亏观音菩萨点化，让他们皈依佛门，还给了他们戴罪立功，重归本位，修成正果的机会。这就难怪他们一心一意地保护唐僧，全力西行了。

有了坚定信念，哪怕路程再长再艰险，照样会成功地到达理想的彼岸，这正是唐僧师徒齐心西行的内涵和象征意义。《西游记》采用"人在旅途"这一形式，重在体现悟空他们的追求过程，他们的成功有很大启示性。

神魔本是人类幻想的产物，人们借助这类幻想表达出对社会人生的理解和认识。在《西游记》中，神魔已基本成为一个完整而有序的系列，且含有大量的人化色彩。作品的神魔为主要的描写对象，所以被鲁迅先生称为"神魔小说"。

《西游记》本是描写神魔的小说，而这些神魔却带有大量的人化色彩，这就曲折地反映了现实。尤其是对天上神仙进行人间化的描写，则体现了作品对当时社会的一定的针砭性。这一点很值得注意。

美猴王孙悟空的原型

měi hóu wáng sūn wù kōng de yuán xíng

　　读《西游记》，人们最喜爱的人物恐怕就是那位号称"美猴王"的孙悟空了，孙悟空是《西游记》中的真正主角，可以说没有孙悟空就没有《西游记》。然而，就是这位大名鼎鼎的孙悟空，关于他的血统或国籍在学术界却一直争论不休，至今没有定论。有人说孙悟空是国产的神猴，他的形象原型来源于中国古代有关猴精的神话故事和传说，像淮河水神无支祁和猿精等。有人认为孙悟空是印度血统，源于印度长篇史诗《罗摩衍那》中的神猴哈奴曼，也有人折中调和，说孙悟空是印中两国文化交流产生的混血儿。不管怎么说，即使孙悟空形象的形成受到印度文化的影响，但在小说《西游记》中，孙悟空的性格特征却是完全中国化了的，应该算做地道的"国货"。

　　早在《西游记》产生之前，在中国的神话传说与文学作品中就出现了猴子的形象。远的不说，在魏晋志怪小说中就有关于猿猴抢妇人的记载，到了唐代猿猴的故事就更多更详细了。唐代前期出现了一篇名为《补江总白猿传》的小说，其中写了一个白猿精，神通广大，"半昼往返数里"，喜欢抢掠漂亮的女子。唐李公佐的《古〈岳渎经〉》记载了一个淮涡水神无支祁的故事，无支祁形状像猿猴，"缩鼻高额，青躯白首，金目雪牙。颈伸百尺，力逾九象。"后来被治水的大禹用铁链锁于龟山之下。宋元话本《陈巡检梅岭失妻记》中的猿精申阳公，号"齐天大圣"，而且"神通广大，变化多端，能降各洞山魈，管领诸山猛兽，兴妖作法，摄偷可意佳人，啸月吟风，醉饮非凡美酒，与天地齐寿，日月同长"。申阳公的形象已与后来的孙悟空有某些相似之处，只是身上还带有妖气，喜欢女色。明初瞿佑《剪灯新话》中有一篇《申阳洞记》，也载有类似的一篇故事。由此可见在中国古代小说中，记载神通广大的猿猴精的故事可以说是源远流长，《西游记》中孙悟空的形象与这类写猿猴精的故事多少有些血缘关系。

另外，从《西游记》的成书过程看，孙悟空作为猴子的形象也有一个演化历程。在宋代出现的"讲经"故事的底本《大唐三藏取经诗话》中，出现了猴行者的形象，他化身为白衣秀士的模样，自称是"花果山紫云洞八万四千铜头铁额猕猴王"，自动护持三藏去西天取经。他凭借自己的神通，一路上杀白虎精、伏九馗龙，降深沙神，足智多谋英雄无比。从猴行者的身上我们可以看到孙悟空的影子。在元代末年出现的《西游记》平话中，孙悟空的形象更加丰富了，他号称"齐天大圣"，偷蟠桃、偷老君的仙丹，偷王母的仙衣设庆仙衣会等，已与吴承恩《西游记》中的孙悟空很相近了。当然，孙悟空形象的最后定型与成功塑造主要应归功于吴承恩的《西游记》。

《西游记》中的孙悟空身上首先体现出一种追求自由的精神。从孙悟空的出身看是很奇特的，他无父无母，本是花果山上的一块仙石孕化而生，他秉受着天地精华应运而生，出生后就"目运两道金光，射冲斗府"，惊动了玉皇大帝。随后他在"花果山福地，水帘洞洞天"称王称霸，自封美猴王，率领群猴，过着"不伏麒麟辖，不伏凤凰管，又不伏人间王位所拘束，自由自在"的生活。为获得长生不老之术，求得不生不灭，与天地齐寿的生命自由，他四方求师，终于学得一身高超的本领。然后他就打进阎王殿，勾销了生死簿，获得了生命的自由。后来，他虽然被如来佛压在五行山下，又被观音菩萨带上金箍帽，随唐僧西天取经，可他追求自由的本性并没有因此而消失，在西行途中，每当他受到唐僧的窝囊气时，他首先想到的是回花果山，在孙悟空的心中，花果山是一片自由的乐土，对花果山的神往无疑是他对自由生活的渴望。

体现于孙悟空身上的另一种精神是他的蔑视礼法，反对权威。孙悟空是大自然的儿子，他在自然母亲的怀中诞生，怀有自然真性，从不知世间礼法为何物，也从不畏惧权势者的压迫。他不仅蔑视人间的礼法，也敢于反抗神界的秩序，他扰龙宫，闯地府，几次大闹天宫，自封为"齐天大圣"，与玉皇大帝对着干，见了玉皇大帝从不行礼，最多也是唱个肥喏而已。他甚至提出"皇帝轮流做，明年到我家"的口号，公开与玉皇大帝争位，搅扰得天宫不宁，玉皇大帝对他束手无策，天兵天将成为他手下的败将。最后玉皇大帝只好搬出来佛祖如来，才将他收服。之后他虽皈依了佛教，可仍是本性不改，他嘲笑观音菩萨，打趣如来佛祖，降妖除怪动不动就打上天庭兴师问罪，反抗性格也不减当年。

当然，在孙悟空的性格中，最突出的要数他那顽强的斗争精神。他自出生以来，就在不断地与天斗，与地斗，与各种妖魔鬼怪斗，从不知退让，也从不屈服。他闯东海龙宫，获得龙宫珍宝定海神针作为自己的武器，他大闹地府，拿过生死簿，"把猴属之类，但有者，

"八卦炉里逃大圣"，是孙悟空大闹天宫的情节之一。

一概勾之"。尤其是他几次大闹天宫，直打得"那九曜星闭门闭户，四天王无影无踪"。他还要和玉皇大帝争位，让玉皇大帝搬出天宫，"若还不让，定要搅攘，永不清平！"大闹天宫的故事，以无比的热情赞美了孙悟空的反抗精神和战斗性格。在某种程度上说，天庭的秩序和尊严象征着地上的封建统治，孙悟空的大闹天宫寄寓了封建社会中的广大人民要求自由解放，反抗封建压迫的愿望和斗争要求。

　　孙悟空敢于斗争，也善于斗争，他英勇无畏，不怕困难，对胜利始终抱着必胜的信念。在西天取经的路上，遇到各种各样的妖魔，他们手段高强，变化多端，不是要阻挡唐僧师徒西天取经，就是要吃唐僧的肉，以求长生不老。面对各种狡诈凶恶的妖魔，孙悟空毫不畏惧，勇往直前，与他们展开了激烈的战斗，终于把各路妖魔一一降服消灭。孙悟空把降妖除怪为人们解除危难看做是自己的天职，一听到有妖怪可打，他总是分外高兴。他与妖怪斗勇，也斗智，每当打不过妖怪时，他就首先想到去查妖怪的根底，或者是上灵霄宝殿，或者是去佛祖的西天，再不然就是去南海观音菩萨那里求救。更多的时候他战胜敌人是靠自己的智慧，他善于变化为妖精的模样打进妖精内部，更喜欢变做妖精的父母去骗妖精。他最拿手的好戏当然是钻进妖精的肚子里去，逼使妖精降服，比如他曾钻进铁扇公主的肚子中，逼迫铁扇公主交出芭蕉扇。在狮驼岭，他钻进老魔肚子里，要在里面过冬煮饭，他在老魔肚中"撒起酒风来，不住的支架子，跌四平，踢飞脚；抓住肝花打秋千，竖蜻蜓，翻跟头乱舞"，最终征服了妖魔。孙悟空与妖魔战斗百折不挠，每战必胜，最后终于到达西天时，他被如来佛祖封为"斗战胜佛"，好斗而百战百胜，这正是孙悟空的特点。

　　《西游记》中的孙悟空身上寄托着包括作者在内的广大人民的理想和愿望，孙悟空是人们心目中的神话英雄。如果说猪八戒的形象象征着人的物欲追求，那么，孙悟空的形象则代表着人的心灵追求，或者说是精神追求，小说中直称孙悟空为"心猿"，表达的正是这层意蕴。"心猿"是自由的心灵，是永不衰竭的激情，是勇敢无畏的斗争精神，是昂扬乐观的智者风采。这一切都在孙悟空的形象中得到了印证。

27. 明代的文学奇人徐渭

míng dài de wén xué qí rén xú wèi

　　明万历二十五年（1597 年）三月，公安才子袁宏道去浙江绍兴看望好友陶望龄。晚上，在陶望龄的书房中，袁宏道顺手从满架图书中抽出一册诗集，诗集没有署名，纸质粗劣，刻印极差。他将诗集拿到灯下随意翻阅，很快被作者的才气与诗风的奇崛所吸引，他顿时如获至宝，拍案称奇。他大声问陶望龄："这册诗的作者是谁？是古人还是今人？"陶望龄笑着说："这是我的同乡徐文长先生写的。"于是两人在灯下共读徐文长的诗集，边读边大声叫好，甚至连熟睡中的童仆也给吵醒了。从此之后，袁宏道每逢人就称赞徐文长的诗，称徐文长的诗为"明诗第一"。

袁宏道所称赞的徐文长就是明代文学奇人徐渭（1521—1593年）。徐渭字文长，号青藤山人、天池生、田水月等，浙江山阴（今绍兴）人。他是一个奇才，曾广泛涉猎文学艺术的各个领域，而且都取得了令人瞩目的成就。他自称书法第一，诗第二，文章第三，画第四，他还没有提及自己的戏曲创作，其实他的杂剧名作《四声猿》是中国戏曲史上的奇葩，在当时就受到不少人的推崇。徐渭的文学艺术创作，无论是诗文、书画，还是戏曲，都能独树一帜，别开生面。他的才学奇，非一般人所能比，他的人生遭际更奇，也非一般人所能遇。他身怀奇才而遭逢不佳，坎坷一生，布衣终身，他的奇特身世，奇异性格，在中国文学史上可以说是罕有其匹。

徐渭出生于一个封建小官僚的家庭，父亲徐鏓是举人出身，曾做过夔州府同知。徐渭的生母是父亲继室苗氏的婢女，母亲是奴婢出身，儿子在封建家庭中就没有多少地位可言。更不幸的是在徐渭出生百天后，父亲就撒手归天，使幼小的徐渭失去父亲的庇护。嫡母苗氏没有孩子，视徐渭为己出，对徐渭特别爱护，这就给徐渭的童年带来一股温暖。然而，在徐渭十岁那年，苗氏遣散家中的童仆，把徐渭的生母卖了出去，这件事给徐渭的心灵造成极大的痛苦。不幸的事接踵而至，在徐渭十四岁那年，一直呵护疼爱他的嫡母苗氏病故，使徐渭在家庭中失去唯一的依靠。嫡母死后，徐渭跟比他大二十多岁的异母兄徐淮过活，受到长兄的歧视与虐待。这一切都造成童年徐渭的心理压抑，造成了他心灵的创伤，成为他日后人格畸变的重要因素。

在徐渭二十岁那年，由于家庭贫穷，娶不起妻子，他只好入赘到潘克敏家做了"倒踏门"的女婿，这在当时是一种颇令人感到难堪的事。好在徐渭

和妻子潘似感情很好，潘似美貌多情，性格温柔，夫妻之间如鱼似水。只可惜好景不长，在徐渭二十六岁那年，潘似生下长子徐枚后得病而亡。她的死，给徐渭感情上以很大打击。从此，在潘似死去十多年后，徐渭对她仍一往情深，写诗悼念她。在妻子死的前一年，徐渭的两个兄长相继去世，两人没有后嗣，按理本应由徐渭继承家产，但由于徐渭入赘潘家，按封建礼法的规定他就失去了对家庭财产的继承权。失去家产，又失去妻子，徐渭不好在岳父家居住，便搬至绍兴城东赁屋居住，以设馆教童为生。

对徐渭来说，要改变自己的生活与社会地位，最好的出路是走科举道路。徐渭少年就才华出众，显示出与众不同的才能。他六岁入学，过目成诵，八岁跟老师陆如岗学习经义时文，每天早上写满两三张纸的文章才去吃早饭，使老师大为惊异，认为他将来定能光大徐门。十六岁时徐渭模仿汉代扬雄的《解嘲》作了一篇《释毁》，轰动一时，被视为神童。同乡沈炼认为徐渭的才华在绍兴数第一，说："关起城门，只有这一个。"徐渭也很自负，认为凭自己的才学考科举如同拾芥。然而造化弄人，事出意外，徐渭在科举的路上却屡战屡败。在好不容易考中秀才后，他参加三年一次的乡试，连考八次，次次落第而回。这不能不使他感到沮丧、怨恨和痛苦，他心理上遭受的压抑越来越大。

徐渭与胡宗宪的相知遇，使他长期遭受压抑的心灵有了一次宣泄的机会。当时东南沿海倭患严重，朝廷派胡宗宪总督东南沿海的边防，胡宗宪得到权相严嵩的信任，加上他抗倭有功，使他权倾东南。胡宗宪的幕府中笼络了不少文人名士，因为徐渭在江浙一带名声很高，胡宗宪就把徐渭招至幕下。徐渭在胡宗宪幕府中为胡宗宪起草文书，撰写奏启，有时也参与军事机密，为胡宗宪出谋划策。一次，胡宗宪曾先后获得一牝一牡两只白鹿，为了讨好皇帝，胡宗宪将两只白鹿作为祥瑞的贡品上进嘉靖皇帝。徐渭代胡宗宪写了《上白鹿表》，因表文写得漂亮得体，很得皇帝的赞许，胡宗宪也因此得到皇帝的称奖。此后，胡宗宪对徐渭更加看重，格外优容。在胡宗宪幕中的几年是徐渭的才能得以发挥，狂傲的个性得以舒展的几年。嘉靖四十一年（1562 年），严嵩倒台，紧接着胡宗宪入狱，徐渭在胡宗宪幕府的相对自由自在的日子也宣告结束，生活再一次把他推进痛苦的深渊。

嘉靖四十四年（1565年），由于外界环境的重压与心理焦虑，造成徐渭精神的变异，他担心有人害他，并为自己准备好棺材，还写了一篇《自为墓志铭》。徐渭真的采取了自杀的行动，他先是从壁上拔下一枚大铁钉，刺入耳中，流血很多却没有死。后来他又用一个大铁锥猛击自己的睾丸，把睾丸击碎了，人仍然没有死，可他的狂疾的迸发给他的精神和肉体带来极大的伤痛。徐渭的精神分裂造成他的家庭悲剧，终于走上杀妻的道路。徐渭杀死继妻，是因为怀疑妻不贞，他因杀妻而入狱，在狱中过了七年的囚徒生活，于隆庆二年（1572年）被保释出狱。

徐渭出狱后，生活穷愁潦倒，精神病时有发作，同时他偏激狂傲，愤世嫉俗的性格也进一步发展。他晚年常常靠卖诗文书画为生，经常闭门不出，"性不喜礼法之士，所与狎者多诗侣酒人，亦复磊落可喜者"。（张汝霖《刻徐文长佚书序》）他厌恶与达官贵人来往，有时来访的人把门推开，他却从门后把门顶住，并大声喊道："徐某不在！"但他常和寻常百姓在一块儿饮酒狂欢，高兴了便拿诗画随便送人。据陶望龄的《徐文长传》说，徐渭晚年将自己收藏的数千卷图书"斥卖殆尽"。他的居处帐破席烂，甚至睡在草稿纸上。徐渭在晚年给自己编的年谱取名为《畸谱》，一个"畸"字包含着徐渭多少人生的悲酸，也显示出他不谐世俗的狂傲个性。

徐渭身世奇特，一生坎坷，怀才不遇，理想与现实的矛盾，个性与社会的冲突，加上他所遭受的一系列挫折磨难，使他的胸中积郁着一股抑郁牢骚不平之气，发而为诗文、书画、戏曲，就形成了他文学艺术创作中奇崛狂怪的鲜明性格。

28. 《四声猿》：猿鸣四声断人肠

sì shēng yuán: yuán míng sì shēng duàn rén cháng

徐渭是晚明时期一位多才多艺的文学家。他自己曾说："吾书第一，

诗二、文三、画四。"虽然没有提及他的戏曲创作，但一部《四声猿》却在中国古代剧坛产生了深远影响。

明刊《四声猿·狂鼓史》插图。祢衡借击鼓之机，痛骂曹操凶险奸佞，陷害忠良。

《四声猿》是徐渭所作的四个短剧的合称。猿声哀厉，古人多借以写人生悲情。郦道元《水经注·江水注》中曾引用古代民谣说："巴东三峡巫峡长，猿鸣三声泪沾裳。"徐渭的《四声猿》就取名于此。后人曾解释说："盖猿丧子，啼四声而肠断，文长有感而发焉，皆不得意于时之所为也。"可见，这四个短剧中寓含着作者对现实的沉郁的悲愤不平。他并不特别注重自己的戏剧创作，但《四声猿》中每一个短剧都深刻揭露并批判了社会的丑恶和污浊，是徐渭在历经悲痛之后的抒情写愤之作。

《四声猿》包括《狂鼓史》、《雌木兰》、《女状元》和《翠乡梦》四种，长短不一，共十出，演四个故事。

《狂鼓史》，又名《渔阳弄》，全名为《狂鼓史渔阳三弄》，只有一折，写祢衡击鼓骂曹的故事。祢衡在阴司"劫满"，将被召天庭，阎罗殿判官将曹操从地狱中提出，要求祢衡重演当年击鼓骂曹的快事。于是祢衡重操鼓槌，痛快淋漓地历数曹操逼献帝、杀伏后、夺皇位、害贤臣的种种罪状，反映出一种蔑视权贵，敢于斗争的精神。剧中曹操影射严嵩，借古喻今，表达了对现实生活中权奸的义愤和仇视。祢衡是豪放不羁，敢于反抗权贵的文人，徐渭在剧中以祢衡自拟，也以祢衡来代表当时敢于参劾严嵩的文士，如他的同乡和姐丈沈炼，以阴司骂曹的形式，表达出对黑暗朝政的不满和有志之士的悲愤之情，抒发自己怀才不遇、壮志难酬的愤懑。

《雌木兰》、《女状元》塑造了一文一武两个少女形象。《雌木兰》全名为《雌木兰替父从军》，共二折，写的是木兰从军的老故事。《女状元》全名为《女状元辞凰得凤》，共五折。写女子扮男装考中状元的故事。黄崇嘏十二岁时父母相继去世，与乳母相依为命，生活无着，无奈扮男装赴试。周丞相以诗赋取士，黄崇嘏得中状元，做了司户参军。她勤于政事，平反冤狱，深得民心。这两个短剧分别塑造了两位巾帼不让须眉的女子，她俩都是女扮男装，武能驰骋于疆场，建立奇勋；文能扬名于科场，高中状元，充分显示了女子的文才武略。徐渭的这两部剧作一方面为女子扬眉吐气，另一方面，从这两个女子身上，我们也可以看到徐渭的心态。他是多么的渴望自己的杰出才华能够有用武之地啊！无论是文是武，徐渭皆自负有出众的才能，"少年曾负请缨雄，转眼青袍万事空"。然而在当时的社会条件下，他的各项才能都没能实现，只好借两位少女来表现自己的文才武略。所以，此二剧虽然在结尾充满了喜剧色彩，花木兰立功封侯，回家还女装，与"文学朝中贵"的王郎成亲，黄崇嘏也是道破实情，"做嫂入厨房"。但她们却失去了用武之地、用智之机，正体现出徐渭对黑暗社会扼杀人才的控诉。

《翠乡梦》，全名为《玉禅师翠乡一梦》，共两出。写临安水月寺高僧玉通，因不参拜新任府尹柳宣教，柳恼羞成怒，遣妓女红莲伪装成良家妇女到寺中诱惑玉通。玉通不禁为美色所诱，破了色戒，事后惊恨不已，就坐化投胎为柳氏之女柳翠，堕落风尘做了妓女，败坏柳家的门风，以示对柳宣教的报复。后来，经师兄月明和尚点拨，让已转世为女子的玉通自悟前因后果，于是柳翠出家成了正果。关于玉通和尚戏红莲，月明禅师度柳翠的故事，在元杂剧中就有此类内容，明代的小说也多有涉及。徐渭早年也曾慕道参禅，对佛教有一定的理解。在此剧中，他揭示出佛门弟子"四大皆空"的虚伪性，也对封建官僚挟权行私的卑污心理进行了批判。揭示出"佛菩萨尚且要投胎报怨，世间人怎免得欠债还钱"的思想。他写佛教的目的，还是在于观照现实社会。

这四个短剧，看似独立，实则在精神实质上一脉相通。虽然都取材旧闻，实际上则意在描绘、讥刺明代的社会现实，剧中飞扬着狂傲的、愤世嫉俗的叛逆精神，蕴涵着深沉的、刻骨铭心的哀痛。因而在创作上也形成了"嬉笑怒骂"的特色，寓庄于谐，表达了对现实社会的愤怒反抗。

前人讲徐渭的戏剧"皆人生至奇至怪之事，使世界骇咤震动者也"。除《四声猿》所写的"至奇至怪之事"外，徐渭还有另一杂剧《歌代啸》，专写世间种种稀奇古怪事。

《歌代啸》是一个饶有趣味的滑稽剧。剧中涉及社会中各色人物。佛门弟子张和尚贪财如命，辛勤管理菜园希望图利，而李和尚却在丰收之时用蒙汗药把张和尚、长工麻翻，偷走了全部冬瓜，并随手偷走了张和尚的僧帽。李和尚还是个好色之徒，他与王辄迪之妻通奸。王妻为了掩饰奸情，谎称请李和尚为其母治牙疼，借口治岳母牙疼须灸女婿脚跟，企图灸死王辄迪，王畏惧而逃，将妻子的衣服抢走，却于其中发现了一项僧帽，于是怀疑妻子与和尚有奸情，告到官府。李和尚和王妻及其母串通，嫁祸张和尚，州官颠倒是非，将张和尚发配，李和尚反而做了寺里的住持。州官不但糊涂，而且畏妻如虎，州官夫人为迫其退堂在衙内放火，当百姓点灯来救时，却被训斥惩罚。

此剧所写皆人世间种种看似荒诞不经，却又实情有之的社会现实，嘲讽了佛门僧徒的贪财好色，暴露了善恶不分、黑白颠倒的黑暗现实，在荒诞的情节中流露着作者对现实的嘲弄。

从徐渭的杂剧创作看，他摆脱了元杂剧陈规旧法的束缚，随心所欲，抒怀写愤，表现了强烈的反抗意识和创新精神，对明清戏剧的创作作出了突出贡献。

29. 思想家李贽对晚明文学的贡献

sī xiǎng jiā lǐ zhì duì wǎn míng wén xué de gòng xiàn

晚明是中国历史上思想解放与个性解放的时代，领导这一时代潮流的是被称为"异端之尤"的思想家李贽。他那狂狷奇绝的个性，离经叛道的思想，卓绝超人的识见与勇气，在当时的思想界和文学界产生了广泛的影响。

李贽（1527—1602 年），号卓吾、宏父、温陵居士等，福建泉州晋江人。李贽出身于一个商业世家，到了他的父亲林白斋则弃商从儒。李贽自幼丧母，"莫知所长"，七岁跟父亲学习诗书仪礼。十六岁时父亲让他做《老农老圃论》的文章，他别出心裁，把《论语·子路》中的樊迟问稼与《论语·微子》中荷□老人的故事联系在一起，写出自己的新见解，使他的异端思想初露端倪。李贽自己说："余自幼倔犟难化，不信学，不信道，不信仙、释，故见道人则恶，见僧则恶，见道学先生则尤恶。"（《阳明先生年谱后》）从中可以看出他执拗不屈的个性。

在当时要考科举就必须读朱熹为经书所作的传注，李贽在读朱熹的传注时，却对其产生了怀疑与厌恶情绪，甚至要因此而放弃科举。但因父亲年老，弟妹待婚嫁，家境贫寒，作为长子的他不能置家庭于不顾。在嘉靖三十一年（1552 年），李贽参加福建乡试中举，本来他可以进一步努力去考进士，但他放弃了这个念头，以举人的身份去做地方官。他先是到离家数千里外的河南共城任教谕，之后又到

明代著名思想家李贽画像

北京任礼部司务，在这时他接触了王阳明的心学，对他的思想触动很大。后来他又到云南任姚安知府，在姚安任上，他减赋税，兴学校，治绩斐然，得到当地百姓的称赞。三年任满，朝廷考察他的政绩，准备擢拔他，他却封府库，交官印，辞职携家眷游山玩水而去，终于逃离了他认为龌龊不堪的官场。

自明万历九年（1581年）至万历三十年（1602年）的这二十余年中，李贽一直是作为流寓客子在各地奔波，求友问道，这是李贽思想的成熟时期，也是他狂狷叛逆的个性迸发的时期，他的著作大都写于这一时期。姚安辞官后，李贽不愿回福建老家，而是携家去湖北黄安，依好友耿定理定居。他时常与耿定理、周思久等人读书论学，游赏山水，安乐自得。但耿定理之兄耿定向是一个正统的道学家，李贽的思想性格与耿定向难以相容，两人时常发生冲突。万历十二年（1584年）耿定理不幸亡故，李贽痛失挚友，同时他与耿定向的矛盾冲突也越来越激烈，他无法在耿家居住下去，就把妻小送回家中，自己则到湖北麻城龙湖的芝佛院住下来。临行前，他给耿定向写了一封名为《与耿司寇告别》的长信，痛快淋漓地揭露了耿定向言行不一的道学面目，称耿定向为"贼德之乡愿"，自称为"狂狷"。到了龙湖的第二年，李贽做出了一件惊世骇俗的事，剃去头发，却留着长长的胡子，落发为僧。李贽的落发为僧，一是为了彻底摆脱家人俗务的纠缠，二是向社会挑战，向封建卫道者示威，他在《与僧继泉》的信中说："此间无见无识人多以异端目我，故我遂为异端以成彼竖子之名。"他自认异端，常常秃头长髯，带领着一批追随者出入于市井街头，他还收了一些女弟子，与她们书信来往，讲学论道。巡抚梅国桢的寡女梅澹然钦敬李贽，以师礼事李贽，李贽经常与她书信往还，称她为"观音"，并把他与梅澹然等女性的书信结集成书，取名《观音问》。

李贽的这些行为引来了社会上众多人的反对，道学家骂他是"宣淫败俗"，朋友们劝他停止与女性的来往，李贽没有被骂倒，也没有被说服。他为此特地写了一篇《答以女人学道为见短书》，表明自己的观点，公开为女性辩护。李贽的行为使得当地的卫道者们恼羞成怒，他们写信恐吓李赘，扬言要把他赶出麻城，李贽置之不理。卫道者们又开始谋划对李贽进行迫害，明万历十八年（1590年）秋天，袁宏道远道而来，专程到龙湖拜见李贽，两人情趣相投，顿成知己之交。次年春，李贽送袁宏道到武昌，共游黄鹤楼，却遭到一批流氓的围攻。就连按察湖广的巡抚使旌贤也以大坏风化为名，扬言要把李贽驱逐出麻城。李贽被激怒了，他本打算去山西刘东星家做客，听到这个消息，便放弃了去山西的打算，说："史道欲以法治我则可，欲以此吓我他去则不可。……故我可杀不可去，我头可断而我身不可辱。"（《与耿可念》）他曾写诗明志道："若为追欢悦世人，空劳皮骨损精神。年来寂寞从人谩，只有疏狂一老身。"（《石潭即事四绝》之四）李贽感到自己将不久于人世，就在龙湖芝佛院为自己建了一个葬身塔，准备死葬龙湖。然而，封建卫道者们害怕他住在龙湖，更不愿他死葬龙湖，于是，在明万历二十八年（1600年）的冬天，他们趁李贽不在，勾结官府，雇用了一批流氓打手，以逐游僧、毁淫寺、维持风化为名，放火焚烧了芝佛院与李贽的葬身塔，逼得李贽以七十多岁的高龄流浪他方。

李贽被逐麻城后，壮游南北，从山西到南京，四处奔波，他还会晤了意大利传教士利玛窦，写下了《赠利西泰》等诗。明万历二十九年（1601年）春天，应卸任御史马经纶的邀请，李贽北上通州，来到马经纶家中居住。马经纶把李贽安顿在迎福寺，让他潜心著书。但没有想到，封建统治者的魔爪已经向他伸来。统治者担心李贽的北上会扰乱京师，明万历三十年（1602年）由礼科给事中张问达上疏劾奏李贽"肆行不简"，"惑乱人心"。明神宗立即批示："李贽敢猖（倡）乱道，惑世诬民，便令厂卫五城严拿治罪。其书籍已刊未刊者令所在官司尽搜烧毁，不许存留。"（《明神宗万历实录》）于是，一队如狼似虎的锦衣卫便很快赶到通州，从病床上拖起了形容憔悴的七十六岁老人李贽，把李贽押解到北京，关进了牢狱。三月十五日，李贽趁狱吏为自己剃发之时，夺过剃刀，割断了自己的咽喉，血流满地。狱吏问他："和尚痛否？"李贽用手指在手上写道："不痛！"狱吏又问："和尚何自割？"李贽又写道："七十老翁何所求？"两天之后，李贽气绝身死。他生命的最后时刻是在血泊中度过的。

作为一个杰出的思想家，李贽聪明盖世，目空千古，他以脱俗之韵，狂猖之行，卓异之见，无畏之胆，称量古今，批判现实。他将自己的著作名为《焚书》、《藏书》，说明他已经意识到他的思想与他的时代格格不入，更不会容于当局者，只有留于后人。他在《焚书》、《藏书》中勇翻千年之旧案，颠倒万古之是非，骂倒一世之豪杰，如他称赞秦始皇是"千古一帝"，说卓文君私奔司马相如是"善择佳偶"，并声言"孔子之是非为不足据"等，都与当时的封建统治思想唱反调，这些思想在当时与后世产生了巨大的影响。虽然他的书遭到统治者的焚烧查禁，可愈禁其传愈远，以致"人挟一册，以为奇货"（朱国祯语）。

作为一个伟大的思想家，李贽对晚明的思想界与文学界产生了很大的影响，他不仅是晚明思想界的领袖，也是晚明文学解放的先导。

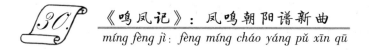

30.《鸣凤记》：凤鸣朝阳谱新曲
míng fèng jì: fèng míng cháo yáng pǔ xīn qū

《鸣凤记》是明朝的一部著名时事剧，反映的是嘉靖朝的一段政治斗争。

明朝嘉靖年间，皇帝荒淫昏庸，只知享乐。朝政大权逐渐旁落到奸臣严嵩手中。严嵩是我国历史上臭名昭著的一大奸臣，早年他大奸若忠，在钤山读书时，人们都把当成唐代著名贤相姚崇、宋璟式的人物。然而当他一旦踏上仕途，他的本质便渐渐暴露出来。他迎合皇帝，渐渐得到嘉靖帝的信任，担任内阁首辅达二十一年之久，可谓显赫一世，权倾朝野。在他任职期间，任自己的儿子严世蕃为大官，又广收干儿义子，加以要职，以此来把持朝政。他排斥异己，坑害忠良，卖官鬻爵，贪污受贿，气焰十分嚣张。许多朝臣惧怕严氏父子的权势，或者谄媚于他，或者敢怒不敢言，明哲保身。但一些正直的官吏如杨继盛、董传策、邹应龙等对严嵩的结党营私、误国害民行径极为不满，他们不畏权奸，纷纷站出来同严嵩作斗争，屡次上书朝廷弹劾严嵩，虽被杀头，被流放，仍然前仆后继，经过十余年斗争，终于扳倒了严嵩。这段惊心动魄的朝廷斗争，当时就被谱成了《鸣凤记》。

　　《鸣凤记》的作者究竟为谁，目前仍无定论。有人认为是王世贞，也有认为是王世贞的门人所作，王世贞有所参与。王世贞为人正直耿介，当他任职刑部期间，锦衣卫都督、严嵩的党徒陆炳私藏犯法奸徒于家中，王世贞亲自带人到他家去搜捕罪犯归案。杨继盛因谏奏严嵩罪恶获罪问斩，王世贞又亲自到刑场去哭祭，并代杨继盛的妻子张氏起草讼冤书。可见他对严嵩的专权营私极为愤慨。王世贞的父亲王忬曾任蓟辽总督，因滦州失陷于胡虏获罪下狱。加之严嵩的构陷，王忬终于被斩。王世贞也因此弃官回乡。直到严嵩父子败亡，父冤昭雪，他才重新出来做官。后人曾将《金瓶梅》当做王世贞的作品，说他在《金瓶梅》中以蔡京父子影射严嵩父子，并将《金瓶梅》的书页上浸满毒药献给严世蕃，以报父仇。而《鸣凤记》直接揭露严嵩父子的罪恶，这样看来，认为《鸣凤记》出于王世贞之手也不无道理。

　　剧本共四十一出，以真人真事为主，而略加变动。明朝嘉靖年间，夏言为首辅，力图恢复英宗时因"土木之变"而丧失的河套地区，于是荐举都御史曾铣率兵收复。但内阁大学士严嵩力主议和，他故意指使自己的心腹、总兵仇鸾按兵不动，克扣军饷以饱私囊，断去曾铣的援兵，使他陷入困境，损兵折将。曾铣因此被处死，夏言上本为曾铣鸣冤，严嵩以此为由，陷害夏言，并买通皇帝身边的太监，将夏言问罪斩首，妻妾流放蛮荒之地。兵部主事杨继盛因弹劾仇鸾贻误军机而被贬，他于贬所巧遇夏夫人，听说了夏言被害的经过，义愤填膺。杨继盛被赦还朝后，见严嵩父子仍然在朝中专横跋扈、欺蒙皇帝。虽然不是谏官，但他为了清除权奸，仍然连夜修本，痛陈严嵩父子的罪恶。其祖先以鬼魂显灵向他预示祸端，妻子张氏也委婉地以夏言、曾铣的遭遇劝他自思，不要犯颜直谏，但杨继盛毫不动摇，依然上本弹劾，结果被押赴刑场斩首，临刑前杨继盛还嘱咐妻子以尸谏君。张氏不胜悲愤，在法场上生祭丈夫。在杨继盛被害后，她又代夫上本，弹劾严嵩，最后以身殉节，拔刀自刎。杨继盛的被害，激起了

更多忠直之士的激愤。邹应龙、林润等新科进士不顾严嵩党徒的拉拢、威胁，及第后径去拜祭夏言、杨继盛遗骸，并扯碎了严氏卖官鬻爵的账簿。严世蕃大怒，认为他们是夏言同党，于是将邹应龙、林润发放边地。朝中大臣董传策、吴时来、张翀等对严嵩弄权误国的局面极为不满，三人抱着必死的决心，辞母别妻，抬棺上殿，在同一日上本弹劾

图为清四川绵竹年画《苏英皇后鹦鹉记》。忠奸之争是戏剧的重要主题。西番贡进白鹦鹉、温凉盏，梅妃与兄设计毁之而诬陷苏皇后，周王怒斩苏后，丞相潘葛以己妻代死。后周王悔悟，与苏后团圆。

严嵩，结果被拷打、流放。邹应龙、林润的座师郭希颜见严嵩父子如此猖獗，决心"不剪奸雄死不休"，在金殿上苦谏，结果也遭严嵩毒手，死于非命。后来严党内部产生矛盾，赵文华与鄢懋卿争宠，互相倾轧，自相扰乱。新帝即位，邹应龙被召回朝，他联合孙丕扬，再次上本参奏严嵩，痛陈严党罪恶，终于扳倒严嵩，使其放归乡里，严世蕃问罪充军。而先前被害的大臣们皆得以洗冤昭雪。

　　《鸣凤记》以史实为依据，用戏剧这种形式及时反映和参与了反对严嵩的壮烈行动。《鸣凤记》在反映朝廷内部忠奸斗争，赞颂忠臣义士不怕牺牲精神的同时，对当时的社会黑暗也有所揭露。皇帝昏聩无能，不理朝政，宦官与大官僚相互勾结，网罗奸佞小人，结党营私，卖官鬻爵；对外则采取苟且偷安、屈辱退让的政策，东南沿海倭患严重，将领抗倭无方，反而乘机掳掠，屠杀百姓以冒领军功，这些都是嘉靖朝的真实社会状况。

《鸣凤记》写本朝时事，却敢于揭露当时的现实，确实显示出非凡的勇气。作为中国戏曲史上第一部着力描写当代政治事变的现代戏，其鲜明的政治倾向、大胆的斗争精神以及干预时政的迅速及时，确实有发聋振聩的作用。

31. 中国文学史第一奇书：《金瓶梅》
zhōng guó wén xué shǐ dì yī qí shū：jīn píng méi

《金瓶梅》号称是中国文学史上的第一奇书。它的奇表现在很多方面，其中最奇特最具有魅力的是它的作者之谜。自它面世后迄今大约四百个春秋，它的作者到底是谁？一直是《金瓶梅》研究中争论最多的也是最热门的话题。

早在《金瓶梅》面世之时，人们就不知道它的作者的名字，最早谈到《金瓶梅》的袁宏道等人也不知作者是谁。现存最早的《金瓶梅》刊本万历本《金瓶梅词话》没有作者的署名，前面有一篇署名"欣欣子"的序，序中称《金瓶梅》是他的朋友兰陵笑笑生所作，但很显然"欣欣子"和"笑笑生"都是化名，人们据此仍然难以知道作者的真实姓名。

在上述诸多作者候选人中，流行较早影响较大的是王世贞作《金瓶梅》说。在明清易代之时，王世贞作《金瓶梅》的说法很流行。而自清代以降，王世贞作《金瓶梅》的说法成为三百年间占主导地位的说法。

《金瓶梅》的男主角西门庆是一个兼具官僚性质的商人，是晚明社会中的一个亦官亦商、官商一体的暴发户典型。他一生中的全部活动是以经商为基础，以官僚身份为商业的保护伞。他的性格是贪财、好色和享受。从表面上看，作品写了西门庆家庭兴衰变化的历程，是西门庆短暂一生的荣枯史，实际上却是写出了当时整个中国社会的腐败图景。他为财色而生，又因纵欲无度而死，这不啻是一出人生悲剧。

西门庆原是个浮浪子弟，破落户财主出身，祖业只有一个生药铺，资本并不雄厚，到他死时已积聚了十数万银子的家业，而他生前豪华的享

图为《金瓶梅》书影。《金瓶梅》作为"天下第一淫书"，在中国文学史上一直争议最多，也是中国古代文学禁书之首。

受，无数的饮宴，数不清的贿赂，更不知花去了多少银两。西门庆财产的来源有三个方面，一是妻妾们带给他的数量可观的财产，二是利用官职受贿，三是商业经营有方。他的暴发，主要是靠商业上的暴利。

他骗娶富孀孟玉楼、花太监侄媳李瓶儿，侵吞了亲家陈洪的细软箱笼等，发了几笔横财，资金才逐渐雄厚起来，这在西门庆日后的商业经营中起了很大作用。他在商业经营中，既长于经纪，又以官身作庇护，借着官商勾结的优势而暴发。由于他善于交通官吏，不仅与县官、巡抚关系密切，更和税吏打得火热，既可得到经营官商的机会，又可逃避或少交官税，使他在商业竞争中占有很大的优势。他利用手中的职权和朝中的后台，独揽内廷进奉，以赚取大量金银。他通过贿赂官府兴贩盐引，以千余两银子作本钱买了三万盐引，获得了相当可观的利润，又利用这些利润在南方购买丝绸等货物到北方发卖，赚了数万两银子。他包占朝廷坐派的古器买卖，比一般商人更为便利地牟取暴利。他又用这些资金放高利贷，开设当铺、缎子铺、绸绢铺，又在外边江湖走标船，把设店经营与长途贩运相结合，经商规模越来越大，商业资本越积越厚。

西门庆称得上是经商里手，有一套生意经。

生活的实践使西门庆深深懂得金钱在社会生活中有着颠倒黑白、左右一切的巨大威力。他跻身官场靠的是钱，他敢于藐视法律制度，干了许多坏事而不受制裁靠的是钱，朝中许多大官僚愿和他交往，也是看在他的钱财份上。在西门庆看来，不管是人还是神，都不过是金钱的奴隶。他曾得意忘形地说："咱闻佛祖西天，也只不过黄金铺地，阴司十殿，也要褚镪营求。咱只消尽这家私广为善事，就使强奸了嫦娥，和奸了织女，拐

明代都市的繁华与商业的发达，是市井文学产生的基础。

了许飞琼，盗了西王母的女儿，也不减我泼天富贵。"这段话深刻反映了他对金钱的无限崇拜和钱可通神的市侩哲学。这时的西门庆，对人生、社会有了比较深刻的了解，他把财、权、色三者巧妙地统一于一体，又紧紧抓住财和权势不放，在他生命的后期，更懂得权势对实现他的财色欲求的重要性。比以前更主动地去寻找靠山，和上层统治集团更紧密地勾结在一起。

他先是和朝中的大员杨戬的同党陈洪做了亲家，虽然陈洪的官阶不高，但却是西门庆上攀的中介人，起着不可小视的作用。他和潘金莲一起害死武大的案发，通过陈洪贿赂杨戬、蔡京和陈府尹，才死里逃生，此事让他明白无后台寸步难行。"宁给事劾倒杨提督"一案，更使西门庆认识到交通权贵的重要，西门庆又是通过贿赂逃脱了惩罚。西门庆在金钱的保护下，不仅屡屡得救，还因祸得福，蔡京送给他一个提刑副千户，他继而又拜蔡京做干爹，成为蔡太师府的上宾。满京城的大小官员谁不知暴发户西门庆的大名，京中的要员到外地巡察总要到清河西门庆的府中逍遥一

番，西门庆不仅用山珍海味招待，美女陪伴，还要送大批的盘缠。强有力的政治后台和手中握有的权力，加上暴发的巨额财富，使他在黑暗的政治舞台上，做出了许多丑恶的表演。特别是他善于利用官势保护自己的商业利益，不仅成了清河县的首富，而且在全省出了名。

随着财势的迅速膨胀，西门庆对女色的占有欲也越来越强烈，也即是说，西门庆这个颇具时代特征的商人典型，构成他生活最终目标的却是对女性的占有和征服，这也是作品故事情节的主旋律。甚至可以说他跻身于官员的行列，并不是想在政治上建功立业，是为了更方便地赚钱，为了更有权势地占有和征服女性；他也只有通过占有女人，才能把对占有权势、占有金钱的成功感真切地表达出来，他利用各种手段占有的一妻五妾就是这种占有欲的证明。他一方面占有了众多的女人，一方面在临死时叮嘱他的妻妾为他守节，"休要失散了，惹人家笑话"，守住他的财产。这是痴人说梦，自欺欺人的混话，他的暴发就是凭借谋取别人的妻财发达起来的，当他这棵大树倒下，自然是树倒猢狲散，妻妾们失去了依靠、保障，分崩离析势所必然。更何况他的妻妾们一直处于激烈的矛盾斗争中，一个个像乌眼鸡一样，斗争的焦点是争夺西门庆的宠爱和家主母的地位。西门庆活着时，不管这种明争暗斗如何激烈，有西门庆在中间调解，斗争虽然时急时缓，但整个家庭不会分崩瓦解；一旦西门庆死去，情况就发生了根本性的变化，原先的矛盾更加复杂，斗争更加激烈，达到白炽化。正妻吴月娘操起妻正妾偏、妻尊妾卑的伦理大棒，以快刀斩乱麻的态势，将她的敌手一个个发落，使西门庆□赫一时的大家庭彻底分崩瓦解了。

吴月娘以潘金莲、庞春梅与陈经济三人白昼淫乱为把柄，先后卖掉了庞春梅和潘金莲，又把陈经济赶出家门。月娘所以这样做，是因为潘金莲与吴月娘的积怨太深，潘金莲争宠斗强、迎奸卖俏的手段远高于月娘，使西门庆常常冷落了月娘；潘金莲的爱咬群儿，搞得西门庆家反宅乱，这对主持家政的正妻月娘来说，无异于处处刁难；而潘金莲怂恿心腹丫鬟庞春梅斥骂月娘请来的客人申二姐，把月娘气得要死不活，月娘认为这无异于向她夺权；而李瓶儿母子被潘金莲暗害死，使月娘认清了她的嫉妒、凶

94

狠、害人精的面目，李瓶儿死前一再提醒月娘须提防潘金莲暗算的话使她铭记在心。所以当西门庆死后，月娘便先卖掉潘金莲的心腹庞春梅，又像赶一只狗一样把潘金莲交给王婆处理。李娇儿早已拐财归院；孟玉楼本是个有财产有地位的孀妇，她被西门庆骗娶后没有得到西门庆的宠爱，故她不愿为西门庆守寡而耽误了自己的青春；孙雪娥在西门庆妻妾中的地位最低、最不受宠，她看到潘金莲等人的被卖，李娇儿、孟玉楼等人各奔前程，寻找自己的归宿，便不肯陪月娘守节下去，和来旺私奔了。西门庆的大家庭随着众妾们的纷纷改嫁而分崩离析了，西门庆生前积聚的金银财富也很快地因众奴仆的侵吞以及众帮闲们的暗算大量散失了。西门庆的发家史，从多方面向我们剖析了那个时代社会制度、家庭制度、婚姻制度、奴婢制度所造成的罪恶与不幸，并且将建立在财势关系上的人情冷暖、世态炎凉深刻地概括出来。一部《金瓶梅》就是西门庆这个商人的发迹史与衰亡史。

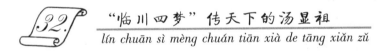

32. "临川四梦"传天下的汤显祖

lín chuān sì mèng chuán tiān xià de tāng xiǎn zǔ

当莎士比亚以其辉煌剧作轰动英国舞台的时候，中国的戏曲家汤显祖也成了辉耀明代剧坛的明星。虽然在剧本数量上，汤显祖比不过莎士比亚，但就作品的艺术成就而言，汤显祖可以说是世界级的戏剧大师。他的"临川四梦"（《牡丹亭》、《紫钗记》、《南柯记》、《邯郸记》，）又名"玉茗堂四梦"，至今仍广为流传，堪称是戏曲文学的精品。

汤显祖（1550—1616年），字义仍，号海若，又号若士，自署清远道人，江西临川人。他从小就十分聪颖，十三岁时，因谈论"形而上者谓之道，形而下者谓之器"的哲学命题，被督学所赞赏，成为秀才。二十一岁又中了举人。他的祖父母笃信道教，汤显祖自幼即接受道教的熏陶。然而封建士大夫家庭的出路在于读书求仕，因而，他的家庭对他的教育不遗余力，他早年受教于徐良傅、罗汝芳。罗汝芳是明代泰州学派的大师，汤显

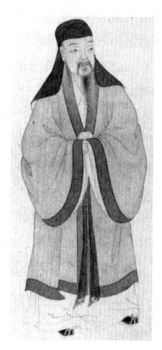

图为汤显祖画像。作为明代成就最高、影响最大的剧作家，汤显祖有"至情圣手"之称，更有人把他誉为"东方的莎士比亚"。

祖从他那里接受了王学左派思想，对他以后创作《牡丹亭》那样以情反理的杰作产生了一定影响。汤显祖早年胸怀大志，希图通过科举考试进取功名，施展抱负。可惜他生不逢时，与一代名相张居正的儿子们同场竞争，再加上才名远播天下又秉性骄傲、正直，必然要遭到挫折。

汤显祖曾说："一生四梦，得意处唯在《牡丹》。"《牡丹亭》代表了汤显祖的最高成就，是明传奇中最优秀的作品，也是中国戏曲史上的一部浪漫主义杰作。《牡丹亭》全名为《牡丹亭还魂记》，又名《还魂记》。取材于明代拟话本《杜丽娘慕色还魂》。杜丽娘是南安太守杜宝的独生爱女，从小受到严格的封建教育，虽从未接触过青年男子，但随着年龄的增长，怀春慕色之情却本能地油然而生。一日私游花园做了一个美梦，在梦中与一青年书生欢会。从此，她怀想成病，一病不起，慕色而亡。弥留之时，要求将其自画像藏于梦中的幽会之所——太湖石下。杜宝升官离任，岭南书生柳梦梅路经梅花观，拾到画像，十分喜欢画中女子，日日求拜。杜丽娘死后三年，一直在寻找梦中情人，听到柳梦梅呼唤，见其果是梦中欢会的男子，遂与其幽会，并嘱柳梦梅掘墓开棺，结果杜丽娘复活，二人结为夫妻，同到临安参加考试。杜宝升任安抚使，镇守扬州，被叛军围困。柳梦梅参加进士试后，因金兵入侵，朝廷延误了放榜，受丽娘之托，到扬州去向岳父通告丽娘回生之喜，结果被杜宝以盗墓之罪扣押，并遭到拷打。恰好朝廷放榜，柳梦梅高中状元。杜宝也因功还朝，但拒绝和女儿女婿相认，后经皇帝调停，才父女夫妻团圆。这是一部带有现代色彩的戏剧，杜丽娘的梦境是其平日遭到压抑的心理状态和自我意识的流露，她的一梦而亡揭露了封建礼教对合理人性的扼杀。而杜丽娘与柳梦梅的大胆私自结合，则反映了男女之情的不可抑制的巨大力量，肯定了男女之情的美好与合理性。《牡丹亭》一经问世，便产生了巨大而深远的影响，在当时，就已经是"家传户诵，几令西厢减价"。在后世的舞台上，更是经久不衰。

　　《紫钗记》是汤显祖根据其早年作品《紫箫记》改编而成的，主要取材于唐代蒋防的传奇小说《霍小玉传》，描写李益和霍小玉的爱情故事，但改变了小说中李益负心，霍小玉含恨而死的情节。剧中讲李益是前朝丞相之子，流寓长安，在元宵佳节灯月交辉的晚上拾得霍小玉所遗紫玉钗，二人互露

图为汤显祖主要著作书影。辞官以后的汤显祖在临川四茗堂潜心创作，留下了著名的"临川四梦"。

爱慕之情，后结为夫妻。不久，李益高中状元，因为不愿去参见卢太尉，就被派到边境的军队里供职，期满以后又改调孟门。后因立了军功返朝，卢太尉欲招其为婿，李益婉拒，不愿意同卢小姐成亲，被拘制于卢府。小玉见李益一去不归，十分焦急，多方探听消息，听说李益议婚于卢府，怀疑不信，为了筹措探访李益消息之资不惜卖掉衣服首饰，甚至卖掉了定情之物玉钗。结果知道玉钗被卢太尉买去为卢小姐在与李益成亲时插戴，顿时泣下如雨，撒掉了卖钗所得的上百万钱，直至痛苦成疾。而卢太尉购得玉钗后，向李益伪称小玉已改嫁，李益信以为真。有一黄衫豪士为霍小玉真情所感动，认为李益负心，乃命胡奴以骏马载李益至小玉处，结果真相大白，夫妻团圆。

《邯郸记》是根据唐代沈既济的传奇小说《枕中记》改编。作品写吕洞宾以磁枕使卢生入梦，在梦中，卢生这个不得志的穷书生遇到姓崔的阔小姐，这个阔小姐逼迫他与自己成婚，并用金钱为卢生买通司礼监高力士和满朝勋贵，使他状元及第。但因不曾逢迎权相宇文融而遭到谋算，因偷写夫人诰命被贬为陕州知州，因开河的功勋升为御史中丞兼河西陇右四道节度使，最后直至拜相，享尽荣华，八十而卒。醒来知为一梦，乃拜吕洞宾为师，学道成仙。从他的宦海沉浮中反映了官场的黑暗。而卢生为相后，皇帝钦赐了大量的土地，敕造了几十所园林，分拨了二十四名美女，生活淫佚无耻，又暴露了统治阶级的荒淫腐朽。汤显祖在剧中实际上是对晚明政治的腐败做了揭露，反映了他对当代政治的不满。

《南柯记》根据唐代李公佐的传奇小说《南柯太守传》写成，基本上忠于原作。写淳于棼庭中有一古槐，一日酒醉梦有使者来迎接，便进了一个洞穴，至大槐安国，国王招其为驸马并任为南柯郡太守，仁政爱民，颇受爱戴。后回朝拜相，大权在握，意态更骄纵，终因秽乱后宫，被遣回。醒后才知道大槐安国就是庭中古槐中的蚁洞，于是请一老僧超度群蚁升天，淳于棼也醒悟而坐化成佛。这个作品也对现实政治的黑暗进行了讽刺，具有积极的现实意义。

"临川四梦"一经问世，便马上付诸演出，在汤显祖的周围形成了阵容强大的演出团体，他们经常上演汤显祖的剧作，使之传播到全国各地，并流传下来。特别是《牡丹亭》的魅力，至今未衰。

33. 沈璟笔下的戏剧故事
shěn jǐng bǐ xià de xì jù gù shì

晚明时期，戏曲舞台上出现了两大流派，即吴江派与临川派。临川派的为首人物就是汤显祖，因为汤显祖是江西临川人，所以这一派称为临川派。吴江派是以沈璟为代表人物的另一个戏曲流派。沈璟是吴江人，在他的影响下，出现了一大批用昆山腔创作传奇的作家和戏曲理论家，戏曲史上称为吴江派。

沈璟（1533—1610 年），字伯英，号宁庵，又号词隐。他生长在一个传统思想非常浓厚的家庭。曾祖父沈汉曾经做过刑科给事中，以反对宦官、指斥时政、直言抗争闻名朝野。他的祖父、父亲都受过严格的传统思想教育。沈璟的父亲是"平生竭财聚精于读书教子"，"训督诸子严急"。沈璟的老师唐枢为当时的理学大师。在这种环境中生活的沈璟，从小就受到理学的熏陶，形成了严谨、正统的为人风格。他为人讲究品格节操，崇尚封建传统道德。万历二年（1574 年）沈璟中了进士，步入仕途。曾先后在兵部、礼部和吏部任主事、员外郎。当时的神宗皇帝非常宠爱郑贵妃，而皇长子的母亲王恭妃却受到冷落，大臣们恐怕皇帝因爱郑氏而不立长子为储，因而纷纷上疏，请早立皇太子，沈璟也参与了这一运动，因此触怒皇帝，受到连降三级的处分，贬为行人司司正。万历十六年（1588 年），沈璟任顺天府乡试同考官。这次考试，有许多朝中重臣的亲属参加且大都被录用，因此，与此次考试有关的人遭到朝中大臣的弹劾。沈璟作为副主考自然难逃其咎，于是，第二年，沈璟便告病还乡，当时，沈璟年仅三十五岁，正值壮年。退隐归家后，他寄情于词曲，自号为"词隐生"，把主要的精力全都用在了戏曲创作和理论倡导上。

沈璟的家乡吴江是一个歌舞之乡，晚明时，这里产生了许多戏曲家和戏曲演员，对戏曲的发展产生了极大的推进作用。沈璟本人又妙解音律，善于歌唱，曾经和兄妹一起登场演戏。归隐之后，他这种为官时被压抑的爱好便获得了释放。他和同乡人顾大典一起蓄养家伎，以供素日演戏观剧。每当有客人相访，也与人家谈论戏曲的演唱，甚至谈论一天也毫无倦意。他主张戏曲作品要讲究声律，语言要本色。他的这种戏曲主张，得到了一些戏曲家的支持和响应，他们追随沈璟，形成了吴江派这一重要流派。

沈璟的戏曲活动，绝不仅仅是为了消遣娱乐，他创作戏曲带有强烈的目的性。他共创作了十七种戏曲作品，以其书斋名为"属玉堂"，故总称为《属玉堂传奇》。吕天成认为"先生（沈璟）诸传奇，命意皆主风世。"

明刊《红蕖记》插图。郑德璘偶与盐商韦某并舟泊，见韦女楚云而慕之，以诗相挑，楚云报之。后楚云没于水，被龙王送归德璘，二人成婚。

可见，沈璟是以戏曲作品来宣扬封建的伦理道德，从而影响整个社会风尚。作为封建传统道德的忠实拥护者，他的作品必然要显示出这种思想倾向。

《属玉堂传奇》十七种，今尚存者有《红蕖记》、《埋剑记》、《双鱼记》、《义侠记》、《桃符记》、《坠钗记》、《博笑记》七种。另外还有一部作品《十孝记》，分别写历代十个有名的孝子的故事，体裁类似杂剧，已失传。在如此众多的作品中，较有影响的是《义侠记》、《桃符记》和《红蕖记》三种。

《义侠记》是沈璟最负盛名的戏曲作品。此剧的主要情节本于《水浒传》中武松的故事。从景阳冈打虎起至上梁山被招安止。尽管剧中对潘金莲、西门庆、张都监、蒋门神等人物的刻画大体符合小说原貌，但从文学角度来衡量，比原著的文学价值相差很多。特别是主人公武松，更失去了英雄色彩，被刻画成一个士大夫式的人物。他虽然被迫上了梁山，但他并不想背叛朝廷，并经常感慨君恩未报，日夜盼望招安。为了突出伦常道德，沈璟还在剧中增加了一个从小就与武松订有婚约的贾若真，这是一个典型的节妇，她苦守婚约，经过几番周折，终于寻访到武松，夫妻团聚。沈璟的创作意图是以此来宣扬一种"忠义"思想，所谓"忠义事存忠义传，太平人唱太平歌"，似乎只要有了忠义，社会便太平安定了。沈璟选取武松的故事为剧作题材，受到了人们的喜爱，虽然剧作在文学性上比不上《水浒传》，但在当时却是经常上演于舞台。特别是增添了武松的妻子贾氏这一人物，更是一种创造。

明刊《红蕖记》插图

《桃符记》根据元代郑廷玉的《包龙图智勘后庭花》杂剧改编而成。原剧写皇帝赐给赵廉访使一个叫王翠鸾的女子，赵夫人却怕她将来生育子女，损害自己的利益，于是命堂侯官王庆谋害王翠鸾和她的母亲。王庆则强迫走卒李顺去办这件事，李顺却将母女二人放走。王庆因与李妻有奸情，又合谋杀死李顺，沉尸于井底。王翠鸾仓皇中与母亲离散，投宿店中，王小二强迫其成亲，翠鸾被吓死，也被沉尸于井中。她的鬼魂与赴京赶考的秀才刘天义相爱，互赠《后庭花》。他们的幽情被王母察觉，因不见女儿，遂告至包公那里。包公以翠鸾赠刘天义的桃符为线索，经过精心调查，终于破了两件人命公案。沈璟的《桃符记》情节与原著基本相同，但将王翠鸾改名为裴青鸾，并增加了城隍助其死而复生、与刘天义结为夫妇的情节。沈璟以这个作品暴露了封建社会"人情翻覆似波澜"的险恶世情。

《红蕖记》是沈璟创作的第一部戏曲作品。它是根据唐传奇《郑德磷传》改编而成的。书生郑德磷与盐商的女儿韦楚云在洞庭湖边相遇，一见钟情，便互相题赠。经过一番波折，在洞庭湖龙王的帮助下，最终结为夫妇。因二人的结合是以红芙蕖为信物，故以之为剧名。其中还穿插了崔希周和曾丽玉二人的爱情故事。剧中多有巧合情节，文采斐然，在沈璟的诸多剧作中显得十分独特。

此外，《坠钗记》（又名《一种情》）演述崔兴哥与何兴娘的爱情故事，其中宣扬了青年女子对爱情的生死以求，尽管作品中还杂有一些道德说教，但仍可看出晚明时期"情"的宣扬在沈璟身上也刻下了痕迹。

沈璟的戏曲创作虽然很多，但他之所以能成宗立派，成为吴江派的领袖，还在于他的戏曲理论。沈璟的理论散见于他所写的一些文章和他的门生的转述中。沈璟认为写传奇要严守格律，在句法、用韵和用字上都要合律依腔。并且还主张崇尚本色，也就是要求传奇的语言通俗易懂、朴实自然。

作为一名戏曲理论家，沈璟在戏曲史上的主要贡献在于他的《南九宫十三调曲谱》。这是他根据嘉靖时蒋孝的《南九宫十调曲谱》增补修订而成的，对南曲曲律有许多精深独到的见解，被视为曲家法则。

沈璟在戏曲创作和理论倡导上，都有不小的成绩，被许多戏曲家视为曲坛盟主。当时，以沈璟为宗师的戏曲家还有吕天成、沈自晋、叶宪祖、王骥德、冯梦龙、范文若、袁于令、卜世臣等一大批优秀戏曲作家。

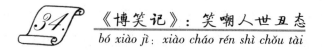

34. 《博笑记》：笑嘲人世丑态
bó xiào jì：xiào cháo rén shì chǒu tài

《博笑记》是沈璟"属玉堂传奇"中创作最晚的一部作品，在结构形式上十分独特。这部作品由十个互不相关的小故事组成，这种体制形式是沈璟吸收杂剧的创作特点，对传奇体制的创新。在风格上，《博笑记》是以滑稽嘲讽为主的喜剧，揭露和讽刺的对象涉及了当时社会中形形色色的人物。

《博笑记》中十个故事长短不一，有的两出，有的则有四出。在剧作的第一出中，总列出十个故事的名目，接下来便依次搬演。在两个短剧之间，用"××演过，××登场"作为串联。如《巫举人痴心得妾》演完之后，由其中一个角色说："巫孝廉事演过，乜县丞登场。"由此引出《乜县丞竟日昏眠》的故事，过渡自然而富有新意。

《巫举人痴心得妾》是剧本的第一个故事。这个故事与凌濛初《初刻拍案惊奇》中的小说《张溜儿熟布迷魂局，陆蕙娘立决到头缘》为同一题材，但戏曲要早于小说。扬州书生巫嗣真到京城参加乡试，试毕觉得考得十分得意，便邀友人到城外郊游。三人正在一酒肆中饮酒，忽然见一个素服女子骑一头毛驴经过。巫生见女子美貌标致，很是动心，于是慌忙告别了朋友，尾追女子而去。不久，那女子进了一所院子，巫嗣真恋恋不去。这时院中走出一人，自言为女子"家人"，他斥责巫生窥视私宅。巫生不顾责难，探听女子身份。"家人"告诉巫生此女新近死了丈夫，如若巫生愿意娶她，可以为其保媒，只要白银一百五十两，便可马上成亲。巫生欣然回住处取来银子，交付与"家人"，并赠其谢礼，然后娶回了那个女子。新婚之夜，新娘不饮酒不睡觉，而问巫生是否真心相爱，巫生对天盟誓以表诚意，新娘见其诚信可靠，于是告诉他实情。原来这个女子与自称为其"家人"者是夫妻，穿素衣外出那日是为祭母，而非丧夫。其夫见巫生痴心，又是外乡人因而设下此计来诈骗钱财，明日一早，其夫将带人来毒打巫生，夺回新娘。女子感巫生真心，不愿再与丈夫过这种诈人钱财的生活，决意趁机逃脱。于是和巫生趁夜搬入巫生的朋友家中。天将明时，其夫果然带众人持棍来寻闹，却不见了妻子与巫生，大哭上当，撞死在四牌楼。这时，报喜人来报知巫生考中举人，于是巫生与女子真成夫妻。这个故事反映了明中后期市井人心奸诈与不顾廉耻的风气。

　　第二个故事是《乜县丞竟日昏眠》。本事出自《雅谑》，共两出。写崇明县乜县丞不学无术，当地一秀才为贺其上任，带来了一些礼物，怕乜县丞不收，故而写上"将敬"，结果惹得乜县丞大怒，要究治秀才，秀才吓得一溜烟走了，而秀才的仆人被县丞打了二十杖，并拶起来。乡宦也来拜贺，见乜县丞在衙内打人乱嚷，认为他是一个颠人。过了一会儿，乜县丞竟然打盹昏睡了。乡官见此情景便回去了。县丞醒后知道这种情况，认为乡官十分知趣，准备回拜，于是带领衙役前去拜访，在等候主人出来时竟然又睡着了。乡官出来见县丞睡着了，也相对打起盹来。乜县丞醒来，见乡官睡着了，便继续再睡，天黑时醒来，见乡宦未醒，只好改日再来。这个故事对当时官吏的昏庸无能、精神空虚的状况讽刺得入木三分。

　　第三个故事《邪心妇开门遇虎》，共两出。写龙潭这个地方有一个寡妇与婆婆一同生活，一天婆婆被其女儿派人接去小住。临行前，婆婆一再叮嘱儿媳要谨守门户。婆婆一走，寡妇闩门闭户。有一过客名常循理经过龙潭，听说这里有虎出没。傍晚时找人家投宿，恰好见有一户人家，敲门借宿。寡妇称自己是寡居之人，不能留男人借宿。常循理再三哀恳，寡妇才允许他在院里的草堆上过夜。夜间，寡妇听到叩门声，以为是常循理来求欢，便说自己是贞洁妇人，不能使男人靠近。过了一会儿，敲门声又响起来，寡妇说明日婆婆回来知道绝不罢休。虽然拒绝，却很是动心。过了一会儿，又有敲门声，寡妇以为过客真心爱她，便开门相迎，结果一开门便被老虎咬住拖入深山吃掉了。常循理十分惊恐，天明奔告到邻村，邻村百姓见血迹直至深山，而常循理睡在院中草堆上却安然无恙，便认为是二人私通，见有虎来故意开门害死了寡妇。婆婆归来，告到官府，官府罚常循理出钱烧埋寡妇。这个故事从封建道德出发，讽刺了寡妇的不贞。

　　第四个故事《起复官遭难身全》，共三出。有一个州县属官叫忠靖，长得非常肥胖，当他任职期满后，便到京城候补，途中投宿空空寺。老僧命手下僧人以药酒相待，忠靖喝下后如痴如哑，又剃掉他的头发，装扮成僧人，每天给他吃大鱼大肉，准备养他三个月，使他面白如玉，手脚绵软，披上袈裟坐在禅床上冒充活佛，哄骗钱财来供寺僧享用。果然一听说寺中有活佛，善男信女都来朝拜，施舍钱财。州官也听说这件事，派人来请活佛到衙中供奉。寺僧不敢违命，又恐露了破绽，只得一同前往。但终于还是发现了活佛的虚伪之处，于是拷打寺僧，寺僧招认了事情的全部，忠靖因而得救。故事对僧人的作恶不法进行了揭露，从而反映了宗教的虚伪性。

第五个故事《恶少年误鸾妻室》，共三出。写一家兄弟二人，大哥外出经商五年音信全无，弟弟以为其兄已死，欲劝大嫂嫁人，以图大哥家产。见大嫂不肯改嫁，于是便找人假传凶信，告诉大嫂，大哥已死，又偷偷将大嫂卖与外地一客商，商定当夜派人来强娶，见头戴白布帽子髻者便径直簇拥而去。后因分赃不公，消息被泄露给大嫂。大嫂将计就计，将白帽子髻与弟妇相换，说今夜准备嫁人，戴白帽子髻不吉利，于是弟妇欣然同意。客商差人来娶亲，见戴白帽子髻妇人，便强抢入轿抬走。这时大哥返乡，夫妻相见，大嫂告诉丈夫事情经过。而弟弟以为大嫂已被客商抬走，欣然返家，却不见了自己的妻子，而大嫂安然无恙，才知道自己聪明反被聪明误，于是无脸见家人，仓皇而去。

第六个故事为《诸荡子计赚金钱》，共四出。苏州城内两个无赖汉名索老相和小火囤。二人见阊门外无名观中有一道人极富，而人又呆板，便设计诈骗其钱财。便找来一个专演妇人的标致小旦，扮成妇人到道观投宿。观中小道士果然上当，不听住持劝说，留妇人过夜。忽然索老相带人赶来捉奸，小道士又惊又怕，拿出一百二十两银子，其中二十两作为小旦的遮羞钱。而索老相等人心犹未足，又设一计，让另一无赖叫能尽情的前往道观告诉道士实情，并假意要替道士写状纸去告索老相等人。道士怕人知道，不愿告状，又被能尽情诈去十六两银子。后来道士忍无可忍，便告到官府。一伙无赖都被抓获并判杖责发配。这个故事反映了当时社会风气的堕落。

第七个故事为《安处善临危祸免》，共四出。池州府建德县百姓安处善，家中贫困，一日到财主家借贷，返家途中遇到一只猛虎，他十分恐惧，跌倒在地。但老虎只舔了舔他，并没有吃他。安处善于是向老虎跪下诉说家中窘状，希望老虎能许他先将谷米送与家中老母，然后再来受死。老虎点头摇尾而去。而铜陵贫生与妻子乘船来建德，船夫图谋其妻，将贫生骗至岸上打死，然后骗其妻成婚。贫妻欲见丈夫尸体后方才改嫁，二人遂上岸，途中亦遇老虎，船夫被虎衔走。而贫妇听说贫生死而复生并去县衙状告船夫，于是去寻丈夫，夫妻团聚。当地土地神告知他们说老虎专吃前世恶人，安处善因事母甚孝所以免除厄运，船夫谋人性命，难免被吃。这个故事宣讲了善恶报应思想。

第八个故事是《穿窬人隐德辨冤》，共两出。有一人十分好赌，他的妻子多次劝阻，仍不思改过，家产几乎败尽。一日忽然赢银四十两，妻子欲以这笔钱购置家当，赌徒不肯，二人于是发生争吵。其妻无奈去后房上吊。有一小偷知道赌徒赢钱，夜间穿墙而入室，见有人上吊遂发出惊叫，赌徒因而赶来救了妻子。为谢救命之恩，赌徒将所赢银子分一半与小偷，互劝改过，今后一个不再偷，一个不再赌。

第九个故事《卖脸客擒妖得妇》，共两出。写有一老翁名古吾言，膝下有一儿一女。儿子外出经商，女儿二十未嫁，却被妖魔缠身，白日昏睡，夜则浓妆与妖精调笑。古老汉多方寻人降妖，却无人能奈何妖精。一日大雨，有一个卖假面的青年前来投宿，老汉心烦不愿接纳，青年无奈，只得宿其门外，又取火来烘假面。妖精降临，见到假面十分害怕。青年有意吓唬妖精，知其为水塘中黑鱼精。青年命其不可再来，从此，果然不再有妖精前来骚扰。青年又下池塘中捉出黑鱼精，烹烧吃掉。古老汉大喜，择日命小姐与他成亲。

第十个故事《英雄将出猎行权》，共三出。有两个强盗强夺民女，天亮时怕人看见，便将少女藏在一口枯井中，拟于晚间再将她接走。临行前，用石块遮住了井口。有一将军出猎行经此处，闻井中有人呼救，于是命手下移开大石，救出少女，问清了原因，并将少女随马带走。打猎时，将军射中一对豺狼，便将它们放入枯井中，上面仍压石块。傍晚，二盗来至枯井，见石块未动，以为少女还在枯井中，便抬下石块，这时豺狼跳出，咬死了二盗，而将军也娶少女做了小夫人。

　　沈璟的《博笑记》中的十则小故事，主人公是和尚、道士、骗子、寡妇、商贩、小偷、赌徒、下级官吏等人物，完全与以往传奇作品以才子佳人、古代名贤为主人公不同。虽然人物有些漫画化，也不够形象生动，目的却是戒淫警盗，惩恶扬善，但其中也不乏一些落后的封建道统思想，如《邪心妇开门遇虎》宣扬封建贞节观念，嘲笑寡妇的合理要求，这是不值得肯定的。它最突出的特色在于形式，由十个独立的故事组成，前人认为"若此记则又特创新体，多采异闻，每一事为几出，合数事为一记，既不若杂剧之构于四折，又不若传奇之强为穿插"。这种结构形式确实是独标一格。

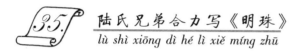

35. 陆氏兄弟合力写《明珠》
lù shì xiōng dì hé lì xiě míng zhū

　　唐末薛调的传奇《无双传》描写了封建社会动荡年代中男女青年真挚感人的爱情故事，曲折生动，是一篇优秀的小说。后人以此为素材，多次对它进行改编，元代有杂剧《王仙客》，后来又有南戏《无双传》，明代书生陆采兄弟在前人成就之上将它改为南戏《明珠记》，艺术上更为成熟。

　　陆采（1497—1537 年），初名灼，更名采，字子玄。长州人。因为长州附近有山叫天池山，陆采因而又自号天池山人，别号清痴叟。他的哥哥陆焕、陆粲都是有名的才子，早年兄弟三人互为师友，互相学习，被当时人称为"三凤"。陆粲（1494—1551 年），字子馀，一字浚明。他是陆采的二哥，自幼聪明颖悟。他们的族父陆完因立有大功，在朝中为太宰大司马，重于天下。陆粲却从不去依附他，而是以自己的文学才华受知于同乡先辈。三十三岁时，陆粲赴南京会试，各科成绩都非常出色，特别是做的对策，受到石文介的赏识，想将他置为第一。但考官中有嫉恨石文介的，偷偷地将陆粲的对策藏了起来。等到录取名次到一半时才将陆粲的对策拿出来，石文介非常气愤，说："我被人出卖了！"而陆粲也只得以第三甲第三十七名中进士。后陆粲被选为庶吉士。

明崇祯刊《金瓶梅词话》插图演戏场面。图绘堂会演出场景，红氍毹上二人正在演出《玉环记·玉箫寄真》一出，旁有大鼓、手鼓、拍板伴奏。

陆粲为官敢言直谏，曾多次上疏朝廷，论及国家治乱之策。三十六岁时，由于他的奏章牵涉了宫廷内幕，得罪了皇帝，因而受到了廷杖处分。不久，又因为弹劾张璁而下狱。后来被贬为贵州都匀驿丞。二年后，调任永新知县，三年后辞官回乡。由于他的正直和蒙冤不屈的经历，他在当地士大夫中间很受人尊敬，被称为贞山先生。

陆粲十分热衷于戏曲、小说的创作，二十三岁时就写成了笔记小说《庚己编》，共四卷，都是掌故及志怪故事。而对戏曲，陆粲也极有兴趣，陆家有戏班，经常演戏娱乐。

《明珠记》共四十三出。写唐襄阳人王仙客，自幼丧父，与母亲寄居舅父家，舅父刘震为朝中户部尚书。王仙客与表妹刘无双自幼相处，彼此爱慕。王仙客的母亲后来患了重病，临终时将仙客托付兄弟，要求为仙客无双定亲，刘震答应了他。于是仙客护柩归乡安葬了母亲。三年后服孝期满，王仙客又上京师，一来应试，二来向刘家求亲。而刘震却以甥舅之礼相待，绝口不提以前的婚约。王仙客多方努力，仍然不能实现愿望，感到十分沮丧。

当时恰逢泾原节度使姚令应发动叛乱，太原节度使朱泚也乘机率兵攻入京师，皇帝与朝中大臣纷纷逃难。刘震命仙客率领仆人塞鸿押细软家私先出城，自己带家眷随后至霸陵桥畔旅店和他相会，待事定之后，便让仙客与无双成亲。仙客又悲又喜，只得押车先去，临别时，无双赠明珠一颗给仙客作为纪念。仙客至霸桥后一等再等却不见舅父一家前来会合，绕至城门问守门人，才知无双一家都被乱军拘押不得出城。而京城附近混乱不安，王仙客无奈，只得弃了行装奔回襄阳，塞鸿也逃往他处避难。

叛乱平定后，仙客思念无双，又到京师寻访舅父一家消息。他偶然遇到了仆人塞鸿，才知道舅父一家在乱中都安然无恙，然而由于刘震与丞相卢杞向来不和，因而又遭到诬陷，押在大理寺监狱中，无双和母亲都被配宫廷。只有无双的侍女采苹被金吾将军王遂中收为义女，仙客于是到王家被招为婿。王遂中又推荐王仙客做富平县尹，并代理长乐驿驿丞。

新帝即位，命内官率一批宫女去园陵服役，途经长乐驿。仙客忖度无双可能会在宫女之中，所以派塞鸿装成茶童，带着无双所赠的明珠去为宫女们烹茶。无双果然在其中，她认出了塞鸿，见了明珠，知道仙客就在驿中，于是偷偷告诉塞鸿让仙客明日到她所住的床褥下取信。塞鸿告知了仙客，仙客见果有无双在其中，便想谋求一见。于是塞鸿让他扮做理桥官先往渭桥守候，宫女香车经过时，无双看到了仙客，乃掀竹帘使仙客得以一见，并将明珠一颗掷还仙客。

仙客归来十分伤情，塞鸿又将无双留下的书信送来。在信中无双告诉他富平县有个叫古押衙的侠士乐于助人，可以去向他求助。仙客于是去找到了古押衙，古押衙拒绝了他的请求。这时朝中奸相也想让古押衙为己所用，古押衙大义凛然地拒绝了他的收买，退隐于山林，王仙客毅然辞官随他而去，两人比邻而居，王仙客对他奉养甚厚。一年后，古押衙为仙客的真情感动，于是亲自去向茅山道士求得灵药续命胶，又配制了毒酒，伪造圣旨，派采苹扮做宫使，令塞鸿为随从，二人到皇陵赐无双饮酒自尽。古押衙再伪装成刘家奴仆去求回无双尸首，用续命胶使她起死回生。古押衙怕事情败露，事成之后飘然远遁。仙客无双等也远走成都避难。刘震遇赦出狱，赴四川上任，两家船只在锦江相撞，刘家船破，夫妇过船避难，一家人不期而遇，欢喜团圆。

《明珠记》中王仙客对无双忠贞不渝、始终如一的爱情感人至深，而古押衙是非分明、急人之难的侠士形象也塑造得鲜明生动。整个剧本情节紧凑，结构严谨，可以说是一部十分杰出的作品。由于情节的类似，戏曲

界往往将《明珠记》和莎士比亚的杰出悲剧《罗密欧与朱丽叶》相提并论，但它要比莎翁的著作早六十多年。

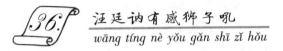

36. 汪廷讷有感狮子吼
wāng tíng nè yǒu gǎn shī zǐ hǒu

　　汪廷讷（1569？—1628年），字昌朝，号无如，别署坐隐先生、无无居士、全一真人等，安徽休宁人。汪廷讷在晚明戏曲家里面是一位较为神奇而怪诞的人物，他自幼过继给同族的富商为养子，二十岁左右到南京以诗文拜见陈所闻，得到这位曲学前辈的赞赏；又出钱弄到一个国子监生员的头衔，得以进入南京的文人圈子，成为社会名流。约三十岁时在南京参加乡试，因父病而未能终场。

　　汪廷讷喜欢结纳达官显贵、文士名流。当时南北两京的内阁大臣、尚书、督抚以至翰林学士如张位、于慎行、杨起元、冯梦祯等，名流如李贽、汤显祖、张凤翼、屠隆等都同他有交往，并呈重礼加以攀附，请求他们为自己写传记、题诗，到手之后又根据自己的意愿适当地加以润色，以抬高身价。甚至不惜伪造未能求到的文人题词，以沽名钓誉，欺世盗名。汪廷讷曾对他的朋友张维新说："华衮揄扬，徒暴吾短，文将焉用？"话虽然说得好听，事实却是他本人将许多商业广告式的传记和赞颂编印成《环翠堂华衮集》，可见他言不由衷。

　　汪廷讷所作杂剧八种，今仅存《广陵月》（又名《韦将军闻歌纳妓》）一种；传奇十五种，总称《环翠堂乐府》，今存《狮吼记》、《种玉记》、《义烈记》、《投桃记》、《三祝记》、《天书记》、《彩舟记》等七种。其中《狮吼记》影响较大。

　　《狮吼记》共三十出。剧叙北宋陈慥，字季常，别号龙丘居士，出身于四川眉山书香世家，与苏轼同乡为友。后随父陈公弼宦游，流寓黄州岐亭，遂定居于此。季常虽才情磊落超群，但功名蹉跎，潦倒家园。因此，他常陶情诗酒，寄兴烟霞，"花前爱挈东山妓，座上常开北海樽"。其妻柳氏虽貌美聪慧，却凶妒异常，使他浪荡游乐之志不得遂。于是，便借故访父执吕枢密而进京，恰吕枢密出使别国，遂滞留京城。此时，苏轼在京为官，二人每日携妓浪游，通宵达旦，乐而忘返。柳氏在家悬盼，久不见丈夫归来，私遣家仆赴京，探知丈夫"歌儿舞女朝朝醉，凤管鸾笙步步随"，"挥金买笑任施为"，非常恼火，写一封信说她在家已为丈夫买了四个小妾，让丈夫速归。陈季常回家，见四妾皆头秃眼瞎，跛足歪脚，丑似夜叉，避之唯恐不及，而柳氏偏强迫四妾服侍他。

不久，苏轼因忤宰相王安石之意，被贬为黄州团练副使，佛印禅师住持黄州室惠禅寺。季常与他们朝夕往来，回家后，甜言蜜语哄骗妻子，说柳氏的"影儿好似张员外家媳妇"，柳氏认为丈夫看上了张家媳妇，用扇子怒打陈生，陈生忙赔不是，主动为妻扇扇子。柳氏怒骂不止，威胁下次再犯，将藜杖加身。一日，苏轼携妓琴操游杏坞桃溪，邀请季常一同赏春。待季常回家，柳氏命他罚跪池塘，苏轼赶来才将他救起。苏轼不愤，讽劝柳氏。柳氏骂他好管闲事，是"老牵头"，"恨不用青藜打杀你"。苏轼对季常说："休道你怕她，我也有些儿胆怯了。"柳氏受了苏轼一顿奚落，一腔怨气无处发泄，怒咬陈生，并拉季常到县衙告状。原来县令也是个惧内的，断事之前先"看夫人不在屏风后"，才好问事。县令刚责备了柳氏几句，不料县令夫人从后堂杀出，怒斥断案不公，当众痛打县令。万般无奈，县令拉着夫人告到土地神那里，土地神也说柳氏"悍妒"堪罪，告诫她以后要服从丈夫。可是土地娘娘也不依了，揪住土地神"拳头巴掌声声响"，扬言要把这不公的"神明"，打得"下寻地狱，上走天堂"。于是，土地神夫妇、县令夫妇、陈季常夫妇，揪做一块，"混打一团"。土地神气倒在地，醒来后唱道："休道你做人受折磨，我为神也损伤。"

事过之后，苏轼怨恨柳氏悍妒，不许陈生置妾，致使好友无子，便将自己心爱的侍女秀英赠给季常，令他别处藏娇。柳氏虽未知闻，但防范更严，陈生若出门，她必滴水为记、燃香限时，稍有违逆，便"打二十藜杖"。一日，季常随苏轼、佛印游赤壁，回家略迟。柳氏命陈生跪在堂前，头顶灯盏，使他一动不动，整整跪了一夜。而季常仍"拘管由她拘管，偷行我自偷行"，忙里偷闲，时常出外与小妾幽欢。柳氏察觉后，便用绳子绑住陈生一只脚，自执一端，使他不得出门，随时恭听呼唤。陈生向巫妪求救，巫妪以羊易陈，放陈生逃走。柳氏抽绳，一只羊鸣叫而来，柳氏十分惊惧。巫妪谎称"丈夫变羊"这是祖宗愤怒、鬼神降罚，须柳氏虔诚斋戒三日，回心向善，才能使郎君复现人形。三日后，陈生归来，柳氏欣喜，善待陈生，并允许接回秀英同住。不久，柳氏旧病复发，仍旧争宠嫉妒，打妾熬夫。陈生被打出家门，向苏轼诉苦："东坡，我与她也不像是夫妇"，却像"我如儿，她似娘"，"她揪捽掐打，你检验满身伤"。苏轼激于义愤，携季常准备兴师问罪，只听柳氏一声"快拿拄杖来"，二人吓得慌跑不迭。苏轼说："季常，我平日究心三乘，"无所畏惧，"今闻她一声，令人心胆俱碎，莫不是狮子吼吗？"并做诗四句以讽季常。

柳氏因凶妒而抑郁成疾，魂魄被阎王摄入冥府，严刑究治。因她"悍妒"人世无双，"正要下入阿鼻地狱"，幸亏高僧佛印及时赶到，恳请阎王饶恕了柳氏罪过。佛印带着柳氏魂游阴曹地府，见到许多凶妇、妒妇、毒妇在炼狱中受无量苦处，景象阴森可怖，惨不忍睹。柳氏受此警戒，翻然悔悟，还阳后，虔心向佛，敬夫教子，夫唱妇随，妻妾和乐。十年后，苏轼回京任翰林学士、中书舍人，举荐陈季常入朝为官，其子陈漠授东宫伴读，一门荣荫。而佛印则度脱柳氏、秀英及琴操，偕三人赴灵山而去。

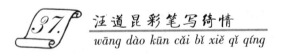

37. 汪道昆彩笔写绮情
wāng dào kūn cǎi bǐ xiě qǐ qíng

汪道昆（1525—1593 年），一名守昆。初字玉卿，后来中了进士，便改为伯玉。号高阳生。随着经历的不断丰富，他的名号也不断增多，如太函氏、泰茅氏、天游子、南溟、南明、天都外臣等都是他曾用过的称号。

汪道昆二十三岁中进士，与后来的内阁首辅张居正是同年，都是吴维岳的门生。自进士后，汪道昆的仕宦生涯一直比较顺利。刚中进士，首辅夏言知其有才，便想将他罗致门下，被他婉言拒绝，于是被选为浙江义乌县令，接着又被任命为浙江乡试的考官，不到三年，升为北京户部江西司主事，并奉命督工修缮北京城城墙。在实际的任职中，他显示出非凡的才能，既精于文治，又擅长武略。他为义乌令时，息讼争，平冤案，被当地人称为神明，他教民讲武，使邑民多英勇善战。三十三岁时，便升到了襄阳知府的位子，在襄阳为了防止汉江洪水暴发，曾主持筑堤一千余丈，被命名为老龙堤，造福了当地百姓。为了给当地藩王襄王祝寿，他还创作了《大雅堂杂剧》四种。他的杂剧在当时和《红拂记》、《窃符记》等名剧一起流传。为了表示对他的感谢，在他升任福建按察副使时，襄王送给了他一些优伶。

《大雅堂杂剧》包括《高唐梦》、《五湖游》、《远山戏》和《洛水悲》四种。其中《高唐梦》、《洛水悲》分别以楚襄王、陈思王曹植为主角，据作者自己说是奉献给襄王庆贺他二十八岁寿辰的作品，另外两种则有咏怀性质。

《高唐梦》全名《楚襄王阳台八梦》。写战国时期的楚襄王到云梦泽游玩，见高唐山上观宇巍然，云雾缭绕。宋玉于是对襄王讲起当初怀王游此地，梦见巫山神女，修建高唐观的经过。襄王听后神思飞动。当夜停驾宿于高唐山，襄王睡后也梦见有巫山神女前来朝见，襄王大喜，与神女共烛夜谈，并想让侍从准备酒肴，歌舞宴乐，以招待神女。神女婉然推辞，飘然而去。襄王从梦中醒来，十分惊讶，想起梦中神女的种种情态，情思缱绻，不能自已，更加相信宋玉所言。于是让宋玉作赋一篇，以记奇遇。

《五湖游》全名《陶朱公五湖泛舟》。写越国重臣范蠡助勾践复国后感到他不可共守安乐，为保全性命，便弃官而逃，带着西施泛舟五湖。一日在湖中遇一渔家夫妇，范蠡见二人谈吐不俗，乃请他们作渔歌一曲，并以美酒酬答。待二人离去后，范蠡仔细品味渔歌，才明白二人分明是避世逃名的隐者，顿有所悟，乃叹自己虽功成身退而依然身隐名彰，于是决意从此为汗漫之游，使世人莫知踪迹。

《远山戏》全名《张京兆戏作远山》。写汉代京兆尹张敞为妻画眉的故

事。张敞每日上早朝，其妻膏沐妆成，娥眉不画。等张敞归来，更衣换装，亲自为妻画眉，然后同到后园阁楼上赏玩，夫妻饮酒赏乐。

《洛水悲》全名《陈思王悲生洛水》，写三国时甄后属意曹植而未能如愿，死后鬼魂托名洛水水神，这日闻知曹植将经洛水东归，于是盛装以待。当曹植到洛水之滨时，见河洲之上有一女子自称洛水之神。曹植见她容貌与甄后一样，十分伤感，于是解下怀中玉佩相赠，洛神也赠他一颗明珠，相定永不相忘。洛神去后，曹植忧思难眠，作《洛神赋》记其所遇。

这些杂剧都是写帝王、文人的风流韵事。如《高唐梦》写人神相恋的神奇故事，寄托了作者在爱情方面的幻想。《远山戏》更是作者以汉代张敞自寓，因为襄阳知府与京兆尹官位相近，汪道昆以古代夫妻间的绮丽故事来写自己夫妻间的闲情逸致。《洛水悲》写两性之间感情阻隔的痛苦之情。《五湖游》则表现出封建文人对前途的担忧。这些作品结构非常简单，情节也比较单纯，但格调庄雅不群，语言清新俊逸，蕴藉空灵。字里行间时时寄寓着作者的感情。前人指出汪道昆与徐渭、康海一样，都是"胸中各有磊磊者，故借长啸以发舒其不平"。汪道昆只不过借宋玉、曹植等古代文人来显示自己的才高，抒发胸中的郁闷而已。

情脉脉一曲《红梨记》
qíng mài mài yī qū hóng lí jì

元人杂剧《钱大尹智宠谢天香》写柳永眷恋名妓谢天香，他的朋友钱大尹怕他因此耽误了前程，因而假装将谢天香娶去做妾，逼他离开，等柳永功成名就时再说破真相，使他们团聚。这种类型的作品为数不少。到明代，还有作家以此题材构思情节，在雷同中求新异。徐复祚的《红梨记》便是这类作品中成就突出的一部。

徐复祚（1560—1630 年），原名笃孺，字阳初，一作旸初，号暮竹，又号三家村老，别署破悭道人。常熟人，生于杭州。他的祖父徐□先后做过江西、浙江巡抚，官至南京工部尚书。徐复祚的父亲先后三次结婚，他的第三任妻子姓安，娘家是无锡有名的"安百万"，号称江东首富。当安氏嫁到徐家后，马上掌管了家政大权。徐复祚的生母姓周，是侧室，她生性宽厚，对安氏的严苛逆来顺受，但心中不免郁郁不乐，再加上她娘家的一些家事变故使她过于操劳忧虑，所以徐复祚在十二岁时，便失去了母亲。

徐氏是常熟的大族，家庭资产雄厚，据徐复祚自述，他父亲在世时，从大厅到内室有数十重门户，单是他弟弟就有侍女数十人。但富有的大族内部往往缺乏亲情。他的祖父去世后，家族中失去了核心，家庭成员之间有如仇敌，并接连发生谋财害命的丑闻。他的姑母因为与自己的公公关系暧昧而被夫家逐回，但由于祖母的宠爱，姑母私藏甚富。徐复祚的同母兄长昌祚为了谋夺姑姑的私产，假装为她做媒，骗她跟人私奔，然后将她淹死在河中。这件事惹得人们议论纷纷，当时社会上就有《徐姑传》、《杀姑传》、《沉姑传》之类的文字流传。若干年后，由于兄弟之间的家产纷争，他们的异母弟弟告发了这件事，又罗织了十二大罪使徐昌祚下狱。异母弟一面散发《沉姑传》之类的文字，一面又派人持刀入狱，欲杀害徐昌祚。后来徐昌祚在狱中自杀而死。徐复祚为替亲兄报仇，也写文章来诋毁异母弟，大讲罪恶报应，使异母弟心惊胆战，经常见到徐昌祚的鬼魂作祟，不久精神失常而死。而对审理这一案件的县官杨涟，支持县官秉公执法的同乡士绅顾大章，徐复祚也因此怀恨在心，当后来这二人被魏忠贤杀害，徐复祚反而拍手称快，并不顾是非黑白，而且还在《花当阁丛谈》中诬蔑他们接受被陷害的抗清将领熊廷弼的巨额贿赂。在中国戏曲史上，没有一个戏曲家经历过像徐复祚的家庭这样残酷的骨肉相残，也没有一个人像徐复祚那样以一己私怨而颠倒是非到如此地步。

徐复祚的《红梨记》所写的故事大致与此相类，显然受到了杂剧的影响。剧中写宋朝时山东淄川人赵汝州，字伯畴，他入京应试，途中遇到故友钱济之，听他说官妓谢素秋才貌出众，十分爱慕。入京后多次去拜访，都没有见着。素秋也早就耳闻赵伯畴的才名，听说他多次相访，便派人相约，赠诗一首，订下相见之期，赵伯畴见诗后十分高兴，也做诗答和。到了约定之日，不料太傅王黼设宴请太尉梁师成观灯，命素秋前去陪酒。他见素秋美丽动人，想霸占为妾，素秋不从，被王黼拘禁家中，令老仆花婆监视。汝州和钱济之如期赴约，听她被拘王府，惊惧而归。这时恰好金兵入侵中原，进迫汴京，宋徽宗让位东逃，钦宗议和，王黼以内库金帛贿赂金丞相斡离不，并欲赠其家妓一百二十名以讨好金人，以素秋为首。素秋在花婆的帮助下逃了出来，来到花婆的故乡雍丘县，被县令钱济之收留，居住在衙中西花园。钱济之认为素秋才貌双全，正好与赵伯畴相配。赵伯畴误认为素秋已被送往金营，大失所望，于是也到雍丘访故友。钱济之也留他住在花园中。一夜在园中，素秋吟诗为伯畴所见，询问姓名，她说是园主王太守的女儿。二人心各倾慕，第二天晚上素秋又到书房访伯畴，持红梨花一枝请他题咏并将梨花插在瓶中，然后辞去。不久康王即位金陵，开科选士，钱济之力劝伯畴前去应试，而伯畴正热恋所遇的女子，不肯前去。花婆知道后自告奋勇，扮做卖花女，到伯畴书房，说他瓶中所插红梨花乃是鬼花，王太守之女早已死去，其魂魄常常夜间出来迷惑书生。赵伯畴又惊又怕，急忙离开了雍丘赴金陵应试。中状元后授为开封府佥判。赴任途中过雍丘，济之设宴款待他，在桌上故意放上红梨花，并让素秋侍酒。赵伯畴很害怕，后来花婆出面解释因由，素秋旧仆也来做证，才消除了疑虑。济之又为他们备礼使二人成婚。

此剧以写才子与妓女的悲欢离合为主：谢素秋与赵伯畴慕名在先，彼此倾心，经过曲折悲欢终于见面，到最后结为夫妻。中间穿插了金人的入侵，也暴露了当朝权贵卖国求荣的可耻行为。剧本问世以来受到人们的热情赞颂，一直盛行于昆曲舞台上，特别是《亭会》、《醉皂》两出，至今还时常演出。

徐复祚戏曲作品中较著名的还有传奇《宵光剑》、《投梭记》和杂剧《一文钱》，但思想性和艺术成就都不及《红梨记》。

3.9 熊龙峰创作的四部话本小说
xióng lóng fēng chuàng zuò de sì bù huà běn xiǎo shuō

熊龙峰，福建建阳人，生平事迹不详。大约生活于明嘉靖至万历年间，是一位热心于通俗文学出版事业的刻书家。曾刊行过为数不少的小说与戏曲方面的书籍。其中，以《小说四种》为最著名。

这四种小说是：《张生彩鸾灯传》、《苏长公章台柳传》、《冯伯玉风月相思小说》、《孔淑芳双鱼扇坠传》。前二种为宋元时期的话本小说，后两种为明代的拟话本小说，作者均不详。只知刊行的人是明代的熊龙峰，所以便将它们合称为《熊龙峰刊行小说四种》。

正文叙写北宋时，越州书生张舜美，到杭州参加乡试，没有考中，便滞留杭州温习功课，以便下次再考。

一日，恰好是正月十五元宵节，张舜美到杭州街上观灯，只见灯影中有一个丫环肩上斜挑着彩鸾灯，后面跟着一位美貌的女子。那女子面若桃花，眼似秋水，明眸皓齿，体态多娇。张生一见销魂，禁持不住，主动上前献殷勤。那女子见张生生得标致，清俊风流，也时时顾盼，眉目传情，并故意丢下一封诗束，约舜美于第二天晚到十官子巷女方家中相会，署名：刘素香。

第二天晚上，张舜美如约赴会，成其好事。两情欢洽，不忍分离，便相约私奔镇江，做长久夫妻。商量已定，二人便乘着夜色，收拾启程，刘素香女扮男装，与舜美携手并行，到北关城门时，因人多拥挤，二人失散。舜美在杭州城内找个遍，也未找着刘素香……第二天天明，又找到新码头，只见众人正在围观一只绣鞋，议论有一女子投水而死的事情。舜美心知素香已死，惊痛交加，一病不起……

原来素香并没有死，与舜美失散后，她认定舜美已到镇江去了，于是脱下一只绣鞋放在水塘边，造成投水而死的假象，用以断绝父母追寻的念头，而自己却从从容容坐船往镇江，去追赶张舜美。到了镇江，四处寻找张舜美，问来问去，没有下落。自思：自己一个孤身女子，流落他乡，无亲无故，无依无靠，真是叫天天不应，叫地地不灵。正打算投江自杀，幸遇一位老尼姑路过，将她带回大慈庵，诵经参禅，栖身佛门。

张舜美大病一场，身体渐渐康复，但仍时时思念素香，发誓终身不娶。日月如梭，流光似箭，转眼之间，三年一次的考期又近。舜美在杭州乡试中考了第一名，紧接着往汴京会试，当乘船到镇江时，遇大风，船无法行驶，只好停靠江口。舜美见船受风阻，一时不会开船，也乘便到附近闲游。只见松竹掩映中的一座小庵，清雅可爱，便信步走进观览……

在庵中，舜美巧遇素香，二人相见，抱头痛哭，悲喜交集。夫妇团圆之后，拜别尼姑，一同上京应试。舜美在京连科进士，被任命为福建兴化府莆田县令。路经杭州时，派人到刘家报喜，其家不知所云。正在惊疑之际，车马临门，舜美、素香夫妇双双拜倒门前。岳父母见状，大喜过望。不仅女儿失而复得，而且还带来一位才貌双全的县令女婿，其乐可知。

《苏长公章台柳传》也是一部宋元时期的话本小说。写北宋真宗年间，杭州太守苏轼，文章冠世，风流潇洒。公务闲暇，常到西湖杨柳院中，吟诗作赋，饮酒烹茗。一日正值暮春天气，后园牡丹花盛开，苏轼请来挚友灵隐寺的佛印长老赏花饮酒，席上有一位能诗善歌的妓女章台柳唱曲助兴。

章台柳是杭州著名的歌妓，不仅花容月貌，色艺过人，而且神清气爽，能诗善歌。她时常怨叹自己红颜薄命，沦落在风尘中。饮酒之间，苏轼对章台柳说，众人都夸你文章做得好，我现在就以"柳"字为题，让你做一首诗词，如果真是做得好，便准你从良嫁人，说不定我就娶了你！章台柳满口应承，援笔立就，写出一首〔沁园春〕《咏柳》词，其中有"欲告东君移归庭院，独对高堂舞细腰。从今后，无人折损柔条"，以柳枝自况，并暗含许嫁苏轼之意，受到苏轼和佛印的极口称赞。

章台柳回家后，果然闭门谢客，痴心专等苏轼去娶她。哪知苏轼是醉中戏言，说过便忘了。章台柳在家等候了一年，并不见苏太守来娶她，便嫁给了画家李从善。又过了一年，秦少游来到杭州访东坡。苏轼与秦观在杨柳院中饮酒，一片柳叶飘落酒杯中，苏轼猛然想起从前答应娶章台柳之事，立即派人打听妓女章台柳消息。回来禀报：已嫁于画家李从善。

苏轼便叫李从善画一幅杨柳图来。苏轼在图边题写了一首诗："翠柳依依在路旁，不堪时暂被炎光。终身难断风狂性，无分迁移到画堂。"写好后，派人送给章台柳。章台柳看出苏轼讥刺她旧性不改，无福嫁太守，于是，也在画上题了一首诗："昔日章台舞细腰，行人任便折枝条。而今已落丹青手，一任风吹不动摇。"使来人带给苏轼。东坡见章台柳甘心与画家白头偕老，矢志不移，口中连称"难得"，并将此诗与画挂到书院中，邀集佛印、少游等一班诗朋酒友饮宴，席间每人题诗题词，以示纪念。众人欢畅，尽醉而散。

《冯伯玉风月相思小说》写明代洪武年间成都书生冯伯玉，自幼父母双亡。但却聪明颖悟，风流潇洒。元末乱离之后，流落杭州，受到直殿将军赵彧的赏识，收为义子。赵彧没有儿子，只有一个独生女儿赵云琼，十三岁，与伯玉一同延师教读。兄妹同窗两年，十分友爱。后因云琼渐渐长大，父母便叫她入闺房，习学针指女工，云琼遂不能常与伯玉相见。

一日，时值江南早春，杂花生树，群莺乱飞，伯玉触景生情，吟诗一首，传入闺中。云琼察知伯玉有意于己，也写诗一首以抒怀抱。二人情窦初开，互相爱恋。云琼的丫环韵华，聪明巧慧，能诗善对，伯玉和她结拜为兄妹，韵华也乐意当"红娘"，替他们传书送简。此后，韵华发现云琼"不识好人心"，处处提防她，一怒之下，再也不管他们闲事了。二人相思之情无法倾诉，双双忧思成疾，缠绵床榻……

夫人觉得怪异，便审问韵华，方才知道伯玉与云琼早已私下爱恋。因与赵公商议，将二人配合，一对有情人终成眷属。婚后不久，伯玉被征召进京，授官起居郎。云琼在家日夜思念伯玉，寝食俱废；伯玉也一日三秋，备受相思之苦，于是便派人接云琼到京，再次得以相会。

不久，倭寇侵入东南沿海，朝廷任命冯伯玉为靖海将军，率精兵猛将前去剿杀。伯玉身先士卒，战士戮力同心，大败倭寇，奏凯而还。伯玉升为镇长大将军，云琼封为赵国夫人，夫荣妻贵，近世罕有。但不久，伯玉

即病亡，云琼也忧思绝食而死，伯玉被追封为"明仁忠烈武安王"。

《孔淑芳双鱼扇坠传》写明朝弘治年间临安府旬宣街有一青年徐景春，以经商为业，家中颇有资财，二十六岁尚未娶妻。

一日，景春游西湖，正值阳春三月，西湖风光美不胜收，不知不觉中暮色降临，便匆匆寻路而回。到了漏水桥边，迎面碰见一位美人在丫环的陪伴下，缓缓而来。徐生一见，神魂飘荡，惊为仙女；美人也秋波频传，恋恋不舍，并自言名叫孔淑芳，因踏青与父母走散，迷失道路。徐生将淑芳送回家，淑芳对景春也热情招待。二人共入鸳帐，极尽枕席之欢。徐生如痴如醉，昏迷不醒……

徐家右邻张世杰，夜晚经商而归，路经新河坝孔坟之侧，听见有呻吟声，走近一看，认出是徐景春被鬼所迷，急忙将他救送回家。景春经过一番救治，行动如常。问起前事，丝毫不知。数月后便遣媒娶了杭州名门李廷晖之女，新婚燕尔，夫妇恩爱有加。又过半年，徐生父母不忍坐吃山空，逼儿子景春到常州经商，获利而回。时值端午节，路遇好友张克让，克让将他拉到家中，盛情款待。夜半醉酒回家，又被女鬼淑芳所迷，交欢之际，两情欢洽，女赠双鱼扇坠作为信物，景春也以罗帕回赠。天亮后景春回到家中，发寒发热，胡言乱语，口中只叫"淑芳姐姐"。百般调治无效，徐父便礼请紫阳真人下山，捉获女鬼孔淑芳并丫环玉梅，打入九层地狱，万劫不复。景春吞服了真人的符灰，渐渐康复。

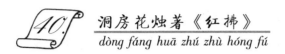

40. 洞房花烛著《红拂》

dòng fáng huā zhú zhù hóng fú

明清两朝，苏州一带戏曲活动十分繁盛，产生了许多著名的演员和天才的作家。当时苏州的许多曲家可能受当地风气的耳濡目染，很早就形成了这方面的才能，大都在少年时代就写下了流传后世的佳作。

张凤翼（1527—1613 年），字伯起，号灵虚，别号冷然居士。江苏长洲（今苏州）人。他出身于比较富有的商人家庭，祖父张元平，素有心计，因而家资丰饶。父亲继承家业，也是商人，并且有侠士之风。张凤翼小时候沉默寡言，五岁前从未开口说过话，直到有一天他的母亲抱着他在院中玩，看见祖父在打扫院子，他忽然开口对母亲说："把我放在地上。你应该打扫院子，为什么让祖父亲自去做呢？"他的祖父听后大为惊喜。从这件事后，张凤翼日渐显示了他的聪明，特别是做对联时，他的回答往往出人意外。还有一次，他的父亲责打他，用手去扯他的头发，张凤翼大声叫着说："慢点儿！慢点儿！簪子末端很尖利，别伤了父亲的手。"他的父亲听他这样说，立即扔下手中的棍子并感叹说："仓促之中才能看出人的天性啊。"可见，张凤翼少年时便聪颖、忠厚。

张凤翼的弟弟张献翼、张燕翼也早有才名，青年时代，兄弟三人都是苏州有名的才子，号称"三张"。他青年时便怀有大志，经常读《阴符》、《孙子兵法》、《六韬》等兵书，还非常注意强身健体，希望将来能建功边疆、为国效力。但在当时，想要取得仕途的成功，首先要跨过科举考试这道门槛，许多才子都在这上面栽了跟头，张凤翼也不例外。在乡试一再失利后，他于三十岁时捐贳入南京国子监学习，他的才华受到了司业陆树声的赏识。尽管这样，他却一直到三十八岁时才同他的三弟燕翼一起考中举人。此后，就未能再考中进士。在五十四岁左右，他终于失去了对科举、功名的信心，便以奉养老母为理由放弃了科举。但他又不愿意像一些失意文人那样，甘为山人清客出入权门官府，以自己的才名来博取他人的残羹冷炙。张凤翼年少时就得到以诗文博洽闻名江南的才子文征明的赏识，在诗歌创作方面有自己的观点和主张，书法功力又十分深厚。

《红拂记》共三十四出，根据唐代杜光庭的《虬髯客传》和孟口的《本事诗》中乐昌公主破镜重圆的故事改编而成。剧中写隋朝末年，天下大乱，京兆三原人李靖胸怀大志，为了施展抱负，想投靠真正识才者。他四处奔波，打算投靠西京留守杨素门下，于是乘渔船渡河。渔父乃是隐姓埋名的刘文静，亦非常人。二人相见后觉得志趣相合。刘文静想去投靠太原李世民，他告诉李靖，如不能见容于杨素，就也去太原。二人分别后，李靖到杨府去拜见杨素。杨素府中有两位美人，一位叫红拂，姓张，父亲死后，由杨家收养，做歌舞伎。她素爱兵事，常常执红拂为杨素拂拭宝剑。另一位是原陈国的乐昌公主，陈国灭亡后，她和丈夫徐德言被迫分离，临别时，将一面镜子打破，二人各执半面作为纪念。后来她被杨素收为侍妾。当李靖拜见杨素时，红拂正巧侍立于一旁。她见李靖面貌俊秀，英气逼人，认为此人将来必有作为，不免为之心动，望着李靖微笑。李靖回到住所后，心中也总是想着那持红拂的女子。半夜时，忽听有人敲门，开门见一美貌书生站在门前。李靖十分诧异，刚要开口询问，却见那书生从怀中拿出一只红拂。原来书生便是杨素身旁的红拂女，她心慕李靖英才，宁愿舍弃侯门富贵，于是女扮男装，摆脱了门卫的查问，半夜私奔李靖，向他表示心中的爱慕，愿以终身相托，并劝他另投明主，不要投靠杨素，因为此人并不能成大事。李靖十分感动，他十分爱慕红拂的美貌和胆识。二人于是结为夫妇，连夜逃出洛阳。

中途，二人宿于客栈，遇到一个自称虬髯客的人。此人十分欣赏红拂的美丽，直直地盯着她看。当听到他二人的事情后，十分钦佩二人的侠义，与他们结为肝胆相照的朋友，并告诉他们应该去投奔李世民，因为只有此人才有夺得天下的雄才大略。后来，他们又遇上虬髯客的友人、道士徐洪客。他们一起到太原，通过刘文静，谒见了李世民。下了几盘棋后，众人就告辞了。徐洪客飘然不知去向，虬髯客归武陵家中，并将家财赠给了李靖夫妇，自己却携妻子飘游而去。

杨府另一美人乐昌公主虽做了杨素的侍妾，却整日思念前夫，闷闷不乐，杨素知道原委后，十分同情她的遭遇，让人四处搜索另半面破镜，终于找到了徐德言，让他们重新结为夫妇，闲居西郊外度日。

李靖想要投奔李世民，独自前往太原。正好薛仁杲举兵，京中一片混乱，红拂避难，偶然投宿乐昌家中，于是留宿其处。乐昌劝徐德言也去太原，求取功名。这时李世民已当了皇帝，李靖也官拜兵部尚书，挂帅征高丽，所以徐德言被任为参军，为他出谋划策，于是转战为胜，高丽王遁逃，被虬髯客擒住，而此时虬髯客已成为扶余国王，率众人来投大唐。李靖等人凯旋归来，受到封敕，红拂也被封为卫国夫人。

杜光庭的《虬髯客传》原以讴歌唐太宗李世民为主题，李靖、红拂的爱情故事居于次要地位。但张凤翼的这本传奇却与此相反，它以李靖、红拂故事为主。红拂目光如炬，识别英雄李靖于贫困落魄之时，毅然舍弃权门宠妾的地位，深夜私奔。以英雄和侠女取代传奇中常见的才子佳人，使传奇作品为之一新。另外，剧中还插入乐昌公主破镜重圆的故事，使之与英雄侠女相映生辉。同时，《红拂记》写于新婚期间，作者也以剧中两对夫妇的美满姻缘表达了自己的幸福之情，也以李靖、徐德言的功成名就寄寓了自己对未来的期望。

41. 孙钟龄活画社会群丑图
sūn zhōng líng huó huà shè huì qún chǒu tú

明代中后期的剧坛上出现了一位颇具特色的讽刺喜剧作家——孙钟龄。孙钟龄，字仁孺，号峨眉子，别署白雪楼主人、白雪道人。他是万历年间人，约卒于1630年之后，生平、里籍均不详。他是一位怀才不遇，在科举、仕宦和婚姻上曾遭受过挫折的文士，因而对公道不彰的黑暗现实产生不满情绪，并以喜剧的形式加以嘲讽和抨击，借古人的酒杯，来浇自己胸中的块垒，而嬉笑怒骂皆成文章。孙钟龄所作传今存《东郭记》、《醉乡记》，合刻为《白雪楼二种曲》流传于世，其中《东郭记》最有影响。

《东郭记》以《孟子·离娄下》"齐人有一妻一妾章"作为故事底本，生发开去，并以《孟子》七篇中的人物为主要角色，每出标目也都是截取《孟子》中的话语。其内容虽然不出"富贵利达"一途，但所讽刺的对象，已经由某一个士人，扩大到整个社会的人情世态，可以说是明末社会的群丑图。

《东郭记》是一部讽刺现实的喜剧，共四十四出。剧写齐国的儒生齐人与淳于髡、王□等相友善，皆穷困潦倒，整天游手好闲，靠乞讨谋生。一天，他们聚集商议，觉得此非长久之策。齐人大哥说："当今之日，贿赂公行，廉耻道尽，我辈用其长技，取功名富贵如拾芥耳，焉能郁郁久居此乎！"他们有感于世风污浊，不才竞进，也决定忍廉耻，去小节，各寻门路以求显达。王骧先是靠唱曲乞食为生，继而穿墙破壁，盗窃资财、鸡犬，积有百金。用这些脏银，贿赂齐国盖大夫田戴而得以发迹，被举荐为大夫。而淳于髡善于清谈，以滑稽诙谐而被齐王看中，官拜主客郎中，位至亚卿。二人皆贵显。齐人与弟兄分手之后，谋官不成，盘缠荡尽，十分狼狈。一日，到齐国东野，路遇姜氏二女，一见钟情。齐人先娶姜氏长女为妻，后又钻穴窥浴调戏次女，娶之为妾，妻妾兼得，一家和乐。齐人虽有一妻一妾，朝欢暮乐，但生计艰难。他时常出外行乞求食，每天都醉饱而归，回来便向妻妾夸耀，说是赴某权贵之宴："俺一品人才，尽处交游富贵来，相与的皆冠盖，邀饮的都豪迈"，"故人情蔼，消受他凤髓龙肝，我寸舌应嚼坏"。妻子渐渐怀疑他说的是鬼话，便和妾商议好，第二天早早起来，暗地里跟随丈夫，窥探行踪。齐人离家之后便穿起乞丐行头，满城的达官显贵都不理睬他。时值中秋，秋祭的人络绎不绝，齐人来到城东旧坟地里向祭祖的人乞求施舍。田戴、王骧也来东郭祭祖，齐人饥饿难耐，便上前求乞，田戴命仆人赐他三块鹅肉，他一口吞下；又向王骧索酒食，王骧装作不认识，但怕他纠缠不清，只好赏他"半碗鸡骨头，一瓶老酒"，齐人仍不离去，还胡说乱道。王骧恼火，命仆人一跌将他推倒，才忍辱离开。齐人之妻归家，将此事向妾陈述，而"妻妾相泣于中庭"。齐人回来，仍毫不羞惭，说："好盛席，有的吃，至友公卿胶与漆，水陆珍馐桩桩特"，"喉间回味尚依稀"。结果被妻妾当场戳破谎言，他仍大笑说："这是俺玩世之意，汝辈妇人女子耳，焉知丈夫行事乎？"齐人在妻妾的讥讪和激励下，雄心陡起，发愤要求取功名。田戴的弟弟陈仲子，因不屑与哥哥这样的人同居一室，便携同妻子远走荆襄，隐居于於陵，夫妻躬耕劳作，忍饥挨饿，决不食不义之物。一天，陈仲子思母心切，跋山涉水回到家中。母亲见他面黄肌瘦，十分心疼。恰巧王骧送来一只鹅，母亲命人宰杀，煮汤熬肉以将养儿子弱体，仲子认为这是不洁之物，拒绝饮食。母亲再三强逼，不得已才喝了两口汤，吃了一块肉。受到哥哥田戴的当场讥讪，仲子一怒之下将所吃食物，全都呕吐出来，忿而离开田家。路上，听说齐人佯狂，便前去拜访，劝说齐人和他一道隐居避世。齐人不听，表示要先取功名，再图归隐之事。齐人将妻妾的妆奁变卖，弄到一些钱，携带礼物去投奔淳于髡，被举荐为大夫。这时，王骥"金多职显"，已升为右师，位居群僚之首。盖大夫田戴、中大夫景丑、下大夫陈贾，携重礼到王骥府上拜贺，希图攀附。席间，王右师夸赞陈贾少年貌美，陈贾立即脱掉官服，扮做妇人，婆娑起舞以侑酒，深得王骥宠爱；景丑见王右师好"南风"、喜娈童，也不甘示弱，心想："难道他会作妇人，我不会作妇人么？"便用手将胡须拔掉，扮做妇人，献媚呈技，以邀恩宠。齐人听说国中有一垄断，是牟取名利的捷径，就捷足先登。王骥争垄，齐人不与，两下积怨。齐王欲伐燕，淳于髡推举章子为主帅。王骥复荐齐人为副帅，欲置齐人于死地。齐人率领衣衫褴褛的"花子军"接应章子部队，用计大获全胜。归国后，齐人升为亚卿。王骥见陷害不成，反助齐人成就了功业，便赶紧向他称贺，竭力谄媚巴结，于是前嫌尽释。齐人大兴土木，建造府第私宅，迎接妻妾与儿子同享富贵，复又带妻小到东郭坟地祭祖，乞食故伎重演，博取妻妾欢笑。不久，齐王加封齐人为上大夫，赐号东郭君，妻妾俱封为齐东郡夫人，其子小齐人也与王骥的女儿联姻。齐人功成名就，急流勇退，携妻妾追寻陈仲子，一同隐居去了。

《东郭记》以种种漫画式的描绘，揭露官吏和文人贿赂公行、廉耻丧尽的丑态，抒发了愤世嫉俗的思想感情。剧中的主角齐人，以伪装英豪的卑劣手段骗得一妻一妾，乞食坟间甘食达官显贵的残羹冷炙，受尽冷落和侮辱，恬不知耻，反而向妻妾夸耀。就是这样一位无才无德、名节丧尽的人，却凭借后门关系而混迹官场，成了声威显赫的上大夫。他表示"从今更要脸皮花，好官已做由人骂"，在黑暗腐败的官场中，"哪一个不做这花脸勾当？"只有皮厚心黑、任人笑骂的无耻之徒，才能富贵显达。淳于髡别无长技，靠滑稽调笑，乘"君王喜隐，好为淫乐，沉湎不治，百官荒乱，诸侯并侵，国且危言"之机，"谈言微中"一语博得齐王欢心，即刻便封为亚卿。王骥靠偷鸡摸狗积攒的钱财，贿赂田戴而得官，一旦身荣便六亲不认。他与齐人本是贫贱之交，当齐人向他乞讨，说认识他时，他却说："你认得我，我却不认得汝。俺富贵的人，便亲知故旧，哪一个看他在眼睛哩？"后来齐人显达，王驩又急忙谄媚巴结，夤缘攀附，还将女儿许嫁小齐人，搞裙带关系。真是宦情纸薄，世情如鬼，举世一辙。作者曾借绵驹的口说："近来齐国的风俗一发不好，做官的便是圣人，有钱的便是贤者。"这正是针对明季浇薄的世风而发的愤激之言。陈贾、景丑之徒，为了取悦权臣王驩，一个着红妆以侑酒，一个拔胡须扮妇人，邀恩求宠，取媚上司，无所不用其极。这种奴颜婢膝、妾妇其道的做法是官场的普遍现象，正如他俩自嘲的那样："搽脂抹粉媚如狐，不数龙阳和子都……无阳气，不丈夫，朝中仕宦尽如奴"，"名节扫，廉耻无，一班儿妾妇笑谁乎！"这些势利小人，为求富贵利达，什么卑鄙无耻、辱人贱行的事都干得出来。作品就是这样通过人物自己的丑言恶行，用借古讽今的手法，无情嘲讽明末堕落的世风，呈现出一幅活生生的明末官场百丑图。

42. 反抗礼教：针锋相对写青楼
fǎn kàng lǐ jiào：zhēn fēng xiāng duì xiě qīng lóu

封建时代，风流倜傥的士子和青楼妓女之间常常发生一些香艳的故事。他们的感情或许是建立在金钱之上，但也有些妓女与士人确实因才色的互相慕悦而产生了真挚的感情。古代文学中，从唐传奇到宋词、到宋元话本、到杂剧，都有许多作品以士子与名妓的感情纠葛为题材。在明传奇中，这类题材的作品也很多。但由于作家的不同观念和态度，这些作品表现出截然相反的倾向，其中的代表为《绣襦记》和《玉玦记》，一个表现了妓女对爱情的忠贞，另一篇则揭露了妓女唯利是图的丑恶灵魂。

《玉玦记》的作者为郑若庸，而《绣襦记》的作者据徐朔方先生认为则当是徐霖。

徐霖的戏曲作品有七种，流传下来的只有《绣襦记》一种，这是作者在前人作品的基础上改编而成的。全剧四十出，源于唐代传奇《李娃传》，写郑元和与李亚仙的爱情故事。这个故事在宋元南戏、元杂剧、明杂剧中均有作品涉及，但写得最细致、最完整、最动人的还是《绣襦记》。

剧本写唐代书生郑元和，生于荥阳名族，父亲是常州刺史。他奉父母之命前往京城应考，父亲还派村儒乐道德等人随行照顾。到京城后，一天他偶尔路过鸣珂巷，见一美人，十分动心，便假装落下马鞭，徘徊不忍去，美人亦频送秋波。后来知道此女乃名妓李亚仙，于是就备礼登门拜访，李亚仙十分高兴，将他留宿院中，定下情约。郑元和因此荒废了学业。乐道德趁机席卷财物而逃。鸨母榨取金钱，郑元和身上钱财不久便花光了。鸨母见他钱财用尽，欲赶他出门。于是骗郑元和和亚仙到所谓伯母家，然后派人诈称母患急症，先接亚仙回家，等郑元和随后赶回原宅，她们已不知去向。

元和被骗后忧愤成病，寓中主妇嫌弃他，假称要带他去看病，却将他弃置途中。元和后被一位以营葬为业的火头搭救，并教他学会唱挽歌谋生。元和的父亲入京述职，偶然见到了儿子，知道他因与妓女相爱流落至此，感到有辱家门，十分气愤，将他打得气息断绝，弃尸于荒郊野外。不料郑元和却被卑田院甲长救醒，又教他唱《莲花落》，乞讨为生。

亚仙见鸨母以倒宅计赶出了郑元和，十分忧愤，她拒不接客，只思念郑元和。一日，元和冒雪唱《莲花落》，乞食于门外，被侍女银筝认出，引他去见亚仙。亚仙大喜，立即解下身上绣襦给元和裹上。她又用自己的钱赎身，与郑元和同居一处，并鼓励他重新读书，自己则辛勤操持家务。在李亚仙的帮助下，郑元和终于重新振作起来，发愤攻读，后来终于状元及第，官拜成都参军。恰巧郑元和的父亲升任成都府尹，父子在任所相遇。郑父得知李亚仙身为妓女，能弃烟花帮助郑元和成名，很受感动，不嫌她出身低贱，重新重金行聘，娶为儿媳。后来父子二人又将此事上奏朝廷，皇上封李亚仙为汧国夫人。

李亚仙虽是青楼妓女，却有情有义，对待爱情始终如一。可当郑元和高中状元后，她又深感自己出身卑贱，难以与他相配，所以不肯随郑元和赴任，劝他另娶高门。通过《绣襦记》，为我们展示出了一个美丽善良、忠贞贤惠的青楼女子的形象。

而郑若庸的《玉玦记》中的妓女却是另一番面目。

郑若庸（1489—1577年），字中伯，号虚舟，又号□蜣生。昆山人。十六岁时为诸生，当地的士大夫非常欣赏他的文章，三次考试都名列前茅。但在后来更高级别的考试中却多次失利，三十多岁时，他便厌弃了举业，不久又因"作奸犯科"被开除了学籍，归隐于太湖之滨的支硎山。

郑若庸早年以诗闻名吴下，与当地的名士陆粲、王世懋有很友好的交往，戏曲当然也是他们经常交谈的内容之一。六十三岁时，赵康王听说了他的才名，乃以重金聘他为记室，代他起草文书，也陪他玩乐。赵康王还赏给他一些宫女和女乐，他除了替赵王编纂了千卷类书《类隽》之外，还写了《王福记》传奇为赵康王祝寿。后来赵王因王妃与儿子的奸情自缢而死，他便离开王府，旅居临清，以卖文为生。据《苏州府志》记载，郑若庸还曾应朝中大臣程敏政的邀请到过北京，当时严嵩父子听说了他的到来，请他前去相见，他却拒不前往。严嵩父子又以钱财相招，他仍然不去，并离开京城，返回赵王府。可见，他虽出入于王公府第，但仍是一个颇具正义感的文人。

和封建时代的大多数风流文人一样，郑若庸也同当时的名妓有特殊的关系，出入于秦楼楚馆。早年他被开除学籍，与他的这种行为不无关系。而《玉玦记》的写作大概同他在风月场中的失意相关。

《玉玦记》全剧共三十六出，关目情节借用了《李娃传》和王魁负桂英的故事，只是改负心者为妓女而已。剧写南宋时山东人王商赴京应试，他的妻子秦庆娘贤淑善良。临别前，庆娘赠玉玦以为念，寓"若得功名，决须早回"之意。谁知王商到京后考试失利，觉得无颜回乡，因而留居临安。后来结识钱塘妓女李娟奴，为其美色假情所惑，每日游乐欢娱，完全将妻子、仕进抛在了脑后，并且与娟奴同往钱塘江口癸灵王庙盟誓，愿结为夫妇。为了向娟奴表示弃妻的决心，王商将庆娘所赠的玉玦系于神像佩刀的鞘上。而庆娘在家中苦候丈夫的消息，这时叛将张安国杀害了太平军节度使耿京，投靠金人，纵兵掠夺山东。庆娘在避难途中被掳，张安国见其美貌，逼她为妾，庆娘剪发毁容，誓死守节。

　　一年后，王商千金散尽，而恰巧富商咎喜看上娟奴。于是李氏母女定下金蝉脱壳计，先让娟奴哄骗王商去看望姨娘，然后移家别处，使王商无处可寻，于是将他赶出了家门。王商被李娟奴抛弃后，身无分文，借宿于癸灵庙，发愤攻读，一年后，考中了进士，奉命赴淮阳慰劳江淮节度使张浚，归途中被金兵抓住，囚于镇江金山寺。他乘夜斩敌将，逃回临安，因功授京兆尹。

　　李娟奴又玩弄咎喜，在他资财荡尽后，与鸨母设计，将他毒死，抛尸江中。后被发现，以谋财害命案交于王商审理，李娟奴被咎喜冤魂追摄而死，鸨母被处以极刑。这时张浚、辛弃疾破张安国军，将他拘囚的妇女送往京师审理。秦庆娘也在其中，王商担当审理之任，在俘囚中他发现了庆娘，得知妻子誓不从贼的事后，十分惭愧，于是将她接到府中，夫妻团圆。后来朝廷又封秦庆娘为邢国夫人。

　　《玉玦记》中鸨母以金蝉脱壳计驱逐钱财用尽的书生以及女主人公被封为邢国夫人，与《绣襦记》中的描写十分相似。但《绣襦记》中妓女李亚仙美丽善良、忠于爱情，而《玉玦记》中忠于爱情的是良家妇女，妓女李娟奴被塑造为无情无义、心地狠毒的女子，从而对妓女进行讽刺和揭露。两者相比，表现出一种针锋相对的态度。

43. 叙述尼庵情缘的《玉簪记》
xù shù ní ān qíng yuán de yù zān jì

　　明代传奇中的才子佳人大都是书生与官宦小姐，然而有一部作品却别开生面，描写了书生与女尼姑的一场风花雪月的缠绵故事，这就是高濂的《玉簪记》传奇。

　　高濂，字深甫，号瑞南道人、湖上桃花渔，浙江钱塘人，约生于嘉靖时期，活动在万历年间。

　　高濂一生从事多方面的文化活动，诗、词、散曲都有作品传世，但主要的成就还在于戏曲创作，主要有《玉簪记》、《节孝记》两种，而其中写

于科场失利和中年丧妻情况下的《玉簪记》极负盛名，在剧坛上长演不衰。

《玉簪记》写陈妙常与潘必正的恋爱故事。这个故事在《古今女史》中早有记载。话本小说有《张于湖误宿女真观》，元杂剧中亦有同名作品。高濂在前人创作的基础上写成了《玉簪记》，他删除了一些枝蔓的情节，着重表现潘、陈二人相爱的曲折和对爱情的忠贞不渝。

在剧中，陈妙常原名陈妙莲，她与潘必正从小被父母指腹为婚，但二人从未谋面，只以碧玉簪和鸳鸯扇坠为定亲信物。在金兵南侵时，陈妙莲与母亲在逃难中失散，不得已在女贞观出家为尼，法名陈妙常。她姿色才华都十分出众，虽已出家为尼，却并没有弃绝七情六欲，作为一个青春少女，她的内心依然渴望得到幸福的爱情。建康知府张孝祥赴任途中借宿于观中，见她貌美，便借下棋的机会，用诗词来挑逗她。陈妙常初见张孝祥，也有点凡心萌动，但她又感到张为人轻薄，便断然以词拒绝了他的求爱。观主的侄儿潘必正奉父亲之命到临安应考，因病误考而落第，他不愿回乡，便来女贞观投奔姑母，准备认真攻书以参加下次考试。在经过一段时间的接触、交谈之后，潘必正、陈妙常二人互生爱慕之心。但碍于礼法，二人只能将感情埋在心底，而不能互通款曲。潘必正相思成病，陈妙常也常常想念潘必正。一个月朗风清的夜晚，陈妙常以弹琴来消除心中的郁闷。潘必正被琴声吸引，来到了她的住处。妙常请他弹奏，他便以古曲《雉朝飞》来表白自己的相思，陈妙常也弹了一曲《广寒游》，倾诉了内心的寂凉。经过这次试探，二人情意更浓。潘必正离去后，陈妙常难以抑制心中感情的激荡，于是写了情诗一首。终于，这首情诗被潘必正发现，知道陈妙常对自己的感情后，潘必正于是大胆地表达出了自己对她的倾慕。陈、潘二人互道衷情，订下了白头之盟，并时常密切往来。可是，他们的关系很快被观主发现，观主虽然恼火，却无可奈何，只得逼迫潘必正离开女贞观，到京城赴试。不得已，潘必正只得当众辞别观主和妙常等人，匆匆登舟而去。陈妙常为了获得和情人单独告别的机会，机智地摆脱了观主的监视，雇舟沿江直追潘必正，二人于秋江之上互相倾诉心中的依恋不舍，妙常赠给潘必正玉簪作为爱情的信物，潘必正也回赠以鸳鸯扇坠以表忠贞。后来，潘必正考中了进士，立即赶到女贞观迎娶陈妙常，二人共回老家。妙常的母亲与女儿失散后只身投奔亲家，如今见女婿中了进士，娶了夫人，想起失散的女儿，十分伤感。后来见到二人定情信物，才知妙常就是自己的女儿，而潘陈二人也知道了早年的婚约，于是皆大欢喜，一家团聚。

《玉簪记》最成功之处在于塑造了陈妙常这个生动真实的女性形象。她既不同于烟花女子，也有别于大家闺秀。除受封建礼教的束缚外，宗教戒律也限制着她的自由。但她却大胆执著地追求爱情，表现出一种强烈的叛逆精神，这在明传奇中是非常独特的。从《玉簪记》中我们可以看到古代青年男女真挚的情感和高尚的品格，从而使全剧体现了一种健康的喜剧风格。对于人物心理的刻画非常细腻，特别是陈妙常在恋爱时表现出的害羞畏怯的复杂心理十分传神。在语言方面，《玉簪记》清丽自然。这些艺术成就加上动人的故事情节使剧本能够长期流传，始终为人们所喜爱。特别是《琴挑》、《偷诗》、《秋江》等出目，可以使演员充分发挥表演才华，充满了美感，至今乃盛演不衰。《琴挑》甚至成了昆腔的入门教材。

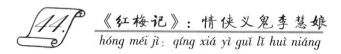

44. 《红梅记》：情侠义鬼李慧娘
hóng méi jì：qíng xiá yì guǐ lǐ huì niáng

在我国古代的戏曲舞台上，最美丽凄婉、侠义可爱的女鬼当属李慧娘了，她是明朝戏剧家周朝俊的《红梅记》中的一个女性形象。

周朝俊，字夷玉，一作仪玉，浙江鄞县人。生平事迹不详。胡文学编的《甬上耆旧诗》卷三十附有李邺嗣《甬上耆旧传》，其中有关于周朝俊的一些记载，从中我们可以知道周朝俊是个秀才，少年时期就显示出不凡的才华。他十分崇拜李梦阳，因而诗歌创作便向其学习。他还工于填词，善于制曲。他的著作有《李丹记》、《香玉人》、《红梅记》十余种，其中以《红梅记》最为著名，它问世不久，便传至了蜀中。万历间老名士王稚登曾为《红梅记》作《叙》，从《叙》中我们也可以窥见一些周朝俊的风姿。当时王稚登到西湖游玩，偶尔在寺庙的房壁上见到了他清婉的题诗，十分叹赏，又从主人那里听说此人久仰自己大名，并正巧也寓居此寺中。于是便"邀之同席，观其举动言笑，大抵以文弱自爱，而一种旷越之情超然尘外"。后来王稚登又到他家中拜访，见到了他的《红梅记》，反复读后，发现"其词真，其调俊，其情宛而畅，其布格新奇而毫不落于时套。削尽繁华，独存本色"。赞赏之后，认为《红梅记》一出，《昙花记》的作者屠隆便"不能擅美于江南矣"。而从曹学□的诗集中我们还知道周朝俊曾到过桂林，其他事迹便知之不多了。

《红梅记》，又名《红梅花记》，取材于瞿佑《剪灯新话》中的《绿衣人传》，本事出于元人稗史。原故事讲书生赵源游杭州时与一绿衣女子相爱。此女子实是女鬼，与赵源前世都是贾似道家中奴仆，绿衣女子因爱慕他而被赐死，今世现身实为重续前缘。在这个故事中二人还谈及当日贾似道一美妾因赞美湖上少年而被贾似道砍头之事。贾似道是南宋末年的大奸臣，原系市井无赖，后因其姐姐被选入宫中为妃而骤然富贵。这个故事反映了贾似道的荒淫残暴。《红梅记》以此为蓝本，增饰而成。

剧写南宋时书生裴禹，寓居西湖昭庆寺，一日与友人郭谨、李素同游西湖，忽闻一派笙歌顺风而至，乃是当朝权相贾似道拥众姬在西湖上游乐。裴禹立于断桥之上，贾似道的侍妾李慧娘顾盼裴禹，赞美道："美哉一少年"，显示出对他的爱慕之情。贾似道十分恼怒，却佯言要为慧娘纳聘，回府后却拔剑砍了李慧娘的头，装在金盒子里拿给其他姬妾看，以杀一儆百。后来又将其尸体草草葬在半闲堂牡丹花下。

卢昭容是已故总兵之女，住在西湖湖畔。一天她到园中游玩，见梅花盛开，便让婢女朝霞折下一枝赏玩。裴禹从园外经过，见园中红梅花开得动人，便爬上园墙，想偷折梅花，不料失足跌入园中，惊动了昭容，昭容便以手中红梅相赠。二人相遇，俱各有情。

一日，贾似道又携众姬妾来湖中游乐，见湖畔高楼之上有一美女，姿色非凡，便派仆从去探听查访，知道其为卢昭容，便要强纳为妾。卢氏母女闻此消息，大惊失色又无计可施，只有相对痛哭。裴禹因思慕昭容，故意路经卢府，想侥幸再睹芳容，不料却听府内传出悲惨的哭声，他直接进入府中询问原委，并为卢氏出谋划策，表示自己愿为卢氏之婿，这样便可拒绝贾似道的逼婚。卢氏也爱慕裴禹，便同意了他的计策。然而当贾府豪奴前来下彩礼，见裴禹居然以婿拒婚，就将他拖到贾府。贾似道十分恼怒，便将他拘禁在书馆中。卢氏惧贾府强娶，母女连夜潜逃，到扬州投奔姨娘曹氏。

李慧娘虽然身死，却真情不泯。当她的游魂看到拘禁于书馆中的裴禹后，便幻做生前的样子，前去幽会。她的美丽和真情感动了裴禹，二人夜夜厮守，达半年之久。贾似道因卢家逃走，迁怒于裴禹，阴谋将其杀害，和杀手在半闲堂密谋，被李慧娘鬼魂听见。为救裴禹，李慧娘把当初为其而毙命之事告诉了裴禹，并劝其快离开贾府。裴禹十分感动，并不因她是鬼而嫌弃恐惧，向她表白了真心的爱慕。当杀手追截裴禹时，李慧娘又施展法术，帮助他从后花园中逃走。贾似道怀疑裴禹的逃脱是众姬所为，于是便拷打她们。李慧娘又于灯下现形，挺身而出，痛斥贾似道的荒淫残暴。贾似道十分恐惧，改葬慧娘。

贾似道假公济私，贪得无厌，只图逐日沉醉笙歌妙舞之中，却将军国大事置之脑后，误国害民，终于民怒众恨，被人参劾贬职，押解至绵州时被郑虎臣杀死。

贾似道事败后，裴禹赴临安应试，中了探花。他十分怀念卢昭容。在杭州遇到昭容的表弟曹悦，知道卢氏母女避于扬州，于是前去寻找。曹悦早有意于昭容，多次纠缠。昭容不忘裴禹，改道装修行，以刺绣维持生计。一日朝霞外出购置针线，巧遇裴禹，于是与昭容相见。曹悦想要赖亲，硬说昭容是自己的妻子，告至公堂，而县令恰巧是裴禹故人李素，知道原委后，于是拘来昭容，请来裴禹，分别以舟船送二人至临安完婚。

这个剧本以裴禹、卢昭容悲欢离合的爱情故事为主线，中间穿插了贾似道的侍妾李慧娘和裴禹的人鬼恋情，从李慧娘、卢昭容的遭遇中，暴露了朝中权臣的荒淫残暴。剧中卢照容与裴禹的离合情节比较平庸，而李慧

娘与裴禹的爱情在剧中虽只是一段插曲，却写得十分精彩，扣人心弦。李慧娘这一美艳、热烈、有情有义的女鬼形象却优美感人，富有艺术魅力。

周朝俊在戏曲史上的贡献除塑造了李慧娘这样一个独特的女鬼形象外，还在于他在《红梅记》中以大量的篇幅描写了权臣贾似道的荒淫凶残、鱼肉百姓、专权误国；又通过书生郭谨的上书弹劾等表现了反权奸的斗争等内容，具有一定的现实意义。这是继《浣纱记》之后又一部将爱情描写与政治斗争相结合的作品，具有较高的思想境界，对后世戏曲产生了一定的影响。

在艺术上，《红梅记》剧情曲折，结构巧妙，汤显祖给予了很高评价，认为它"境界迂回宛转，绝处逢生，极尽剧场之变"。剧中的心理描写细腻真实，语言俊丽优美。可以说出是一本优秀的作品。

45. 古代的哀情悲剧《娇红记》
gǔ dài de āi qíng bēi jù jiāo hóng jì

古代的戏曲作品，大多数描写才子佳人的爱情剧都是以最后男主人公的金榜题名来使他们的爱情纠葛得以圆满解决。孟称舜的《娇红记》却是例外，男主人公的高中并没有使他们的爱情顺利走上婚姻的坦途，男女主人公最后的结局是双双殉情而死。这种结局在戏曲史上是独特的，仅有的。

孟称舜（约1599—1684年），字子塞，又作子若，子适，号小蓬莱卧云子、花屿仙史。浙江会稽（今绍兴）人。他的父亲孟应麟，万历三十二年（1604年）以明经授为兖州通判，分署东阿、寿张二县，在兖州为官达二十年，其间还曾受命为监军支援辽东。当时兖州一带有白莲教活动，他们曾攻陷邹、峄、滕、郓等城，而东阿，寿张在孟应麟率众坚守下得以保全。可见孟应麟是一个比较有才干的封建官吏，他对两个儿子也寄以厚望，一个名称尧，一个名称舜。而孟称舜尽管富有才华，但却没有获得为国效力的机会。在明朝，他仅仅是一个屡试不第的书生；入清后也只做了一个小小的学官。明崇祯二年，他曾加入张溥主持的复社。他与张岱、祁彪佳皆有交情，曾共同组织枫社，以祁彪佳为盟主。他的《娇红记》、《眼儿媚》等剧作受到这些朋友的赞誉。清朝顺治六年时，孟称舜被举为贡生，任松阳县训导。在职期间因当局杀害无罪的学子引起了诸生的哗变，当局想以此治他们的罪，孟称舜毅然替他们抗争，使诸生得以免祸，而他本人却从此辞职归乡，不复出仕。

《娇红记》共五十出，全名为《节义鸳鸯冢娇红记》。这是关于王娇娘与申纯的恋爱悲剧。题材来源于北宋宣和年间发生的一个真实故事，元人宋梅洞曾将它写成了传奇体小说《娇红记》，长达两万余字，以漫长的篇幅、曲折的情节展示了委婉动人的爱情故事。

孟称舜基本沿用了原有的故事情节：成都府尹申庆有两个儿子，申纶和申纯。一年秋天申纯科场失利，胸中十分郁闷，父母遣他到眉州通判、母舅王文瑞家探亲，以此来消除他的烦闷。舅父有个女儿名叫娇娘，是个聪明美貌的少女。她对自古以来才子

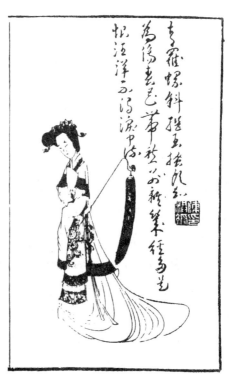

明末刊《鸳鸯冢娇红记》插图

佳人的美满爱情婚姻十分羡慕，渴望有朝一日自己也能"自求良偶"，但她不慕功名富贵，也不愿嫁司马相如那样的贪图新欢的无情才子，而是希望嫁一个才貌相当、心性一致的"同心子"，认为"但得个同心子，死共穴，生同舍。便做连枝共冢，共冢我也心欢悦"。申纯的到来，激起了少女心中感情的涟漪，她感到申纯"神清玉朗"，性格温和，毫不疏狂，然

而却没有轻易付出真情。有一天，她同申纯在花园中偶然相遇，申纯以咏牡丹诗二首相赠，使她见到了申纯的才华。而申纯在娇娘离去后又题诗于中堂窗上，倾诉对娇娘的爱慕，娇娘见到后感到了申纯感情的至诚，于是和诗一首。申纯以谢诗为名，来到娇娘的绣房。他见娇娘积有烛花灯烬，请求她分一半给自己以作墨使用，以此表示对娇娘的爱慕。娇娘也渐渐对他产生了爱慕之心。一个春寒料峭的日子，娇娘拥炉独坐，正为情思困扰，申纯来了，二人互诉衷情，共同订下了婚盟，并相约晚间相会于熙春堂的花荫深处。不料一场暴雨忽然而至，使二人佳期阻隔。当次日娇娘到书房来践旧约时，申纯却因赴友人酒宴至今沉醉未醒。娇娘怨申纯负约，并对他的感情产生了怀疑，后来申纯剪发盟誓，才消除了娇娘心中的疑虑，二人重归于好。这时西番国主入犯成都，西川帅节镇命官民人等三丁抽一守城，申纯文武全才，申庆于是写信催他回成都。无奈，申纯、娇娘只好忍痛分别。

番兵退后，申纯十分思念娇娘，以致郁郁成病，害了相思之疾。于是他以就医为名，重到舅父家中。当他与娇娘在庭前互诉别后思念之情时，却被丫环飞红惊散。飞红对申纯也心有爱慕，申、娇之恋引起了她的嫉妒。但经过一系列的波折后，娇娘终于相信了申纯的诚意，二人在娇娘的绣房中密约偷期，有了夫妻之实。申庆担心儿子的身体，屡次催促他回成都，二人只好又一次分别。后来申纯的心事被父母知晓，他们遣媒为他到娇娘家中提亲，而娇娘的父亲却以姑表不能通婚为理由拒绝联姻，实际上是瞧不上申纯的"布衣寒儒"身份。娇娘托媒人带给申纯一首词，要他不忘前盟，重寻旧约。为了重会娇娘，申纯假装中邪，又买通师婆，假说须到眉州躲避方可。于是申纯又一次到舅父家，他与娇娘的感情更加深厚。飞红因心怀嫉妒，时时监视娇娘的行动，并从中作梗。恰巧申纯又捡到了飞红的春怨词，娇娘见后认为他与飞红别有隐情，十分生气。申纯见她误会，急忙解释，娇娘释然后二人在花园中盟下誓约：生不同辰，死愿同夕，生生世世不相弃。从此申纯对娇娘的爱情更加专一。他刻意躲避飞红，引起了飞红的不满。一天，申、娇二人又在花园中幽会，被飞红发现，她叫来了娇娘的母亲，撞破了二人的好事，申纯也被迫离开王家，娇娘与之洒泪相别。不久，王文瑞任满改调，途经成都，娇娘又以同心结香佩一枚赠申纯，表明自己对申纯的坚贞的爱情。

申纯发愤读书，终于兄弟同中高第，被授为洋州司户。他受舅父之召前去拜谢。王文瑞见他少年登第，前程万里，遂生结亲之意，派飞红探他的心意，见他仍有联姻之念，便主动提亲，申家欣然应允，只待择吉日下聘礼。然而这时豪帅听说娇娘十分美貌聪慧，也遣媒为他儿子上门求婚。王文瑞为了攀结高门，竟然悔了前约。申纯、娇娘受此打击，十分绝望。娇娘竟至抱恨成病，奄奄一息。申纯知道后，偷偷去探望她，却又不敢到府中去。飞红被二人痴情感动，趁王文瑞外出时，搀扶娇娘悄悄地往申纯舟中相会。申纯见娇娘"病影伶仃"，十分难过。娇娘见申纯孱弱多病，也深为忧虑。两人泣诉衷肠，誓同生死。洒泪痛别后，娇娘执意不从帅家婚事，抑郁而亡。申纯闻讯，只欲同死。尽管父母兄长，以荣华富贵、似玉佳人相劝诱，但他仍然悬梁自缢，被家人救醒后，又绝食而死。双方父母被他们的真情感动，将他们合葬一处，完成了他们生前的愿望。两人的灵魂化为鸳鸯，上下飞翔。

女主人公王娇娘是一个具有独特性格的女性形象，她对婚姻自由的追求，较之以前的崔莺莺、杜丽娘更具有现代意义，"同心子"恋爱观的提出标志着一种时代的进步。男主人公申纯也是个性格鲜明而可爱的艺术形象。他轻功名，重爱情。对娇娘他爱得真诚而深沉，为了爱情，毅然抛弃一切，殉情而死。他们的殉情，有深厚的感情基础，这个基础是在相互接触、了解、试探的过程中逐渐加厚。他们不同于其他剧中男女主人公的一见钟情，而是在一系列的误会与考验之后，定下了同生共死的誓约。

《娇红记》对中国戏曲的最大贡献在于突破了大团圆的结局，形成了动人的悲剧收场。虽然申、王二人死后合葬并化为鸳鸯，并在仙界结为仙偶凤俦，但这种团圆毕竟是虚幻的。其实质仍然是一场悲剧，严酷的现实扼杀了青年男女的美好爱情和生命。对于这种悲剧性的结局，孟称舜同时的陈洪绶批点道："泪山血海，到此滴滴归源，昔人谓诗人善怨，此书真

古今一部怨谱也。"正是因为这种哀婉感人的悲情，使《娇红记》"上逼《会真记》，下压《牡丹亭》"，成为古代戏曲中的杰出作品。

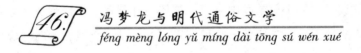

46. 冯梦龙与明代通俗文学
féng mèng lóng yǔ míng dài tōng sú wén xué

明朝晚期的冯梦龙，是一位有远见卓识的大学者，通俗文学的大家。

通俗文学的兴盛与明朝商业的繁荣息息相关。图为明代繁华的商业区。

冯梦龙（1574—1646年），字犹龙，又字耳犹、子犹，别号龙子犹、姑苏词奴、墨憨子、墨憨斋主人、前周柱史，又曾以顾曲散人、香月居主人、詹詹外史、茂苑野史、绿天馆主人、无碍居士、可一居士、可一主人、墨浪主人等为笔名或化名。生于神宗万历二年，是吴县籍长洲（今江苏苏州市）人。他出身还未搞清楚，现知道他的表舅毛玉亭当过刺史，他的父亲与当时苏州名儒王仁孝交往密切，而且反复教育冯梦龙要学习王仁孝，按儒家的一套行事。少年时代的冯梦龙不仅受过系统的封建教育，而且他还多方面吮吸了"狼的乳汁"，一来他极富同情心和正义感，是个"情种"；二来他广泛涉猎稗官野史，众采博取，在一定程度上冲破了正统教育的束缚和局限，大大开阔了视野；再就是他喜欢儿童歌谣，并用心去记"十六不谐"和儿歌"萤烛，娘来里，爷来里，搓条麻绳缚来里。得风婆婆草里登，喝声便起身"等等。

聪明好学的冯梦龙青年时期就高中秀才，可他始终没有考中举人，这在当时科举选拔人才的制度下，对冯梦龙无疑是个沉重的打击。于是，他转入青楼酒馆，过着放荡不羁的生活，有机会了解都市下层人民的生活和思想。可贵的是，就是在寄情于青楼酒馆的情况下，这位"情种"仍然没有失去对"情"、"真"的追求。冯梦龙还深受明朝著名的思想家、史学家、文学家李贽的影响，对李贽推崇备至，将他奉为"蓍蔡"（占卜用的神龟和神草）。也接受了他在文艺方面的观点，这对冯梦龙最终成为晚明通俗文学的大师起着非常重要的作用。

冯梦龙美学思想的最重要一点就是主张文学必须通俗，这是和他对于文学的社会作用的看法是联系在一起的。冯梦龙认为，文学应该对老百姓有一种劝诫和教化作用。因此，他把自己所编的三部短篇小说集之所以题名为《喻世明言》、《警世通言》、《醒世恒言》。

冯梦龙毕生从事戏曲、民歌和白话小说等通俗文学的搜集、整理和编辑工作。他的全部作品共有多少，至今也没有人能完全搞清楚。近年来，经过一些专家学者的不断考证，可以确认为是他编著或创作的有五十多种，其中通俗文学就占四十多种，一千多万字。主要有短篇白话小说《喻世明言》、《警世通言》、《醒世恒言》三种，合称"三言"，"三言"中每个短篇小说集各四十篇，共一百二十篇；经他加工、改写、重新编著的长篇通俗小说有《新平妖传》四十回、《新列国志》一百零八回、《古今列女传演义》六卷（孙楷第先生注"似托冯梦龙"）、《皇明大儒王阳明先生出身靖难录》上中下三卷（似他个人创作）；他撰写的笔记小说有《智囊》（或题《增广智囊补》）二十八卷，《古今谈概》三十四卷。纂辑《情史类略》（或名《情史》、《情天宝鉴》）、《笑府》等等；冯梦龙还有众多戏剧作品，创作了《双雄记》和《万事足》两种剧本，删改旧作为《墨憨斋定本传奇》，如收有《新灌园》、《女丈夫》、《楚江情》等等，不知其精确的剧目数字。又撰著、整理刊行过《挂枝儿》、《山歌》、《太霞新

奏》、《宛转歌》等民间歌曲八种，等等。几乎囊括了当时东南地区通俗文学的所有领域和各种文学样式，所以，有人称他为"全能的通俗文学家"。

冯梦龙进步的文艺思想和他在通俗文学方面所作的努力和大量的工作，使他及他的作品在文学史上占有非常重要的位置，并产生了较大的影响。

冯梦龙的"三言"问世后，很受读者的欢迎，一时间，文坛上曾掀起了一个短篇小说的收集和创作的热潮。据第一个应书商的要求模仿冯梦龙这一行为进行加工和创作话本小说的凌□初说，当时冯梦龙所编辑的"三言"，不但开一时新风，具有较好的现实教育意义，而且，宋、元两代丰富多彩的话本小说几乎全被他搜括了进去。

在整理编辑时，冯梦龙首先在不改变原义的情况下，对不少篇目进行了文字上的加工润饰，纠正错误的地方，使作品语言流畅、连贯，并使得文章内容更加符合生活的内在发展逻辑。冯梦龙还将原先的五花八门的题目作了统一的处理。本来的话本小说，有的以人为题的如《简帖和尚》，有的以物为题的如《戒指儿记》，有的以故事为题的如《错认尸》、《李元吴江救朱蛇》等等，而且每个题目字数各不相同，"三言"则将它们统一以故事为题，字数每篇均为七个字或八个字，并且前后两篇题目形成对偶的句子。再就是冯梦龙将所有的作品在叙事风格上进行了归并统一，那些带有"说话"口头语言色彩的行话、套话，与整篇作品不协调的多被删去。

作为深受李贽"童心"说影响而又生性为"情种"的冯梦龙，选录作品时，在不改变情节主要布局的情况下往往进行局部的修改，以增强作品"情教"的功能效用。例如《六十家小说》的《错认尸》中，有一个市井无赖王酒酒因敲诈乔彦杰的妻妾不成而去告官，致使乔家家破人亡。乔家仆人董小二先与乔彦杰的小老婆通奸，后来又诱奸了乔彦杰的女儿，乔彦杰的妻子一怒之下，合谋杀死了董小二，这的确有罪，但也是事出有因，而此时的王酒酒乘机敲诈也实在令人厌恶。《错认尸》强调了乔彦杰贪淫好色没有好下场，娶了一个如花似玉的妾放在家里，弄得全家死光，却没有写乘机敲诈人的王酒酒的结果如何。冯梦龙将这一旧本收入《警世通言》时改题为《乔彦杰一妾破家》，题目本身就很有教育意义，而且他认为，像王酒酒这样的恶棍也不能轻易放过，就在故事的末尾增加了一大段文字，让乔彦杰的阴魂来找他算账，让他也不得好死。再如《六十家小说》里有一篇《柳耆卿诗酒玩江楼记》，写在余杭县宰任上的柳永喜欢上了歌伎周月仙，而周月仙另有所爱，拒绝了柳永，柳永却指使手下的人将她强奸，最后使周月

明代天许斋刻本《古今小说》插图

仙任自己摆布，一种残害妇女的恶劣行径居然被编成一段风流佳话。冯梦龙曾在《古今小说序》中批评它粗俗低下浅薄，他把这篇小说编入《喻世明言》卷十二《众名姬春风吊柳七》，作为情节的一部分。冯梦龙在文中将柳永写成一个情种，得到青楼姐妹们的爱戴，而将《玩江楼》中柳永的行径改换到刘二员外的头上，把柳永改写成一位替妓女们主持正义的护花使者，最后是柳永使得周月仙和她的情人美满结合，类似这样的改作体现了创作者新的审美趣味和价值取向。

　　"三言"中也有一些取材于当代现实生活的作品，如《蒋兴哥重会珍珠衫》、《沈小霞相会出师表》、《玉堂春落难逢夫》等等，为后来凌口初的"二拍"、陆人龙《型世言》的编写创作等均开了很好的先例。

　　毫无疑问，是"三言"使得大量的宋、元、明三代的话本小说得以留传下来，这些短篇小说是一笔巨大的财富，正如有些人所形容的那样，它是话本小说的宝库。"三言"是话本小说文体的奠基作，是它确定了话本小说的规范性文体，确定了文人进行话本小说创作的方式。以后产生的话本小说专集，无论从思想上还是从艺术上都未曾达到"三言"的水平。

　　"三言"所选一百二十篇小说，其中明代拟话本约有七八十篇。内容很复杂，多为精华，但也有糟粕。主要内容表现在以下几个方面。

　　以爱情婚姻为题材的小说故事，在"三言"中占有相当大的比重，它们大胆肯定和歌颂青年男女间纯真平等的爱情追求，描写了被压迫妇女向往幸福生活的愿望，勇于否定和鞭挞"门当户对"、"父母之命、媒妁之言"等封建观念；同时也批判了喜新厌旧、忘恩负义、富贵易妻或有意破坏别人美满婚姻的恶劣行为。如《杜十娘怒沉百宝箱》、《金玉奴棒打薄情郎》、《卖油郎独占花魁》、《王娇鸾百年长恨》等，都是具有代表性的作品。(可参见本书《杜十娘的觉醒》、《卖油郎与花魁女》、《负心汉与痴情女》等文)。其他再如《玉堂春落难逢夫》、《白娘子永镇雷峰塔》、《宋小官团圆破毡笠》等歌颂了男女间纯真的爱情，都是非常有代表性的佳作。"三言"有关爱情婚姻题材的小说中，也有一些宣扬"夫荣妻贵"、"因果报应"，甚至充斥着色情描写的作品，这些作品或因受封建思想的影响，或是为了迎合市民阶层庸俗低级的审美趣味等，是它的糟粕部分。

　　"三言"中有些作品描写封建统治阶级的内部斗争，表现了人民对封建专制王朝极端腐朽黑暗的愤怒与谴责，有一定的认识价值。《沈小霞相会出师表》写的是忠言直谏、嫉恶如仇的沈炼和权奸严嵩父子及其党羽之间的斗争。小说热情歌颂了支持沈炼父子斗争的贾石和冯主事，塑造了沈小霞妾闻淑英这样一个有胆有识、有才有智的女性形象，在危难中，是她协助丈夫机智地逃出了解差的手掌。《木绵庵郑虎臣报冤》通过对南宋奸相贾似道卑鄙、阴险、凶残的肮脏一生的艺术再现，展示了昏庸的统治者给国家和人民带来的无穷灾难。《卢太学诗酒傲王侯》通过对□县丞汪岑陷害士绅卢□的描写，揭示了封建官僚残酷的本相。

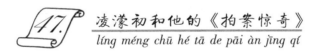

47. 凌濛初和他的《拍案惊奇》

líng méng chū hé tā de pāi àn jīng qí

明朝天启七年（1627年），苏州大文豪冯梦龙完成了"三言"的编纂出版，轰动了当时的小说界。一时许多文人纷纷仿效，明末文坛出现了一个拟做话本小说的高潮。其中成就最显著的是凌濛初。他的《初刻拍案惊奇》和《二刻拍案惊奇》（简称"二拍"）和冯氏的"三言"双峰并峙，成为了晚明文学中最为引人注目的艺术奇葩。

凌濛初（1580—1644年），字玄房，号初成，别号即空观主人。出生于浙江乌程（今湖州）县一个官宦世家，祖父和父亲都是进士出身，做过官。凌濛初自幼天资聪颖，诗词歌赋无不精通，年方十二就考取秀才，文名斐然，曾被当时著名的理学家耿定向称誉为"天下士"。但从此以后他在科场上却屡遭挫折，在杭州参加了两次乡试都没有考中举人，后又跑到南京参加国子监的考试，依旧榜上无名。他三战皆北，已经是个"老童生"，还没有放弃最后的努力，四十多岁时又长途跋涉赶往北京参加考试，结果再次名落孙山。凌濛初在科场中耗磨了半生精力，最终连个举人都没有做成，于是他写了一篇《绝交举子书》，决意告别仕途之路。之后他长期寓居南京，诗酒风流，以著述为生。直到崇祯七年（1634年），已经五十五岁的凌濛初才谋得了一个比"七品芝麻官"还要小一品的上海县丞的官职。在上海八年，凌濛初勤于职守，政绩卓异，六十三岁时擢升为徐州通判，驻守在房村。此时明王朝已面临覆灭的边缘，李自成、张献忠的农民起义军进兵中原，势如破竹，各地民众纷起响应，江淮地区有陈小乙自称萧王，占据丰城拥众数万，党羽遍布徐州境内。凌濛初献《剿寇十策》协助淮徐兵备道何腾蛟征剿起义军，并单骑赶往丰城招降陈小乙。崇祯十七年（1644年），李自成称王，建大顺年号，分兵进攻徐州，包围房村。凌濛初率众坚守，心力交瘁，呕血不止，临终前对百姓说："我活的时候不能保护你们，死了也要变为厉鬼杀贼！"大呼"不要伤害百姓"而气绝。

终年六十五岁。

凌濛初的文学活动，主要集中在科场失意后寓居南京的一段时间。凌濛初寓居南京期间，结交了许多文人名流，像冯梦祯、王稚登、袁中道、陈继儒，以及"竟陵派"的代表人物钟惺、谭元春等，凌氏和他们都有过密切的交往。对凌濛初影响最大的两位作家是汤显祖和冯梦龙。凌濛初十分敬佩汤显祖，曾把自己的五种剧作寄给汤显祖，深受赏识。汤显祖亲笔回信盛赞凌濛初才情"烂漫陆离"，是"名手"。天启七年（1627 年），冯梦龙为出版他的"三言"的最后一"言"——《醒世恒言》而去过南京，凌濛初曾慕名拜访。正是从这年起，凌濛初才开始写小说。凌濛初从事白话小说的创作，无疑受到了冯梦龙的影响。

凌濛初写作"二拍"，起先是因为科场失意，借此发泄心中不平，以游戏笔墨求取精神的慰藉。这时他创作小说是基于对现实的认识、思考及感慨，是"发愤之所作"。孰料"初刻"问世不胫而走，书商见有利可图，怂恿凌氏续写，于是作品就从作者的主观发泄转而成为获取赢利的市场文学。凌濛初考虑到小说的销路，就要注重小说的娱乐性和猎奇性，以迎合市民为主体的读者群的口味。因此，"二拍"在思想内容上表现出极为复杂的现象，展现在读者面前的是一幅鱼龙混杂、泥沙俱下的社会风俗画长卷。朝廷权贵、府县官吏、名宿大儒、青衿学子、农夫商贩、寺院僧徒、青楼女子、早慧神童，乃至地痞无赖、赌徒神偷，三教九流，无所不有。由这些人物，敷演出形形色色曲折生动的故事。在敷陈故事中，展现了凌濛初或进步或落后的思想观念。

公案故事在"二拍"中占有很大比重，其主题多是暴露封建统治的黑暗残酷。《进香客莽看金刚经，出狱僧巧完法会分》，写卑鄙贪婪的柳太守，滥用职权，诬攀洞庭山寺僧为盗，巧取豪夺白居易手书的金刚经。《青楼市探人踪，红花场假鬼闹》，写一个贪酷狠毒的杨金宪，为了吞没五百两的贿赂，竟杀害了张廪生主仆五命，埋在红花地里。小说中描写酷吏严刑逼供、颠倒黑白、草菅人命的故事更是不计其数。《伪汉裔夺妾山中，假将军还姝江上》，写的是"盗通官"、"官即盗"的现实。作者引用了一首元代民谣："解贼一金并一鼓，迎官两鼓一声锣；金鼓看来都一样，官人与贼差不多。"非常形象而又尖锐地对贪官污吏、豪绅恶霸进行揭露和批判。

经商故事是"二拍"值得注意的作品。这些故事表现出进步的重商思想。重农轻商，本是以农立国的整个封建社会中根深蒂固的传统观念。到了明代，由于商业经济的发展，激起了各阶层人们追求金钱财富的强烈欲望，有钱的商人受到社会的尊重和羡慕，凌濛初自己也做过书商，因而他在"二拍"中，不仅把商人的将本求利，视为正当的手段，而且还热情地讴歌了商人的创业精神及种种义举等，客观地表现了市民阶层中商人炽烈的发财幻想和对金钱的顶礼膜拜，含有资本主义思想的萌芽。

《转运汉巧遇洞庭红，波斯胡指破鼍龙壳》是《初刻拍案惊奇》的首篇小说，写的是一破产商人出海经商，意外致富的故事。小说的主人公文若虚，本是世家出身，"琴棋书画、吹弹歌舞，件件精通"，但他没有走中国传统知识分子通过科举仕途光大门户的老路，而是看见别人经商发了财，便也思量"下海"做生意。可是由于不善经营，连连亏本，几乎把家中的财产赔得精光。正在穷困潦倒、百无聊赖之际，一个偶然机会，他随海外贸易的商船到了吉零国，以一两银子从苏州买来的一百多斤洞庭红橘，被吉零国人当做稀罕宝物，高价出售赚了八百多两银子，发了一笔小财。在返国途中，又因遇上大风随船飘到一个荒岛上，于草丛中意外地拾到一巨大破龟壳，带回福建，被波斯胡商识破是内藏有夜明珠的鼍龙壳，以五万高价收购。文若虚从一"倒运汉"，一夜之间成了巨富。小说的情节虽然单调，但却曲折地表现了商人海外转运发财暴富的白日梦主题。

如果说《转运汉巧遇洞庭红》是一篇描写商人转运致富的童话，那么，"二拍"中另一篇小说《叠居奇程客得助，三救厄海神显灵》（《二刻拍案惊奇》卷三十七）则是更具神奇、梦幻色彩的发财神话。小说是凌濛初根据明嘉靖年间蔡羽写的《辽阳海神传》敷演而成的，写徽州商人程宰到关外经商，经海神指点发财的故事。作品以浪漫的手法，幻想的形式表现出商人渴望经商发财的白日梦。程宰兄弟从徽州到辽阳去经营贩卖人参、松子、貂皮生意，不料折了本钱，无颜回乡，穷困潦倒，沦为佣工。正当山穷水尽之时，程宰梦见女神前来欢会，两人做了露水夫妻。程宰把自己经商失败的遭遇告诉给女神，女神鼓励程宰再去经营，并指点谋利途径。第一次女神让程宰用十两银子买下两千斤滞销的草药，几日后辽东瘟疫流行，草药价钱猛涨，程宰抛售，获利五百两银子。第二次女神又让程宰用五百两银子买下荆州商人的一批被雨淋了的彩缎，放在家中一个月后，江西有人造反，朝廷急调辽兵南讨，军中需缎布赶做戎装，程宰把那批斑斑点点的彩缎以三倍的好价钱出手，又足足赚了千金。第三次程宰在女神的鼓动下，又用千金买下了苏州商人的六千多匹白粗布，几个月后，明武宗皇帝驾崩，天下人要戴国孝，白粗布一时成了紧俏货，程宰获利三四千金。就这样在女神的点化下，程宰采用囤积居奇、贱买贵卖的方式，经营了四五年，积累了五七万的资本，成为巨富。后程宰和女神分别，归乡途中遇到三次大难，皆因梦见女神指点而免祸。

在"三言"中，也有许多描写商人发财梦的作品，但着重描写的是商人重义守信、好心致富，而在"二拍"中，商人的发财梦则主要表现在商人对高额利润的追求。"三言"中的发财梦，都显得比较拘谨、小本经营、小打小闹，反映的是商人刚刚登上历史舞台时的精神面貌。而"二拍"中的发财梦则显得开放得多，发大财，致巨富，充满冒险精神，表现出已经占据历史舞台的商人们迅速崛起的态势和蓬勃的精神风貌。这是"二拍"比"三言"中这类作品更富于时代气息的地方。

男女情爱，是"二拍"的一个重点主题。凌濛初对妇女问题，具有比较进步的见解。二刻卷十七写少女蜚蛾自幼女扮男装在学堂读书，私下看中了男同学杜子中，故事与《梁山伯与祝英台》颇为相似。不同的是蜚蛾终于如愿以偿，其间并没有父母的干涉。这是对封建社会女子婚姻全由"父母之命，媒妁之言"决定的一种否定和叛逆。《满少卿饥附饱飏，焦文姬生仇死报》对男子遗弃经过恋爱而结合的爱人加以严厉斥责。小说中的满少卿，被焦文姬死后的鬼魂捉将了去，实际是写出了一切王魁式的男人的必然下场。在这篇小说的"入话"中，凌濛初大声疾呼为妇女鸣不平，指出男人续弦再娶，宿娼养妓，世人不以为意；女子再嫁，偶有外情，便万口訾议，人世羞言，这是不公平的。此"入话"可以算得上最早的男女平等宣言。

《小道人一着饶天下，女棋童两局注终身》也是一篇描写青年男女婚姻自主的小说。故事写男青年周国能自幼喜欢下围棋，棋艺超人，无人能敌。父母见他年长，要替他娶妻，他不愿意，于是扮成道童云游天下。在燕山遇见辽国围棋第一高手女棋童妙观，见她天生丽质，顿生倾慕之心，决心要娶以为妻，否则誓不还乡。他先是借看教下棋为名以图接近妙观，偶尔露出一二"神着"，使妙观对自己有深刻印象。后又在妙观棋馆的对门挂出"奉饶天下最高手一先"的牌子公开挑战，激妙观出来与自己对阵，妙观知其棋艺高超不敢贸然应战。但好事之人要观其高低，拿出二百贯钱做奖金，硬要二人比试。比试之前，妙观央人求周国能让棋，周国能趁机提出缔结婚约的要求，妙观含糊答应了。结果周国能让她赢了半子。但妙观胜后变卦，不肯答应婚事。周国能情知中计，后悔不及，便在到王府下棋时公开了让棋真相。诸王不信，定要当面见高低，于是请来妙观。周国能提出"若小子胜了，赢小娘子做个妻房"的要求，诸王大笑，愿作保成全此"风流佳话"。周国能胜后，妙观仍以"戏言"为辞，但心中早已动情，最后两人终结良缘。

这个妙趣横生的喜剧故事，既反映了市民阶层对技艺智能的重视，更反映了对自主婚姻的赞美。周国能完全是凭自己有下棋绝技自主地找到志同道合者结为夫妻的，而且是在大庭广众下公开求婚。妙观虽对他拒绝、谎骗反悔，主要是因为顾惜面子，其实内心已选择了周国能为理想配偶。所以他们结合后，两情极为和洽。在赌棋议婚的过程中，虽是周国能主动，妙观被动，但实质上妙观对婚姻也是在"自商量"的，并没有取决于他人，对周国能的求婚她是"含糊"答应的，而其拒绝只不过是女子玩的爱情游戏罢了。至于"父母之命，媒妁之言"在这则故事中更是看不到半点影子。

但是在这类描写男女情爱的小说中，露骨的色情描写却占了很大的比重，显露出一些庸俗的趣味，这是与明代的时代风尚和社会生活的糜烂有关，凌濛初也不能免俗。可是凌濛初小说中的色情描写表现出作者对人性的认识和评价，与明代那些纯粹描写肉欲的艳情小说不同。

另外，"二拍"中还有一些作品表现出宿命论、因果轮回等落后迷信思想，还有一些作品歪曲丑化农民起义。

凌濛初的"二拍"，作为短篇白话小说的艺术宝库，真实而全面地反映明末社会的生活面貌和精神风尚，虽然精华与糟粕混杂，但仍不失为一部封建社会后期的百科全书。

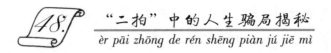

48. "二拍"中的人生骗局揭秘
èr pāi zhōng de rén shēng piàn jú jiē mì

"二拍"中有一类作品，描写的是市井无赖设局诈骗钱财的故事，这样题材的作品在以往的小说中很少见到。凌濛初用犀利的眼光盯住这些"耳目前怪怪奇奇"之事，以细腻的笔触描绘出市井社会的芸芸众生相，勾勒出一幅洋溢着浓郁生活气息的世俗风情画，拉开明末时代帷幕的一角，非常真实地反映了当时的现实风貌，具有较高的社会认识价值。

《丹客半黍九还，富翁千金一笑》（《初刻拍案惊奇》卷十八）是写方士用炼丹术拐骗钱财的故事。这种骗局名为"黄白之术"，设计得极为高明。这些江湖骗子宣称有一种丹药能点"铅铁为金，死汞为银"，只要用少量的银子作原材料来炼成这种丹药，就会拥有花费不完的金银财富。这对贪婪爱财之徒极有吸引力，因而许多人都相信此道，纷纷聘请丹客替自己炼丹。在炼丹的过程中，这些骗子神出鬼没地把"母银"（作为炼丹材料的银子）转移走，然后巧妙地溜之大吉，江湖术语叫"提罐"，而受骗者尚不自知，本篇小说的主人公潘富翁就是一个酷信丹术之人，多次遭丹客诈骗，仍不醒悟。远近丹客尽知有这样一个痴夫，都思量着骗他。一日他到西湖游赏，见一远客携一美妾也来游湖，所用器物全是金银所做，极为阔绰气派，于是心生艳羡。闻知是一丹客，能用"九还丹"点汞为银，即殷勤延请至家求教。丹客告诉他"九还丹"的炼制方法，母银越多，炼出的丹头越精，若得半黍大的丹头，就会富可敌国。富翁暴富心切，拿出两千金，交于丹客作母银封炉炼丹。丹客故弄玄虚，说是要等九九八十一

《初刻拍案惊奇》之"丹客半黍九还，富翁千金一笑"。

天才能炼成，然后就整日陪富翁清谈饮酒。这期间美妾经常出入左右，向富翁频送秋波，使富翁动了邪念。突然丹客接到母丧之讯，留下美妾看守丹炉，就匆匆赶回家去奔丧。富翁色迷心窍，乘机在丹房中勾引美妾，干了苟且之事。丹客回来后，进丹房打开鼎炉，见里面空空如也，不仅没有真丹，连母银也不见分毫，断定是有人在丹房中做了污秽之事而触犯了丹气。叫出美妾严加拷问，美妾哭哭啼啼道出实情，丹客大怒不已。富翁理亏，拿出三百两银子作为赔偿，丹客才骂骂咧咧着带美妾离去。富翁吓得魂不附体，虽折了银子，还以为是自家不是，却不知是丹客做成的圈套。在丹客假装回家奔丧之时，就已将两千金转移走了，留下美妾守炉，也是安排好了的美人计，最后反咬一口，使富翁受骗而不自知。这样几次富翁的家产就被拐骗一空。后富翁穷困潦倒之际，又被丹客花言巧语拉入一伙，剃发扮成头陀随丹客到山东炼丹骗人，丹客夜间把"母银"提罐而走，撇他在主家作质，被捉拿治罪。释放后沿途乞讨回家，途中遇前丹客的美妾，

原来是一娼妓，被丹客包了做骗人之局的，这时才如梦方醒。

这篇小说中，凌濛初非常详尽曲折地揭穿丹客的骗局，奉劝世人引以为戒，这在当时是有着现实意义的。明代道教盛行，明世宗皇帝信奉服食求仙，喜欢和方士交接，一时黄冠羽服之流充塞都下，道士邵元节、陶仲文辈深受宠信。大臣杨最、夏言等忠言进谏劝阻，都被治罪杖死，从此朝中再也没人敢对方士有所非议。流风所及，缙绅士大夫也纷纷拜倒在方士脚下，到处设坛打醮，炼丹服药，闹得乌烟瘴气。而在社会上，借炼丹为名，设立圈套骗取钱财的江湖骗子更是与日俱增。相传唐伯虎就曾遇到过这种骗子，他不信，做诗揭露道："破布衫巾破布裙，逢人惯说今烧银。自家何不烧些用，提水河头卖与人？"凌濛初对这种世风，流露出反感的情绪，特别是对当时酷信丹术者的贪心和恶习，还作了嘲讽和批判："如今这些贪人，拥着娇妻美妾，求田问舍，损人肥己，搬斤播两，何等肚肠！寻着一伙酒肉道人，指望炼成了丹，要受用一生，遗之子孙，岂不痴了？"丹客之所以能够设骗成功，一方面固然是设计巧妙，另一方面也与人的贪财心理有关。明代商业资本的活跃，引起了地主阶级贪婪地攫取财富的欲望，他们妄想着能够"金银高北斗"，永远使用不尽，"也要炼银子，也要做神仙，也要女色取乐"，这种贪得无厌的本性正中骗子的下怀。凌□初通过潘富翁这一形象，对贪财者的愚昧可笑进行了辛辣的讽刺。

《赵县君乔送黄柑，吴宣教干偿白镪》（《二刻拍案惊奇》卷十四）是描写一种叫做"扎火囤"的骗局。所谓"扎火囤"者，是骗子利用妇人来引诱有钱子弟，待两人在一块约会时，闯进去捉奸，讹诈钱财。这种骗术虽然比较简单，但上当者却很多，特别是那些贪色之徒，最容易着道入毂。本篇小说中的吴宣教，就是因为贪爱风情而被人骗入了圈套。吴宣教带着金银珠宝寓居客店，本是想到吏部拉关系走门路以求调任升官的，但因为他常常出游妓馆，衣着鲜丽，所以引起了骗子的注意。于是在客店对面的一所小宅院中，就有一位妇人时常出现在门首，并不时传出妖声媚语的说话声和"柳丝只解风前舞，诮系惹那人不住"的唱歌声，使风流成性的吴宣教想入非非，"恨不得走过去，揎开帘子一看"。紧接着就有一赌徒挑着黄柑过来，诱使吴宣教赌黄柑尝鲜。吴宣教连输了一万钱，一个柑子也没吃到口。正在窘迫着急之时，有一小童忽然出现，送给了他一小盒黄柑，说是对面赵县君不忍见其输钱而奉送的，并暗示出赵县君的丈夫外出不在家的信息。这使吴宣教心中立即产生了"他有此美情，况且大夫不在，必有可图，煞是好机会"的想法，于是殷勤回礼答谢，并急迫地提出相见一面的要求。这个时候吴宣教已经主动地上钩了。但钓鱼者并不立即提钩，为了钓牢大鱼，巧妙地使用出欲擒故纵的招数。赵县君半推半就地答应了吴宣教的要求，在客厅中接见了他，态度故作矜持，"颜色庄严，毫不可犯"。但她的如花似玉的容貌却让吴宣教"满身酥麻"、"心魂缭乱"，不由得昼思夜想。正在吴宣教"思量寻机会挨光"之时，小童又过来告诉他赵县君的生日到了，吴宣教哪里肯放过这个"挨光"的机会，于是备礼前去作贺。酒席间赵县君特意单独陪他吃酒，虽然露出绵绵情意，但礼节周全，态度客气，使吴宣教"开不得闲口"调情。搞得吴宣教心痒难耐，于是连夜写了一首情诗，第二天托小童送与县君进行试探。至此吴宣教的胃口已被吊足了，赵县君才开始提钩。她回赠给吴宣教两缕青丝和一首表达独守空房寂寥的苦闷之情的诗笺，并约吴宣教前来寝室幽会。正当吴宣教性急求欢之时，忽然外面人马喧嚷，原来是赵县君的丈夫回来了，吴宣教吓得躲进了床底。赵大夫走进卧室，要人端水洗脚，故意把水泼流进床底，吴宣教弄出了声响，被赵大夫抓住捆了起来，大吵大闹要送官府。这时赵县君哭哭啼啼地求情，吴宣教认罚了两千缗钱才算了事。第二天，吴宣教发现对门赵家已经人去楼空，才知是中了美人之局被扎了火囤。一脔肉味未曾尝，赔钱赔本惹身膻，吴宣教惊羞过度，"忽忽如有所失"，不久"感了一场缠绵之疾，竟不及调官而终"。

在本篇小说的入话中，叙述了两则骗子扎火囤的故事，《初刻拍案惊奇》卷十六《张溜儿熟布迷魂局，陆惠娘立决到头缘》也是写骗子张溜儿利用妻子陆惠娘诈人钱财，可见"扎火囤"在当时是非常普遍的现象。凌□初利用小说对这种人生骗局进行揭秘，真实地反映了明末社会黑暗的一角。而凌□初给受骗者安排了悲惨的结局，像吴宣教不仅人财两空，而且为此而一命呜呼，其主旨在于批判这些骗子的危害，并借以警告贪淫好色者"宜以此为鉴"。比"二拍"早二百多年的西方小说卜迦丘的《十日谈》中，也有类似"扎火囤"的故事。此书第八天第奥纽的故事写西西里岛上有一批容貌姣好的女人，专靠施美人计来勾引商人上圈套，害得他们倾家荡产。但卜迦丘并不像凌囗初那样对骗子进行批判，而是以赞叹的口气说："这班可爱的女理发师，她运用起剃刀来真是麻利极了。"反而对他们的智慧倍加赞扬，表现了欧洲文艺复兴时期对传统道德观念的冲破。而凌囗初揭穿了人生骗局，很明显带有世俗的色彩，体现了中国传统的道德观念，是明末畸形社会生活的一面镜子。

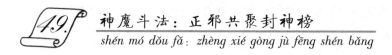

49. 神魔斗法：正邪共聚封神榜
shén mó dǒu fǎ：zhèng xié gòng jù fēng shén bǎng

　　《封神演义》这部小说大概产生于明代隆庆、万历年间，它是由钟山逸叟许仲琳编辑的。关于许仲琳的身世如何，目前还没有考证出来。作者以宋元讲史话本《武王伐纣平话》为基础，博采民间传说，加上自己的虚构，演绎成了百回长篇神魔小说。它一方面假借历史事件托古讽今，曲折地反映了社会现实；另一方面通过神魔斗法的描写，宣扬了"三教合一"的思想。

　　《封神演义》主要是写殷商与周斗争的一段史实。但《封神演义》的内容，和过去传统的历史记载，相差很远，书中许多主要人物的姓名都是不见经传的，完全是出于虚构，有些人物的生卒年代也和正史所载不符。它不是《三国演义》式的历史小说，而是近似于《西游记》式的神话小说。

　　"封神"是这部小说的重要主题。当小说写姜子牙奉天征讨，灭纣兴周的大事已定之后，便请武王给假去完成封神大事。他认为助周灭纣，吊民伐罪，原是应运而兴，凡人、仙皆逢劫杀，先建筑了封神台，立了封神榜。战争结束了，死去的人、仙魂魄飘荡无依，他要往昆仑山见师尊，请玉符、金册封众神。不久，元始天尊派白鹤童子亲赍符敕降临相府，子牙接过符敕进了封神台，宣读了元始天尊诰敕，大意是说，这些遭劫的魂魄，有的可以脱却凡躯而尽忠报国，有的却因为嗔怒未除掉而自己惹上灾殃。真是生死轮回，循环无尽，孽冤轮逐，转辗相报无止。可怜他们身受刀兵之灾，献出热血生命，沉沦于苦海之中，虽然各个尽忠，却又死魂漂泊无依。特命姜子牙依照劫运（即天命轮回）的轻重，按照他们资质品行的高下，封他们为天下八部正神，分掌各部司，按照秩序遍布天下，来纠察人间的善恶，检举天、地、人三界的各类人物的功劳行为。他们的祸福要看他们自己的作为，他们的生死从此超脱，以后有功劳的时候，再照着顺序升迁。各自要好好遵守天规大法，不要放肆贪心，自己惹上灾殃，以留下永久的哀戚。并将他们的行为，永远写在天上的簿子里。所以现在告诫他们一番，希望他们好好努力。

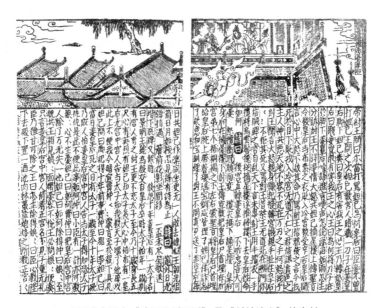

宋元讲史话本《武王伐纣平话》是《封神演义》的素材

这个封神敕文，以及封神全书的故事内容，反映了中国古代的封建迷信思想，包容了古来的淫祀、灾异、瑞应、图墓、天象、占卜、梦兆、拆字以及古来的地理传说、风土人情传说、开天辟地神话，以及佛教的因果

轮回、报应和道教的导引、服食、佛道杂糅的鬼神、妖怪、还魂、托梦、定命、仙道等杂说异想。

《封神演义》这部小说面世后，近三四百年来，在我国民间流传得比较广泛，其中的一些故事情节，为人们津津乐道。其所以如此，除了它的故事内容对读者有一定的吸引力外，在艺术特色上也有它吸引人的特点。

首先，《封神演义》的作者在艺术上充分发挥了神话传说善于夸张、富于想象的特长，在《武王伐纣平话》的基础上，将其他有关殷、周斗争和宗教斗争的神话、传说、遗闻、轶事，运用自己的想像力，夸张渲染，集中整理，进行了再创造。主要表现在以下几方面：一是赋予各色人物以奇形怪貌和奇能怪技。如雷震子胁下生有可以飞翔的肉翅，双手能发雷刮风。哪吒莲花化体，后来又成为三头八臂，可以迎战四面八方的敌人，法力大增。杨任被剜目后，却又在眼中长出双手，手掌里长出神目，可以任意转动视角，且有透视一切的功能。这些奇形怪状的人物又各有奇特怪异的仙术道法，出人意料地克敌制胜，引起读者的广泛兴趣。如土行孙等人利用土遁、水遁可以迅行无踪，即使被敌人捉住，只要他一接触地面、水面，便可以逃离险境，他有几次都是利用对手的无知或麻痹而化险为夷，他在没有归降姜子牙之前，在姜子牙的人马遭到他的几次暗算后，姜子牙的军营曾因惧怕他的偷袭而日夜不宁。七岁的哪吒竟可以用他的混天绫在水中晃动，竟有翻江倒海的本领；他的三头八臂，各有用处，各显神通，一手执乾坤圈，一手执混天绫，一手执金砖，两只手擎火尖枪，还有九龙神火罩及阴阳剑，八只手拿八件兵器。师父又传他隐现之法，隐隐现现，可凭自己心意，他本领高强，神通广大，百战百胜，所向无敌。杨戬修炼成九转元功，会七十二变，有无穷妙道，变化无穷，而他的多谋善断的智慧，使其七十二变化成为降魔擒敌的法宝，他是一个超群绝伦的人，他在战魔家四将、擒土行孙和斗梅山七怪等著名战役中，有着集中而精彩的表现。姜子牙也有玄妙的法术，他有识别妖魅的慧眼，他有任意纵水火的手段，火烧玉石琵琶精，冰封岐山，置敌人于死地。《封神演义》中具有高明的奇怪法术的人还有很多，使读者大开眼界。除了奇特的法术外，作者还写了吕岳把瘟丹洒入两岐城泉河道之中，使两岐军民都感染了瘟疫；余德把毒痘向四面八方泼洒，使周营三军人人发热，浑身长出天花，不仅丧失了作战能力，而且危及生命。作者凭他的丰富而卓越的想像力，以散布传染病毒为手段致敌人于死命。

二是在描述中国古代战阵内容方面繁富而奇妙，并且把各式各样的演阵布兵之术加以神话化。中国古代军事家在研究战略战术时很重视战阵的运用，这在《水浒传》、《三国演义》等小说中均有一些对战阵的详细描述，《封神演义》描写的战阵最多，杀伤力也最厉害，如十绝阵（包括天绝阵、地烈阵、风吼阵、寒冰阵、金光阵、化血阵、烈焰阵、落魂阵、红水阵、红砂阵）、黄河阵、诛仙阵、瘟癀阵、万仙阵等，这些战阵中都有无穷的变化，玄妙莫测的法术。虽然是荒诞不经，但却反映了作者奇特的想像力。

三是对战争武器和手段的奇特联想，一些家用常见之物，一经神仙魔道之手，即能变做致人死地的新颖武器。如哪吒玩耍时拿的一条绫带，在江河中一晃，竟然产生江河涌涛、乾坤动撼的巨大威力。再如广法天尊的遁龙桩、魔礼红的混元珍珠伞等等形形色色的武器，都力图从平凡中生发新奇，这些武器对读者来说是神奇的，但却不是陌生的，是日常生活中熟知的，却又是神秘的，容易对读者产生吸引力。比如哪吒的风火轮、混天绫和乾坤圈，给读者特别是少年朋友们增添了无限的遐想，启发了无穷的幻想，吸引了一代又一代的读者。

其次，在人物形象的塑造上取得了一定的成就，有些人物形象丰满，性格鲜明，具有很强的感染力。哪吒就是作者着力描绘的神话英雄之一。其他如黄天化的烈性如火，崇侯虎的贪鄙横暴，妲己的阴险残忍，尤浑、费仲的反复无常，杨戬的机谋果敢，都刻画得令人信服。有的人物刻画得颇具典型意义，如申公豹的阴险恶毒、忘恩负义、倒行逆施、玩弄权术、善于挑拨等品性，是反复无常的小人的代表。后人对身边的这类小人称之为"申公豹"。

作品对姜子牙性格的刻画是多方面的，比如他公平正直，谦恭下士，

图为姜子牙、韦护、周武王画像。

严格治军，宽宏大度，神机妙算，等等，成了人们幻想中的救世主。作者也并没有把他写成尽善尽美的完人，书中也写了他的弱点和缺点，但他毕竟是仙人，作为文学形象，具有类型化的特点，是理想主义的化身。

《封神演义》中最具类型化特点的人物是杨戬。他是个智勇双全、无所不能的完美人物，在他身上看不见个人的感情和内心的矛盾，甚至没有轻微的叹息，唯有睿智和神勇涵盖着一切，这固然是尽善尽美了，但是连人人所必具的个性也被智慧、机敏之类的理念所包容，成为在传统美学思想制约下所创造出来的类型化的扁平人物。

《封神演义》在艺术创造上的独创性和成功，使它数百年来流行不衰，深受读者的欢迎。

 《封神演义》中的小英雄哪吒

fēng shén yǎn yì zhōng de xiǎo yīng xióng na zhā

哪吒，是《封神演义》里塑造的极有个性的神话人物。

哪吒的父亲李靖，是陈塘关的总兵，母亲殷氏。据说，哪吒是乾元山金光洞太乙真人弟子灵珠子奉玉虚宫法牒，脱化陈塘关李门子，辅佐姜子牙灭亡成汤。因此，哪吒的出生就充满神奇色彩。李靖夫人殷氏怀孕了三年零六个月后，梦见道人送她一子，猛然惊醒，生下一个肉球，李靖以为是生下一个妖怪，拔剑向滚动的肉球砍去，却见从刺破的肉球中跳出一个手套金镯、腰围红绫、满地乱跑的男孩。这金镯和红绫就是太乙真人的镇洞之宝乾坤圈和混天绫。生下第二天，太乙真人来李靖家道贺，并收孩子做徒弟，取名哪吒。

图为土行孙、杨戬、哪吒画像。

哪吒是一个天真活泼，恩怨分明，不受欺凌，反抗性很强，令人喜爱的人物形象。

"哪吒闹海"一节，把一个七岁哪吒到东海口嬉水乘凉时的顽皮心性刻画得鲜活生动。他饶有兴趣地在水中用混天绫玩耍，谁知他摆一摆，江河晃动，摇一摇，龙宫震撼，惊动了龙王敖光。龙王派巡海夜叉李艮查问，二人发生口角，李艮蛮横地用手中的大斧劈向哪吒，哪吒便用乾坤圈抵挡，结果把李艮打得脑浆迸出。之后，哪吒又用手中的混天绫，将前来厮杀的龙王三太子敖丙裹住，又用乾坤圈打出了敖丙的原形——小龙。哪吒并不认为自己惹了祸，倒觉得好玩，命家人把小龙拖回家中，抽出龙筋，为父亲编织一条龙筋带，表示他对父亲的孝顺之心。当龙王来找李靖告状时，李靖夫妻才知哪吒在外边惹了大祸，李靖责备哪吒，哪吒既不服气，也不愿给龙王赔礼。龙王便到天宫玉帝面前告状。哪吒得知东海龙王去天宫告他，便飞追到天上。抓住龙王痛打一顿，还抓下龙王的几十片鳞甲，迫使龙王连连告饶。哪吒并不认为自己的过错有多么严重，只轻描淡写地说是由于"一时性急"。当四海龙王敖光、敖顺、敖明、敖吉连名奏准玉帝来捉拿李靖夫妇问罪时，哪吒便说："我一人做事一人当，我打死敖丙、李艮，由我来偿命，不要连累我的父母！"这种敢作敢当、勇于承担责任的精神，让人觉得淳朴天真得可爱。在他看来，他打死巡海夜叉完全是为了自卫，是李艮先欺侮了他，至于事情的严重后果他没有考虑到，也不会考虑到，因为他还不知手中的乾坤圈和混天绫究竟有多大威力，他只是觉得好玩，更不会想到会牵连到他的父母。只顾自己随心所欲、玩耍高兴、不顾及后果的行为，正是对七岁孩童天真心理的真实刻画。

本着同样的心态，哪吒又在陈塘关城楼上乘凉时因玩耍"震天箭"惹下了大祸，真是一波未平一波再起。打死龙王三太子的祸事尚未完结，他又玩起陈塘关楼上的乾坤弓，他还煞有介事地想："师父说我后来做先行

明代画家所画的李靖与哪吒父子画像

官，破成汤天下，如今不习弓马，更待何时？况且有现成弓箭，何不演习演习？"其实，这不过是为了好玩，他不过是毫无目的地射一箭玩玩而已。事有凑巧，祸不单行，这一箭恰好射死了石矶娘娘门人，石矶娘娘斥责他，他既不服气，也不认错，仗着乾坤圈和混天绫和石矶娘娘打起来。真是初生犊儿不怕虎，天真得有点儿歪搅胡缠了。

　　哪吒一次又一次地闯下大祸，给父母造下了许多罪。他自知对不起父母，为了不连累父母，哪吒自己断臂剖腹，剜肠剔骨，还于父母。他的行为，感动了龙王，便不再追究，李靖夫妇亦因此得救。

　　哪吒的恩怨分明和反抗精神，还表现在他对父亲李靖对他魂魄无理逼迫的报仇方面。哪吒肉身死后，魂魄飘荡到师父太乙真人洞里。太乙真人感伤地告诉哪吒，赶紧给母亲托梦，让她给你建哪吒庙，受三年人间香烟，然后师父再赐给你形体。李靖却不同意为哪吒建庙，殷氏只得偷偷为哪吒建庙，李靖发现后，又派人捣毁了哪吒庙。这使哪吒无法容忍，他认为骨肉已经归还父母，便不再相干，如仍要加害，便成了仇敌。哪吒只得再去求助师父，陈述自己的悲苦之情。太乙真人也很生气，便帮哪吒借莲花再度化身成形，依然是过去的形象。此后，哪吒听从师父的教诲，苦练枪法和脚踏风火二轮的本领。练好了武功和法术，他便私自下山跑到李靖帅府外要报仇。他大声斥责李靖道："我骨肉已交还与你，我与你无相干碍，你为何往翠屏山鞭打我的金身，火烧我的行宫？今日拿你，报一鞭之恨！"李靖打不赢哪吒，汗流浃背败走，若不是文殊广法天尊及燃灯道人先后解救，性命难保。哪吒找李靖报仇的行为，与封建宗法制度规定的"君要臣死，臣不死是为不忠，父要子亡，子不亡是为不孝"的原则相违背，在当时是被认为大逆不道、天理难容的行为，而他却毫无顾忌，依然我行我素。他的叛逆精神，他的恩怨分明、不受欺凌的性格，给人留下了深刻的印象。

　　在太乙真人、文殊广法天尊等的教育和调解下，哪吒与李靖和好，共同辅佐宰相姜子牙，扶周灭商。

　　哪吒在助周灭纣中的第一功，是解救黄飞虎全家被俘之难，即穿云关之战。黄飞虎去投奔西岐，全家十一口人在途中先后被俘，氾水关总兵韩荣派余化带三千人马，把他们解往朝歌请功，太乙真人就派哪吒下山解救。哪吒破了余化的妖术，余化败走，黄飞虎全家得救。接着，哪吒又大战氾水关，打败了韩荣，将黄飞虎送出关外，然后回山复命。他一个人杀败了上千人马，立下了大功。

哪吒神通广大，几乎是百战百胜，堪称举世无双的常胜将军。这除了因他的武艺和法术高超外，还因为他与一般的血肉之身的凡人不同，是莲花化身。敌人的某些特殊妖术，在他的身上都失灵无效。因此，他在争战中连连告捷，成为姜子牙帐下征讨纣王的重要战将，担当举足轻重的先行官。他越战越勇，越战越强，在攻打青龙关中又立下了大功，保证了粮道畅通，进军无后顾之忧。后来在师父的帮助下，哪吒长出了三头八臂，变得更加神通广大。哪吒的这种形象，源于人们实际生活中的愿望、理想。人们常把精明强悍的能人夸张为长有"三头六臂"，哪吒不只是三头六臂，而是三头八臂，这意味着他的本领更高强，堪称举世无双。果然，此后哪吒打起仗来，前后左右，三头八臂，一人对付十人绰绰有余，立下了赫赫战功。界牌关刺死王豹，穿云关烧死马忠，杀死龙安吉，潼关击伤卞吉，渑池城上刺死高兰英，梅山之战与杨戬一起全歼七怪，真所谓百战百胜，所向无敌，直打到商纣王自杀身死，才回到乾元山修成正果，恢复灵珠子清静的本性。

灭亡了商纣王，周武王登位，众文武等待论功行赏，哪吒却不恋红尘富贵和功名利禄，虽然武王和姜子牙苦苦相留，仍无济于事，这和当时为了功名利禄而投机钻营的人们相比，多么难能可贵，又是何等的高尚！

明末人钟伯敬批《封神演义》，把哪吒比拟于《西游记》中的孙悟空、《水浒》中的李逵和鲁智深，这是对哪吒的反抗性格的肯定，是对哪吒献身于正义事业而不计名利行为的赞赏。历来的研究者对哪吒的评价都是较高的，认为他是《封神演义》中写得最富有生命力，也是最出色的人物，在中国的文学画廊中放射着灼灼光辉。

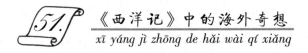

51. 《西洋记》中的海外奇想
xī yáng jì zhōng de hǎi wài qí xiǎng

《三宝太监西洋记通俗演义》，又名《三宝开港西洋记》，全称《新刻全像三宝太监西洋记通俗演义》，简称《西洋记》。题"二南里人著，闲闲道人编辑"。按序，二南里人即罗懋登，字澄之，明万历年间人，生平无考。除小说外，作有传奇《香山记》，并注传奇多种。

《西洋记》书成于万历二十五年（1597 年），明代嘉靖以后，南倭北虏，活动猖獗，尤其是东南沿海，倭患日甚，而朝廷软弱无能，王公大臣，能提出治国平天下的良策者很少，即使有极少数杰出的将领，也受制于权臣，遭到排斥和迫害，不得施展其才，出现了文官爱钱、武官怕死的现象，以致倭患久久得不到肃清。罗懋登借郑和下西洋的故事，怀着一腔忧虑与愤懑，寄意于时俗，写下了《西洋记》这部小说，希望能有郑和、王景弘这样的将帅出现，威震海表，荡平倭寇。这种忧虑、愤懑和希望，在一定程度上反映了当时人民的思想情绪和愿望。

明代永乐年间，郑和挂印西征，七次奉使"西洋"，前后历时二十八年，平服三十九国，《明史》确有记载。《西洋记》里对这三十九国均有描叙，至于《西洋记》里有关各国的天时地理、风俗人情的描写，也有所本。首篇即叙天开地辟，生亿千万物，林林总总，可分九流，九流之中有三个大管家：儒家孔子、道家太上老君、释家如来。因海外南赡部洲胡人治世，一道腥膻毒气未尽，遂有燃灯佛祖下凡，以解东土厄难。燃灯佛投胎于杭州金员外家，在灵隐寺讲经，号"碧峰长老"。金碧峰收徒非幻、云谷，降服武夷山蛇船精、罗浮山葫芦精、峨眉山鸭蛋精、五台山天罡精，得禅鞋、钵盂、碧琉璃、真珠四件宝物，声名大振。时值永乐皇帝登基，各国进贡献宝。道家张天师奏：帝王传国玺流落西番。帝欲令往寻，张天师与僧家不合，提出灭了天下佛寺方肯去西洋取宝。金碧峰为救天下僧人，赴金殿与张天师斗法，胜之。永乐帝决定由金、张同去取宝。永乐帝派三宝太监郑和为征西元帅，以兵部尚书王景弘为副帅。郑和乃是虾蟆精转世，王尚书乃是白虎星下凡。金碧峰任"大明国师"，张天师任"大明国天师"，随船出征。郑和就是在碧峰长老和张天师的协助下，一路斩妖捉怪，慑服诸国。

郑和下西洋，原是人间的国际通使，而罗懋登在敷衍这个历史故事时，却增添进新编的神话，加进了一些奇特的想象，最主要之点就是让主宰世界万物的宗教神力扶助正义的力量。其中是把佛与人结合的金碧峰塑造成为取得海外三十九国向大明国呈上降书降表胜利的主要英雄，其作用远在郑和、王景弘之上。这不是简单地仿照《封神演义》、《西游记》等神魔小说，作者在其中寄寓着这样一种深刻的思想：郑和、王景弘靠着当时强盛的国力和他们自己的聪明才智以及英勇无畏的精神，胜利完成了历史使命；但在作者创作这部小说时，明代已是国势日衰，外患频仍，要想完成类似郑和那样威震海表的事业，单凭航海者们的人力已属不可能了。作者便借助于神力，尤其靠佛性与人性结合的金碧峰长老的法力，他有所谓"拆天补地，搅海翻江，袖囤乾坤，怀揣日月"的超人佛力。让他在作品里代表着光明、文明、正义的力量，郑和下西洋取得了通使三十九国的胜利，全仗他的佛法，没有他根本无法抚夷。作者把金碧峰长老写成英雄的想像力虽然奇特，但作者并不是想入非非，没有把他写成全知全能全胜的英雄，他的佛法也不是万能的，在西征途中也常遭挫折。郑和下西洋的使命是"扶夷取宝"，金碧峰只是助郑和完成了抚夷的使命，却没有取回传国玉玺，最终他成了一名失败的英雄，半途而废了。他的半途而废，没有取回象征国家权威和秩序的传国玺，正是意味着"东土厄难"未能"解释"，意味着要重建国家权威和秩序是不可能的。从这里我们可以进一步洞察到罗懋登的创作心理。他缅怀历史上的英雄和盛事，仅是"摅怀旧之蓄念，发思古之幽情"，以此讽喻当局，激励当局有所作为。他并非真的迷信"佛法无边"，并非认为凭借佛法可以使郑和下西洋的历史重现，以实现重振国威的理想。他是一个清醒的现实主义者，在书中常对腐败丑恶的社会现象予以抨击，尤其认为那些峨冠博带的官员们都是人面兽心的东西，这又与他痛心国威不振，忧虑倭患未去紧密联系的。自然也反映出他希望"当事者尚兴抚髀之思"，能再有郑和一样的人物出来肃清海表的愿望。不过他对海外世界的奇特想象与国内严酷现实有着尖锐的矛盾。

第二十回"李海遭风遇猴精"写李海杀巨蟒得夜明珠，反映了作者想像力之奇特。当郑和的先锋官李海跌入大海后，被冲到数百里外的山脚下，他感到自己的生命危在旦夕，便失声痛哭，哭声惊动了山洞中修炼的千年猴精，便派小猴子去救他，这些猴子不仅会说话，还能够变成人形，和李海友好相处。老猴精并与李海结成了临时夫妻。李海在洞中住了几日，从老猴的嘴里知道这座山上有一条千年大蟒，大蟒脖子上有一颗硕大的夜明珠，这时身处危境中的李海仍然没忘记出海的使命：为皇上寻宝，他想道："夜明珠乃无价之宝，若能够取得这颗珠，日后进上朝廷，也强似下西洋走一次。"李海将自己的想法告诉猴子精，征询她的意见。猴子精笑他的想法是螳臂挡车，万无一济，就是有千百个将军也近不得蟒身。李海听后也不争辩，心内暗藏了杀机，又打听了大蟒每次下海时爬行的路线和时间，便瞒着猴精，在大蟒下海时必经的陡路上，栽上众多竹签，这种经过处理的竹签，有如钢刀般的坚固、锋利。当大蟒自山上猛然冲下海喝水时，像旋风般急驰而下，在它突然感到疼痛时，身子已被竹签剖开而死。李海走上前把夜明珠拿在手里。猴精又把夜明珠安放在李海的腿肚子里。并告诉李海说，夜明珠乃是活的，须得个活血养他。你今日安在腿肚子里，一则是养活了他，二则是便于收藏，三则是免得外人争夺。这个故事是作者根据《冶城客论》中所记蛇珠一条推演扩充而成。原故事是说一个兵有病，流落到一个荒岛上，以鸟蛋为食，后见一蛇洞，便削竹为刃，插在蛇出没的洞口路上，蛇被竹刃划破肚皮而死，兵在蛇洞附近的沟中发现许多珍珠，皆为平日蛇到海中食蚌后排泄出来的蚌珠。罗懋登在此材料的基础上，予以奇特的构思。所谓猴精，所谓夜明珠，都是作者因创作的需要，进行渲染烘托，丰富了故事的内容，增加了故事的声色。

《西洋记》在艺术表现方面的缺点，是全书几乎是由人物的对话堆砌而成，极少细节描写和人物的刻画。写战役多是抄袭《三国演义》、《西游记》、《封神演义》，缺乏艺术个性。

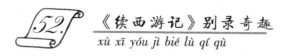

52. 《续西游记》别录奇趣

xù xī yóu jì bié lù qí qù

《续西游记》共一百回，内封题《绣像批评续西游真诠》。明人董说在

《西游补》所附"杂记"中说:"《续西游》摹拟逼真,失于拘滞,添出比丘、灵虚,尤为蛇足。"知成书于明代,作者不知为何人。此书流传甚少,今所见最早刊本,是清嘉庆十年金鉴堂所刻。扉页上题"贞复居士评点"。正文前有插图五十幅,有贞复居士序文。贞复居士是别号,不知真名。每回后有他所写的总批。

《西游记》是描写唐僧去西天取经,由徒弟孙悟空、猪八戒、沙和尚护送。一路上经历了八十难。八十一难的主要矛盾是妖魔要吃唐僧肉,捉唐僧,说什么吃了唐僧肉可以长生不老。孙悟空在与妖魔斗争中,具有无穷力量和压倒一切敌人的勇气,扫除了一切障碍,斩妖除魔,保护唐僧渡过重重难关,终于到达西天佛地灵山取得真经。《续西游记》则是写唐僧师徒在西天取到真经以后,保护经卷送回长安的经历。这时的主要矛盾,不是妖魔要吃唐僧,而是要抢夺经卷。说经卷能消灾去病,增福延寿。所以妖魔都想得到"真经"。在唐僧师徒出发前,如来缴了孙悟空的金箍棒、猪八戒的钉耙、沙僧的禅杖让他们以诚心化魔。因为佛门戒杀生害命,而妖魔夺经、偷经必然要和孙悟空等人打斗,性格躁烈的孙悟空必然要挥舞金箍棒打杀众多的生灵。又因悟空随口说出八十八种机心,恐其种种机心生变,存不净根因,惹动邪魔妖孽,便遣比丘到彼僧、优婆塞灵虚子暗中保护师徒东还。并赐两人八十八颗菩提珠和一木鱼梆子净心驱魔。

东还路上首先遇到蠹鱼(蚀纸虫)孽怪抢经。行者等欲以机变之心除之,复召来玄阴池蛙精、地灵县大树岗麋鹿老、古柏老及赤炎洞赤花蛇精、黑松林蝮大王、蝎大王多次拐骗经担。行者赤手空拳,只好以神通机变对付众妖,然终无济于事,捉不到妖魔,每次都靠比丘与灵虚子法力相助,方夺回真经。

行至八百里莫耐山,遇虎威魔王、狮吼魔王将八戒经包抢去。行者机变,借魔王传三昧长老诵经之机,屡变长老将经骗回。二魔又至山南与陆地仙、夫人鸾箫、凤管再议夺经,且将唐僧、八戒、沙僧劫去。行者幻形入洞,救出三人,后在灵虚子帮助下夺回经担。时值夏初,行至蟒蛇岭,岭上魔王欲夺唐僧经担,比丘作法,三藏诵《心经》,使妖魔顿悟回心,不再生非。

过八百里火焰山，八百里山林，八处名色，八处妖魔。一曰黯口林，阴沉魔王居此，白昼雾气弥漫，不见天日。悟空、八戒、沙僧三次闯林，皆不得过。三藏率徒，端正念头，口念"日月光明菩萨"，一往直前，忽来狂风吹散黑雾，太阳出来，一片光明。阴沉妖魔跪求超脱，经担现出五色祥光，真经光彩消磨妖魔黑昧，使得超脱。二曰饿鬼林，独角魔王居此。比丘、灵虚子助悟空三人捉住魔王。妖魔口内求饶，心中却思量再整兵戈。灵虚子取如来所赐木鱼梆子连击，小妖飞空离散，魔亦皈依正果。三曰狂风林，啸风大王居此。灵虚子护持三藏过林，孙悟空战败妖魔。四曰霖雨林，兴云魔王居此。此妖乃当年泾河老龙，被斩后一灵不散飞来此林。悟空、八戒、沙僧均被捉住，唐僧被小妖骗至寨门，玉龙马为比丘点醒，大悟前因，复了玉龙太子模样，与兴云魔认了叔侄关系。魔王归命唐僧，以求超释。五曰蒸僧林，六耳魔王居之。此妖与悟空有仇，专一在此等取经僧人报仇。悟空难胜六耳魔，灵虚子与六耳斗法，比丘僧护送唐僧过林，并助灵虚子点化六耳悔过消愆。六曰臭秽林，臭秽孩子居此。专以臭秽之物打人。七曰迷识林，迷识魔王居此。魔王吞吸人的精神意气，昏沉不清醒。八戒逞能逞强入林，即被迷倒。悟空请如来赐法，如来明示仗真经敬谨前行。师徒身不离经，心不离道，直穿迷识林，降伏了妖魔。八曰三魔林。三魔是牛魔王后裔，专等唐僧师徒报仇。比丘、灵虚子收服三妖，师徒得以过林。

师徒过了八林，继续前进，路上遇到妖魔，悟空不得不以机变灭之。比丘、灵虚子以法力相助，唐僧仗真经扬佛法，引诸魔崇正，回心向道。过赛巫山九溪十二峰时，众妖设计将比丘、八戒、沙僧、唐僧、玉龙马一一捆入洞中，悟空机变无能为力，亦遭怪缚，灵虚子力斗群魔不胜，便敲动木鱼，召来灵山四尊大力神王，救出众人，降伏了魔妖。三藏等人来到乌鸡国，靠灵虚子敲动木鱼，灭尽山谷妖魔。神王劝悟空勿使机变、八戒勿生贪嗔，以免招惹妖魔。行者顿悟一路上越起机心越逢妖魔，乃笃信真经，灭了机心，对魔念诵梵语经咒，魔精即复原形。自此，师徒便每日念

诵真经，路途无阻，顺利返还长安。太宗亲迎唐僧师徒，比丘、灵虚子凌空祝赞三藏"上报国恩，保皇图亿年永固，祝帝道万载遐昌"，驾祥云返还灵山。如来敕比丘至东土宣三藏师徒至灵山同证佛位，受封成佛。

《续西游记》这部小说在思想和艺术方面具有一定的历史价值。作者在写这部小说时，对当时的社会现实是不满的，在书中时有揭露，偶有揶揄人间世态的情节。如五十一回就以"迷识林"情节讽刺那种只是贪求名利、不懂人情物理的人，这种人进了迷识林，精神意气即被吞吸，昏昏沉沉，不识平日所为何事，不识父母妻子，最后只能被林中的迷识魔王享用。明代中后期的社会风气颓败，追求奢靡，沉迷于酒色财气之中，人与人之间的关系，包括亲情乃至夫妻关系，也逐渐为反映商品经济关系的金钱所代替，所谓"人面高低总为银"，夫妻情深是柴米的情深，正常的人性逐渐泯灭。

小说中的人物形象，惟妙惟肖，"摹拟逼真"。主要人物唐僧、孙悟空、八戒、沙僧的性格与《西游记》中相同，只不过在《续西游记》中是处于新的环境之中，如来又强收缴了他们几个的武器法宝，致使他们在和妖魔的斗争中失却了原来的手段，发挥不了他们原来的威力，不过他们每个人的基本性格未变。孙悟空在被缴了武器后，其战斗精神依然顽强，面对夺经的妖魔，生出种种机变之心以制服敌人，猪八戒和在《西游记》中一样，是最重要的陪衬人物，他虽有种种缺点，但忠于师父，对妖魔敢于斗争，不怕苦不怕累。

作者在描写他们失去心爱武器的痛苦心情时活灵活现。在和妖魔的斗争中，孙悟空虽然靠"机变"取得一些胜利，但非常困难，因为妖魔个个都有武器，得心应手，孙悟空、八戒等只有挑经的木棍，用不上力气，占不了上风，难以降妖，还往往吃亏。悟空后悔道："千差万错，我老孙只不该缴了金箍棒。今若是金箍棒在身，这会打上妖精门，要经担谁敢不与？如今赤手空拳，纵去寻着妖精，只是抡拳，终成何用？"（第十四回）猪八戒遇到妖精时，赤手空拳，奈何不了妖精，他便想起心爱的钉耙，啼哭起来："我的钉耙啊，我想你。"（第二十四回）连一向讲"慈悲为怀"

的唐僧面对妖魔的肆虐受到严重威胁时，也深感光有佛的"慈悲"还不够，还须要有兵器才能构成对妖魔的威慑。唐僧道："徒弟呀，若是妖魔，你们各有法力驱除，看这两个凶恶形状，多是劫掠强人。真正的你们缴了武器，无寸铁在手，你看那板斧明晃晃的，真个怕人！"行者听了笑道："师父，你老人家此时也乱了念头，想起兵器来了。假使徒弟们的兵器不曾缴库，尚在手中，这时遇着强人，你老人家每每叫我们方便，如今你反想起兵器，是何心哉？"三藏道："徒弟，我说兵器，非是叫你灭妖，乃是要你镇怪。他见你有兵器，必然怯惧。若是妖魔有怯惧之心，我们便有保全之处。"（第八十四回）唐僧的这个认识是有积极意义的。这几段对话对于塑造在新的环境中降妖变化的孙悟空形象，意义非同寻常。

这部作品也存在一些缺点，比如它在宣扬佛教玄理时太生硬，并常常加入一些道德说教，"失于拘滞"。比丘僧和灵虚子不但是多余的人物，是"蛇足"，而且影响了发挥孙悟空的智慧和斗争作用，影响了对孙悟空这个艺术形象的塑造。

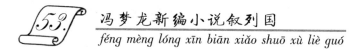

53. 冯梦龙新编小说叙列国

féng mèng lóng xīn biān xiǎo shuō xù liè guó

《东周列国志》记述了我国春秋战国时代五百多年的历史故事，是长篇历史小说中流传最广影响最大的作品之一。

《东周列国志》的成书，经历了一个比较长时间的演变，也并非出自一人之手。早在诸如《七国春秋平话》、《秦并六国平话》等宋、元话本中，就有列国故事的讲述。延及明代嘉靖、万历年间，福建建阳县人余邵鱼（字长斋）编写了《春秋列国志传》，继承了话本的基本成果，删去其中严重与史实不合的情节。叙事自商朝末年到秦始皇一统天下，前后容纳了八百多年的史实，第一次补足了正史上没有详细叙述的历史事实和事件。其中也增加了一些"妲己被诛"、"穆王西游"的民间传说。著名的通俗文学家，江苏长洲（吴县）人冯梦龙（1574—1646年）根据《左传》、

《国语》、《史记》等二十多种典籍，对《春秋列国志传》进行了较大的修改。"——胪列"了原作中"凡国家之兴废存亡，行事之是非成毁，人品之好丑贞淫"的事，而删去了"杜撰而不顾是非"的成分。调整了叙述颠倒之处，纠正了明显的错误，注意详略取舍和文字的润饰。扩充为一〇八回，近七十万字。《新列国志》比《春秋列国志传》更符合史实。内容上把西周的史实压缩到从周宣王开始，内容更符合书名。清代乾隆年间，江苏秣陵人（江宁）蔡元放（名口，别号七都梦夫，野云主人）对《新列国志》略加修订和润色，并写了不少批语、评语，改书名为《东周列国志》。今天，社会上流行的《东周列国志》就是由冯梦龙花了大量精力进行加工、后由蔡元放评点的本子。

书叙周宣王三十九年，姜戎起不义之师，宣王亲征失败，周幽王即位，生性暴戾，宠幸褒姒，夜举烽火戏弄诸侯，以求褒姒一笑。幽王后为姜戎兵所杀，平王即位，迁都洛邑，西周灭亡，开始了诸侯专权、互相侵伐的时代。

郑庄公平定郑国内乱，入周辅政，周桓王即位后恼怒庄公假借王命攻打宋国，剥夺了庄公辅政之权，庄公怒而五年不朝。桓王伐郑兵败，庄公派人至王军谢罪，桓王罢兵。

周庄王十一年，齐桓公即位，拜管仲为相，鲁庄公闻之欲伐齐，齐桓公发兵讨鲁。鲁庄公用曹刿之计败齐军于长勺。周口王元年，齐桓公被尊为盟主，连破山戎、孤竹国。楚成王欲与桓公争霸，桓公伐之，楚成王遣使通好。

晋献公宠幸骊姬，立为夫人。骊姬诬陷申生，申生自缢，公子重耳出奔。献王、骊姬死后，晋惠公即位，谋杀重耳，重耳逃亡。

周襄王九年，齐桓公薨。群公子为夺君位兵戈相向。太子昭在宋襄公帮助下即位，这就是齐孝公。宋襄公急欲成为霸主，却受楚成王之辱，楚成王成为盟主。襄王十四年，楚宋两军交战，襄公侈谈仁义，宋军大败。

周襄王十五年，晋惠王薨，重耳归国，即晋文公。他联合齐秦伐楚，获胜后被册为盟主。襄公二十四年，穆公伐郑，惨败而归。晋襄公六年，灵公即位，赵盾因苦谏灵公改邪归正，而几乎为灵公所杀，逃脱于外。

周定王十八年，晋军伐齐获胜。晋景公耽于淫乐，屠岸贾诛杀赵盾家族，程婴、公孙杵臼救出赵氏孤儿赵武，后赵武成为晋国司寇。

周敬王五年，吴王阖闾即吴国王位，以伍子胥辅政。孙武率吴军伐楚获胜。伍子胥掘楚平王之墓，鞭尸断头，报父兄之仇。

鲁昭公在位时，季、孟、叔三家分鲁。季恩重用孔子。孔子以礼义治理鲁国，三月而使鲁国风气大变。齐国进美女使鲁定公陷于声色之中，孔子凄然离鲁。周景王四十一年，孔子卒。

周敬王二十六年，吴王夫差伐越，勾践兵败被俘忍辱负重，三年后回国，卧薪尝胆，起兵伐吴，夫差自杀，勾践遂成东方之伯，为一霸。

周武烈王二十三年，赵魏韩三家分晋。

周烈王六年，齐楚魏赵韩燕秦七国争雄，齐威王为盟主，秦王与之通好。秦孝公用商鞅变法。孙膑、庞涓争智斗勇，庞涓自刎。秦王伐魏。

周显王三十六年，六国在苏秦游说下联合抗秦，张仪说骗楚怀王与秦通好，屈原劝之不效，投汨罗江而死。

秦昭王欲夺赵国之和氏璧，蔺相如赴秦不辱使命，大将廉颇为相如气度所感，将相和睦。

秦昭襄王五十二年，秦伐周，降周赧王为周公。六国服秦。秦灭周。

秦先后灭掉韩、魏、楚、燕、赵、齐。秦王政号为始皇帝，天下一统于秦。故事结束。

《东周列国志》中多处展现了其作者的思想，写作手法也很有特色。

各国诸侯争霸，创立霸业或统一天下依靠什么呢？作者在小说中强调了贤士，也就是人才的重要性。齐桓公任用管仲，不记管仲曾射中他的一箭之仇，遂使齐国出现了政通人和、国富兵强的局面，齐桓公终成霸主。秦穆公即位，重用百里奚、蹇叔、由余，立法教民、兴利除害，威震中原。秦孝公任用商鞅变法为秦始皇统一天下奠定了基础，其他如魏文侯用西门豹，楚悼王用吴起等，无不寄托了作者的政治愿望。

贤主明君固然是作者称颂的对象，同时，作者也无情地鞭挞了残酷暴虐、荒淫无耻的统治者，如周幽王为褒姒一笑而烽火戏诸侯，卫宣公竟然不顾人伦筑台纳媳，齐襄公竟然兄妹淫乱，楚灵王好细腰致使宫中多有美女饿死，晋灵公肢解膳夫等。对于臣子杀死这一类暴君，作者表达了赞扬、肯定的态度，认为他们是罪有应得自作自受，这在三纲五常盛行的封建时代实在是难能可贵的。

在列国纷争、互相吞并的时代，作者还对那些舍生忘死，舍生取义，刚直不阿的忠臣义士以较多的笔墨进行浓墨重彩的描绘。这方面的人物如"赵氏孤儿"中的公孙杵臼、程婴、鲁仲连的义不帝秦、荆轲的慷慨赴死等。而冯谖弹铗、信陵君窃符救赵、苏秦、张仪合纵连横等故事中无不闪现着士的光彩。

小说对于战争，特别是几次著名战役的描写也多有可取之处。如长勺之战、马陵之战、泓水之战等，富含了较为深刻的哲理。

从艺术特色上看，《东周列国志》也取得了很大的成功。

首先作者匠心独运，善于选取史实，进行恰当的剪裁，突出重点，富有趣味。列国之数目众多，人物繁杂，但在作者的巧笔之下，详略得当，避免了一般写史小说枯燥无味的缺点。如作者详细所写的重耳出亡、吴越春秋、商鞅变法、孙庞斗智、荆轲刺秦王等较长的故事，曲折而生动。一些短小的诸如千金买笑、掘地见母、二桃杀三士、火牛阵、纸上谈兵、甘罗早成等故事也都有声有色，脍炙人口。

其次是塑造人物方面。一部《东周列国志》，跨时五六百年，人物和事件的纷繁复杂绝非一言所能明了。作者写活了各行各业、各个阶层的人物。无论是作者笔下的霸主暴君、昏王佞臣、贤相良将、爱妃宠姬，还是忠士义夫、说客名儒、烈女荡妇，作者都刻画得比较鲜明而生动。

第三，从全书的艺术结构上看：全书时间跨度长，人物众多，事件繁琐杂乱。在作者的笔下却能够多而不乱，密而不杂。前后相贯穿，上下相衔接，有整体感。这与作者在写作上的主次分明，写法上的实虚相生，详略得体，手法多变是分不开的。这也正是《东周列国志》高于其他历史小说的一个显著的优点。作者以春秋五霸、战国七雄的兴衰为线索，以时间为经，以国别为纬，在广阔的范围内叙述了诸侯之间争夺霸权和施行兼并的政治的、军事的、外交的斗争，以及人们在这些斗争中表现出来的道德观念、思想情趣和智谋胆略，把春秋战国间的五百多年的历史，既写得纲目清晰，又写得血肉丰满，差不多已成为东周列国演义的定本，是与其高超的艺术表现手法分不开的。

可以说，《东周列国志》真正实现了冯梦龙通俗小说使"怯者勇、淫者贞、薄者敦、顽钝者汗下"的艺术追求。

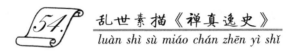

乱世素描《禅真逸史》
luàn shì sù miáo chán zhēn yì shǐ

《禅真逸史》又名《残梁外史》、《妙相寺全传》。题"清溪道人编次"，"心心仙侣评订"，根据署"瀫水方汝浩清溪道人识"序，知道作者是方汝浩。方汝浩是洛阳人，生平不详。全书共八集四十回。每五回一集，集各冠以八卦之名。

小说以南北朝时南梁与北魏对立为时代背景。这是一部成书于晚明的长篇英雄传奇。此书内容较为复杂。前二十回以东魏镇南将军林时茂除恶避祸、出家遁逸为重心。后半部（即后二十回）主要叙述林时茂的三个徒弟杜伏威、薛举、张善相三人张园结义，孟门山举兵，投齐封侯，镇守西蜀；至隋，各传王位于子，三人皆弃家从师，"禅师坐化证菩提，三主云游成大道"，同登仙箓，终成正果；唐朝兴起，三子皆归唐封侯，建"禅真宫"，塑林时茂及三徒像以祀。

本书的主要故事情节为：东魏镇南将军林时茂出于义愤，斥退践踏麦田的相国之子高澄，便弃官出家以避祸，被梁武帝封为妙相寺副持。正住持钟守净犯了色戒，林时茂好心规劝，反遭嫉恨，钟住持欲加害林时茂，林又遁逃，在边境被捕，幸得都督杜成治相救，回到魏国。梁武帝欲严惩杜都督，杜都督因惊恐痰壅而绝，留下遗腹子杜伏威。林时茂在张太公庄里修炼，于独峰山五花洞得《天枢》、《地衡》、《人权》三秘录，习之能排兵布陈，降龙伏虎。林时茂善于结交各路英雄好汉。妙相寺被苗龙、薛志义、李秀设计火烧，钟住持被倒墙压死。东魏总督大将军侯景叛魏降梁，被封为大将军河南王，不被信任，便猝起谋反，将武帝困死于静居殿中。太子即位，加侯景为相国，侯不满足，自封为汉王，朝政皆为其所掌。不久，林时茂收杜伏威、薛举、张善相为徒，杜伏威去岐阳安葬祖父骸骨，途中被二真人引上清虚仙境，得天主赠诗与祖师应饥、神仙充腹二方，后被绿林豪杰缪一麟劫往山寨，二人结为兄弟。在岐阳，杜伏威将祖父的骨瓶交给族叔，供在厅中。当他得知族叔被参将公子桑皮勋欺压后，便为族叔报了仇。桑家权势大，杜伏威与族叔被桑家下了狱。族叔死于狱中，杜伏威与众囚反出狱去，杀了贪官吴恢和桑皮勋，作法术打退官军，齐集至孟门山缪一麟寨内，又被官军围困，杜伏威战败。杜重新部署，派薛举等佯装投诚，内外夹攻，大获全胜。接着，杜伏威挑选精兵强将，乘胜杀奔延州府。这时，侯景已即位称帝，梁武帝第七子湘东王也称帝，发兵讨侯，杀了侯景。不两年，湘东王又为魏主所执，大将陈霸先复立一主，又逊位于其子，其子又禅位于陈霸先，是为陈高祖皇帝，辖江南地面，江北地方则属东魏。不久，魏主下诏禅位于高欢之子、高澄之弟齐郡王高洋，国号齐。延州府属齐境。杜伏威听取书生查讷与降将常泰之计，攻下府城，自称都统正元帅。

张善相得林时茂三卷兵书，苦心研究，熟谙玄机。一个偶然机会，他和齐国右都督段韶女段琳瑛私订终身，然后赴朔州郡，与杜伏威、薛举会合，攻下了武州郡，乘机攻掠傍都，围攻岐阳。齐后主派右都督段韶率十万精兵来救援、副帅齐穆等遭擒，段韶也中了杜伏威之计，兵陷苦株湾。杜伏威知张善相与段小姐私订终身，遂将齐穆等放回，为张善相婚事向段韶致意，自己也解甲休戈，受了招安，随段韶班师回朝。后主赦杜伏威等人之罪，封杜伏威等为大将军。他们在任励精图治。隋时，遣大臣诱归杜等三人，林时茂也受皇封御服，辞别众人回到峨眉山。唐兴隋灭，林时茂圆寂后，杜伏威、薛举、张善相皆弃家学道，俱证上仙。

古杭爽阁主人履先甫在《禅真逸史》凡例中对这本书的评价很高，说它"当与《水浒传》、《三国演义》并存不朽"。作者想把替天行道的《水浒传》与匡扶汉室的《三国演义》的艺术精华吸收过来，糅而为一，使《禅真逸史》另具新意，以与《三国演义》、《水浒传》并驾而三。显然，《禅真逸史》这本小说所表现出来的思想深度和艺术修养是无法与《水浒传》和《三国演义》这两部古典名著相媲美的，更不要说"并垂不朽"了。鲁迅先生在《小说旧闻·杂说》中评价此书说："凭空结撰，不知其命意何在。"其实，作者在铺写历史题材时，是着眼于晚明的社会现实的，是有一定的现实根据和现实意义的，并非凭空结撰。作品中的梁武帝和魏孝静帝，一个皈依佛门，朝政荒废，最后做了阶下囚，饿死台城；一个则宠信奸佞，致使国运衰颓，奸邪横行，政局动荡，世风日下，民不聊生。在他们的网罗下，奸臣当道，迫害忠良，如高欢、高澄父子在朝中网罗亲信，顺我者昌，逆我者亡，正直的好官如林时茂不得不遁逃他乡做了和尚，隐姓埋名；由于武帝崇信佛教，便在国内大建佛寺，纵容一批僧侣作威作福，为非作歹，伤风败俗，这和明代中后期嘉靖等皇帝崇信道教不理朝政，而致国家衰颓的现实是相似的。至于帮闲篾片、牙婆讼棍，寡廉鲜耻，男盗女娼，种种人物嘴脸，勾勒出一幅晚明社会的生活画卷。面对社会的种种黑暗、腐败，作者在创作这本小说时，塑造了林时茂那样的侠士出来，让他们诛奸锄恶，拯世济民，并塑造了杜伏威、薛举、张善相等英雄以辅佐明君，建功立业，行仁政以覆荫苍生。也即是要达到让作品中的人物像《水浒传》中的英雄那样替天行道，铲除社会的不平，像《三国演义》中的英雄匡扶汉室那样，使国家出现复兴的局面。作者的这种创作愿望是好的，而他的创作实践却远远没有达到预期的目的。

不过，《禅真逸史》这部小说在艺术上还是有它的长处的，主要表现在以下几点：

（1）故事情节曲折，前后连贯，中间迭起高潮，具有较强的吸引力。比如，梁和魏两国之间的矛盾和斗争不断激化，以及周灭齐，隋灭周，终至唐兴隋灭，一波未平，一波又起，犬牙交错。其中主要人物之间的矛盾纠葛、悲欢离合，以及主要人物命运的发展，具有较强的吸引力。一些事件的前后

发展，不仅连贯，而且写出了因与果的必然性，增强了作品的认识价值。

（2）人物形象比较丰满，有血有肉。比如书中的主要人物林时茂是一个耿直、刚烈又颇具菩萨心肠的人物。他在战场上英勇无畏，不怕牺牲，救护住持，立下大功，被丞相高欢擢升为镇南将军，得到皇帝的奖励。他耿直的性格又决定了他不合时俗，即使在皇帝面前也敢犯颜直谏。梁武帝建了妙相寺后，魏主也学样子要建大佛寺，众臣赞扬，只有林时茂提出反对意见，并认为大臣不站出来谏止，则社稷危，违背了臣事君的原则。宰相高欢的儿子高澄胡作非为，林时茂看不上，便在宰相面前毫不讲情面地提出批评。事后又考虑到高欢父子总会报复他，于是便告假逃遁，做和尚以避祸，并忏悔在战争中杀人的罪过。他在妙相寺做副住持时，一伙贼人半夜来寺抢劫，被他打败捉住，正住持要严惩贼人，但他却被贼人的哀求感动，放了他们，还送他们一包银子，让他们好好做人，真是一副菩萨心肠，他在战场上对因贻误军机犯下重罪的人，也是不轻易杀掉，而是多方解救他们，关心他们，让他们戴罪立功。表现了他人性中善良与同情、怜悯的一面。他为官时威武刚烈而又可亲可爱，他做和尚时大慈大悲而又嫉恶如仇，立斩坏人而不手软。

对妙相寺住持钟守净的塑造也是比较成功的，他从小诚心向佛，苦心修炼，受到皇帝的青睐做了妙相寺的正住持，他有了地位有了钱后，便放纵自己，在物欲和色欲的泥沼中不能自拔，淫荡不忌，妒忌迫害德行高于他的副住持林时茂，压制反对他犯戒败德的众僧，终至毁灭了自己。对梁武帝迷信佛教，至死才醒悟自己反受其害的刻画，给人以真实、生动、深刻的感受。

（3）语言流畅，人物对话生动。但由于作者受因果报应思想的束缚，书中说教、劝诫的语言较多。

55. 《斩鬼传》：谈鬼讽世话钟馗
zhǎn guǐ chuán: tán guǐ fěng shì huà zhōng kuí

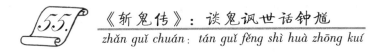

钟馗是一个古代传说中的人物，钟馗降鬼的故事经世代累积而趋于丰富完整。《斩鬼传》旧题烟霞散人作。

《斩鬼传》中塑造了众多的阳间之"鬼"，对人世间的种种恶习和丑恶现象进行了辛辣的嘲讽，充满讽世、劝世的意味。

传说钟馗是唐德宗年间终南山秀才，貌虽丑陋而有才华，生来正直，不惧邪祟，于长安赴试，作《瀛州侍宴》应制五首、《鹦鹉赋》一篇，为主考韩愈、陆贽激赏，取为状元。但德宗见其貌丑，不欲取之，宰相卢杞逢迎皇帝，主张另取一人。钟馗舞笏怒打卢杞，德宗命武士将钟馗拿下，钟馗一气之下自刎而死。德宗醒悟，将卢杞发配岭外，封钟馗为驱邪大神，遍行天下，以斩妖邪，仍以状元官职殡葬。钟馗欲至阴间斩鬼，阎君告诉他阴间鬼虽多，但阎君治理得好，没有敢作祟者，倒是阳间的妖邪最多，大都是习染成性之罪孽，并将"鬼簿"送给钟馗，命他去阳间斩鬼。钟馗得含冤、负屈两个将军辅佐，阴兵三百助威，蝙蝠为向导，遂往阳间斩鬼。

当钟馗听阎君要他到阳间去斩鬼时，有点迷惘，认为阳间乃光天化日，又有王法约制，岂能有邪妖鬼魅存在？经阎罗君一番开导，使他豁然大悟，他才懂得：大凡人鬼之分，只在方寸间，方寸正的，鬼可为神，方寸不正的，人即为鬼。故古来的忠臣孝子，皆被尊为神，而曹瞒等辈，阴险叵测，岂得谓之为人耶！对于这类鬼，处治最难。阎君进一步向他分析了其中的道理：对这类鬼，欲行之以法制，彼无犯罪之名；欲彰之以报应，又无得罪之状，他们大都是习染成性之罪孽，也即是社会的病态现象造成的。更令钟馗大开眼界的是，阎君已将阳间的鬼魅分了类，有谄鬼、假鬼、奸鬼、不通鬼、色中饿鬼等约四十类。阎君还介绍了这些鬼魅分布的情况及驱除的方法，即得诛者诛之，得抚者抚之，总要量其情之轻重，酌其罪之大小，不可概施。阎君对阳间鬼魅问题的教诲，对涉世不深、性格刚直的钟馗来说真可谓顿开茅塞，心明眼亮，对他完成驱鬼使命，大有裨益。在整个驱鬼过程中，他对阳间的形形色色的鬼魅特征逐步了解，比较系统地了解了人世间世世代代积淀下来的各类人物的丑恶心态和病态社会中的丑恶现象。

首先是科举制度的弊端和科场中的屈死鬼让钟馗触目惊心，愤慨无比。钟馗的科场不幸不是个别现象，和他一样成为科场屈死鬼的大有人在，他身边的文将含冤就是科场上的屈死鬼。含冤是个有才有德的士子，参加科举考试时，被主考官贺知章取为探花，但却被奸臣杨国忠把名字勾掉。因为杨国忠要让他的儿子做状元，但他儿子的成绩太差，贺知章不肯取他。杨国忠便利用权势，上本诬蔑贺知章朋比为奸，阅卷不公。贺知章就被罢了官，含冤被排挤掉。含冤对奸臣的做法气愤不过，一头撞死，以示抗议。而钟馗的行军司马负屈将军不仅在科场上受到冤屈，还是个战场上的屈死鬼。负屈本是将门之后，自幼苦练弓马，有百步穿杨之能，因科考时不愿行贿而落第。后来投了哥舒翰，吐蕃作乱时，舒翰令安禄山去征讨，负屈为后军，因安禄山指挥失误，陷入贼阵，是负屈奋不顾身救出了安禄山。哥舒翰要杀安禄山，他却通过杨贵妃向皇帝求情，将战败之罪全推到负屈身上，说什么主将败阵皆偏将不听命之过，于是将负屈杀掉。负屈的奇冤使钟馗为之动容，连说："可怜，可怜！"其实，科场上的污秽历代皆然，战场上的屈死鬼何止万千。

除了科场舞弊之风盛行外，《斩鬼传》对明代的卖官鬻爵之风也作了反映。讨吃鬼与要碗鬼在名妓家中逍遥后便想到弄个做官的前程。诓骗鬼与丢谎鬼给他们出主意说，这有何难，如今朝中李林甫做宰相，他受贿赂，只要投在他的门下，送上几千两银子，当下就有官，就看舍不舍得花钱了。于是二鬼每人拿出五千两银子交给丢谎鬼请他去长安干办。这件事虽然没有办成，银子被骗，但却讽刺了明代官场悬秤称官、指方补价、夤缘钻刺者骤升美任的腐败朝政。至于丢谎鬼、诓骗鬼、假鬼等欺诈、诓骗、弄虚作假的腐朽风气不仅充斥于科场、官场，而且充斥于整个社会。

正如李贽批评的那样，明代整个社会充满着假人、假言、假事，"岂非以假人言假言，而事假事、文假文乎？盖其人既假，则无所不假矣。由是而以假言与假人言，则假人喜；以假事与假人道，则假人喜；以假文与假人谈，则假人喜。无所不假，则无所不喜"。这在《斩鬼传》的许多回中都有着生动、深刻的描写。

佛门本是庄严肃穆修行的圣地，但在明代的世俗社会中又往往是藏污纳垢的场所，和尚尼姑们难守色戒的律条，他们引诱善男信女们在庵庙中干出了种种淫荡的勾当，这在明代的"三言"、"二拍"及其他通俗小说中有许多描述。同样，在《斩鬼传》中钟馗就杀了一些淫荡的和尚，即色中饿鬼。"不修观"、"悟空庵"里的和尚骗来或买来众多的妇女藏在庙中，不分昼夜，轮流取乐，把圣洁的寺庙搞得秽气冲天。此外，又在外边勾搭上许多私窠子、小伙子。钟馗便想把淫荡的和尚连同淫妇统统杀尽。悟空庵的老和尚在被杀之前和醉死鬼的一段谈话，却颇令人思考，即和尚尼姑要戒色，但和尚尼姑是人，而色是人的秉性，秉性是难移的，即使钟馗天天杀色中的饿鬼也是杀不绝的，如同好酒的人难以戒酒一样，只要不醉死，醒来还要喝。作者在第九回写了一首词说："劝你莫贪花，贪花骨髓灭！劝你莫恋酒，恋酒肠胃裂！肠枯髓竭奈如何？哀哉无计躲阎罗！我今悟得长生诀，特请钟馗斩二魔。"作者称和尚为色中饿鬼，连钟馗对他们也是无奈何，可见色欲在当时的世俗社会中是如何的蔓延，也不是一般地误人了。故《金瓶梅》的作者在开卷引首词中说："请看项籍并刘季，一似使人愁。只因撞着，虞姬戚氏，豪杰都休。"这深刻地讥刺了明末日下的淫靡世风。

与浇薄的世风相一致的是妓院和妓女的存在，这在《斩鬼传》中也有所反映。妓女的存在是封建剥削制度造成的一种病态现象。妓女以出卖自己的肉体赚钱，她们失却了人格尊严，她们不顾及廉耻、屈辱，一切只是为了钱，所谓"船载的金银，填不满的烟花寨"，许许多多公子哥儿们倾家荡产在妓院中。《斩鬼传》的鸨儿柳金娘开了一所名妓院，她有两个绝色女儿，身价很高，讨吃鬼与耍碗鬼虽然都有万贯家产，但没有多久，嫖

银就花去了多半家产，最后以乞讨糊口。钟馗打听得这两个鬼如此不成器，就带兵惩罚他们。他们只好向钟馗求饶，检讨自己因不守本分弄得穷了，没奈何干这营生，教人起下这鬼号，并说他们不是情愿做这样鬼的。钟馗斥责他们道，不守本分，便是匪类，况且游手好闲，成不得好人。于是每人打了四十棍，以戒将来。同时，又每人赏了一百文钱，以济穷苦。二鬼对钟馗赏罚分明的做法，心中感服。叩头拜谢，知过必改去了。总之，钟馗惩治阳间之鬼是量其情之轻重，恩威并施，得诛者诛之，得抚者抚之，秉公裁处，魑魅屏迹，班师回阴曹地府。阎君设宴相陪，又将卢杞下油锅惩治。钟馗朝见玉皇大帝，玉帝封钟馗为"翊正除邪雷霆驱魔帝君"。含冤、负屈二将军也受封。德宗命柳公权题匾，遣礼部尚书杜黄裳、内侍鱼朝恩挂匾，匾上有瓦盆大五个金字："哪有这样事。"自宋以后，民间多于端午或除夕，悬挂钟馗图像，作为抗拒邪恶势力的一种寄托。

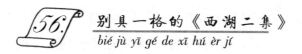

56. 别具一格的《西湖二集》
bié jù yī gé de xī hú èr jí

《西湖二集》是明末崇祯年间出现的拟话本，共三十四卷，作者周清原，杭州武林人。作者以著名的杭州西湖为中心，收集有关西湖或杭州的故事加以描写，而这些故事和材料的来源，大多来自经史子集和唐、宋、明人的传奇、笔记，涉猎的范围比较广博。因此，《西湖二集》在明末的拟话本中具有一定的特色。

《西湖二集》这本小说反映社会现实比较丰富深刻，有揭露皇室的腐朽，官场的黑暗，科场的腐败；有妇女的悲剧命运，奋勇抗争，她们对爱情婚姻的痴情追求，有一夫多妻制度造成的痼疾——妒忌，有对忠孝的褒扬，等等。

披露官府的腐败，揭示宋亡的原因，是《西湖二集》的一个重要内容。

第二卷《宋高宗偏安耽逸豫》，写宋徽宗被金人掠去，宋高宗带领一班佞臣偏安于杭州，听信卖国贼秦桧的议和意见，不思报仇，不思迎徽、钦二帝回来，只是燕雀处堂，一味君臣纵逸，耽乐湖山，又大造宫殿，非常华丽，过着纸醉金迷淫逸无度的生活。孝宗即位后，也是置国家安危于不顾，大肆挥霍民脂民膏，在西湖上修建多处园亭，极其华丽精洁。他常常陪着太上皇带着宫妃及宰相诸官游幸湖山，名为与民同乐，实是过着醉生梦死的生活。作者在文中咒骂秦桧是"误国的贼臣"，指出"李后主、陈后主等辈贪爱嬉游，以致败国亡家、覆宗绝祀"，认为皇帝应当是"圣心儆惕，安不忘危"，如朱元璋那样，把起兵时盔甲藏在太庙，自己御用之枪置在五凤楼中，以示子孙创业艰难之意，若是贪恋嬉游，定是亡国之兆。

作者还披露了皇室污秽生活，写出大胆亵渎帝王的作品，卷二十八《天台将误招乐趣》，写一个姓张的漆匠，在为皇帝宠妃阎妃建造功德院时，被一个老太婆引到一富丽堂皇的密室，与一个"花枝般贵人同睡"。作者从老妪称美人为"贵人"和"娘娘"中暗示她即是皇帝的宠妃阎妃，表现了作者敢于亵渎皇家尊严，抨击统治阶级腐朽的勇气。

在卷二十《巧妓佐夫成名》中揭露赃官污吏不一而足，衣冠之中盗贼颇多，说："如今世道有什么清头，有什么是非？……当今贿赂公行，通同作弊，真是个有钱通神，只是有了'孔方兄'三字，天下通行，管甚有理没理，有才没才。"第十五卷《文昌司怜才慢注禄籍》为才华横溢的罗隐迟迟不得重用鸣不平，指出那时唐朝法纪零替，贿赂公行，关节潜通，有多少怀才抱异之人无由出身，及至出身的，又多是文理不通白面书生，胸中哪里晓得"经济"二字，以此把唐朝天下都激乱了。这是作者在借史讽今，因为作者生活的明代后期的官场也是同样的黑暗，所谓卖官鬻爵，悬秤称官，夤缘钻刺骤升美任者比比皆是。

揭露科举考试的严重舞弊是《西湖二集》的又一个重要内容。由于明代中后期官僚政治腐败，致使科举考试混乱不堪，考官昏聩，随心所欲地评分，毫无客观标准可言，有所谓"不愿文章中天下，只愿文章中试官"的说法。"三言"中的《老门生三世报恩》是一出揭露讽刺"盲试官乱圈乱点"极端昏聩的喜剧,考官把他的怪想法所谓"少年初学者"当做取士的标准,荒唐而可笑。《西湖二集》卷二十七《洒雪堂巧结良缘》中也讲了考官昏聩滑稽可笑的故事。魏鹏同两个兄长一起赴试,但他一心只想着情人,没有心思写文章,又不得不应付,只是"随手写去,平平常常,绝无一毫意味",但那试官偏生得意,昏了眼睛,歪了肚皮,横了笔管,只顾圈圈点点起来。二兄用心敲打之文,反落榜后。京试时,他又极不想去,只想去杭州与情人约会。不得已恨恨走进考场,不过随手写去,做篇虚应故事之文。偏偏瞎眼试官中意,又圈圈点点起来,说他文字稳稳当当,不犯忌讳,不伤筋动骨,是平正举业之文,竟中高第。

卷二十《巧妓佐夫成名》辛辣地嘲讽了科举考试中的"登龙术"。妓女曹妙哥教给吴尔知中式的"打墙脚之法",即先密请有才华的人写好诗文,用自己的名字印书,书前再请几个名人写序,着力吹捧一番,广为散发,提高知名度;在文人圈中少说话,以示谦虚,免得露出马脚;等稍有名气后,花钱打通关节,就是文理不通的人也会中进士。果然,吴尔知通过妓女曹妙哥的多方周旋,买通种种关节,"辛酉、壬戌连捷,登了进士,与秦桧儿子秦□、侄秦昌时、秦昌龄做了同榜进士",作者愤慨地指责吴尔知是"白白拐了一个黄榜进士在于身上,可不是千古绝奇绝怪之事么?"其实,作者的这种愤慨,正是对自己怀才不遇、遭逢不济的嗟怨情绪的发泄。作者虽有才华,但因其穷困潦倒,只能成为科举场中的失意者,受到世人的白眼、冷遇。怀才自负与命运不济的矛盾使他产生了强烈的嗟怨情绪而流露于笔端,这在书中多处可以见到。尤其在第一卷中就借瞿佑的诗以自况:"自古文章厄命穷,聪明未必胜愚蒙。笔端花与胸中锦,赚得相如四壁空。"正是他借题发挥的自我写照。他甚至写道:"世事都是假,鬼亦幻其真,人今尽是鬼,所以鬼如人。"

在严酷的现实面前,在无可奈何之中,作者又把自己的不得志归于"司命之神"的主宰,人力不能与命运抗争。第三卷写王显的朝贵夕死,甄龙友的金殿失对都是神使鬼差,上天做主,人力勉强不得。"司命之厄我过甚,而狐鼠之侮我无端",致使他终生蹭蹬。这也是作者对自己命运的嗟叹。

在反映婚姻、爱情的内容方面《西湖二集》也有一定的典型性。卷十六《月下老错配本属前缘》"入话"中，讲了"月下老人"的故事。唐韦固早起赴约议亲，遇一老者在月下翻书，问之是"婚姻簿籍"，老者是"主天下婚姻之事"的。老者囊中还有"赤绳子"，凡该婚配的，"潜用赤绳系其足"。韦固问己妻将是谁，老者说是一个独眼卖菜婆的女儿，还只三岁，并引韦固去看。韦固见其丑，大怒，吩咐小厮去杀该女，刺中其眉。韦固为官后，娶上司女为妻，"颜色艳丽，眉间贴一花钿"。韦固问之，说是三岁时乳母抱着"为贼人所刺"，韦固问其乳母是否瞎一眼，妻惊问他如何得知，韦固说明原委，"夫妻遂惊叹冥数之前定如此"。这个故事出自唐代传奇小说《定婚店》，是我国民间著名的"月下老人"的由来。《月下老错配本前缘》的正话是写宋代著名的女诗人朱淑真的婚姻悲剧，聪明、美丽的女才子朱淑真，却被许配给了奇形怪状、连三分也不像人的"金罕货"。她怨天怨地以泪洗面，怨月下老人"赤绳子何其贸乱"，虽然认了命，也仅只活了二十二岁，郁郁而死，揭露了"父母之命、媒妁之言"的封建婚姻制度扼杀青年男女追求幸福婚姻的罪恶。而在卷十二《吹凤箫女诱东墙》中又对潘用中和黄杏春的爱情予以歌颂，表达了愿天下有情人终成眷属的良好愿望。

《西湖二集》中还多处宣扬了忠孝思想，认为人生应以"忠孝"二字最大，其余均是小事，若在这二字上用些功，方才算得一个人，不孝之人不得好报，特别在《忠孝萃一门》中对文天祥的气节表示了由衷的钦敬。

其他在反映妇女的妒忌心肠方面，《西湖二集》的作者表现一种较严重的偏见，认为"最毒妇人心"，认识不到这是由男人多妻妾的特权造成的痼疾，不是个人的秉性问题、品质问题。

在《西湖二集》的艺术表现力方面，就全书而论，可以说是瑕瑜互见，在明末清初盛行的拟话本中算不上上乘之作。因此，研究中国白话短篇小说的发展，《西湖二集》不失为重要的史料。

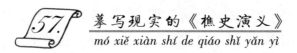

57. 摹写现实的《樵史演义》

mó xiě xiàn shí de qiáo shǐ yǎn yì

《樵史演义》，全名为《樵史通俗演义》，是明后期较有影响的章回小说之一。全书共八卷四十回。叙写明末史事，作者为明末清初松江青浦（今属上海市）人陆应旸（约1572—约1658年）。陆应旸字伯生，光绪《青浦县志》有他的一篇小传，说他少补县学生，被斥后绝意仕进。做诗宗大历，喜用"鸿雁"两字，人称"陆鸿雁"，著作现传有《芴溪草堂集》，编著有《太平山房诗选》、《唐诗选》等。

本书有清初刻本，题名有多种。目录及卷前均题《樵史通俗演义》，内封中栏题为《樵史演义》，扉页题为"绣像通俗"、"樵史演义"。因书中所载为明末史实，所以清初被禁毁。

《樵史演义》叙述的故事梗概是：明代天启皇帝十六岁即皇帝位，与其乳母客氏有私，封客氏为奉圣夫人，对之宠爱有加。政治上重用太监魏忠贤，魏忠贤把持朝政，为非作歹。朝臣见天启皇帝任用奸臣佞相，心中不平，有的上本指陈政事，有的告老乞归。昏聩的天启皇帝竟听任其回到原籍，一时间，朝野为之大哗，魏忠贤之流则更加肆无忌惮。魏忠贤交结客氏，与她结为兄妹，二人一内一外，里应外合，文武百官的任职去职升官罢官皆由魏氏说了算，朝廷大权尽在魏氏掌握之中。奸臣崔呈秀、阮大铖见魏忠贤权倾内外，奔走于魏府，拜魏忠贤为其义父。魏忠贤采纳崔呈秀的主意，在镇府司设了夹、搉、棍、杠、敲五刑，又命令校尉等特务在京城侦察，即使轻微的意见，也是纠缠不休，魏忠贤还设立枷刑，受刑者十八九死。一时间朝臣噤若寒蝉。

此时山海关边报紧急，朝廷封熊廷弼为兵部尚书，经略辽东。辽东巡抚王化贞驻扎广宁，遣杭州人毛文龙招抚各岛。毛文龙进驻浙江，他狂妄自大，手下将士多有不服。敌兵前来攻打时，毛文龙逃到了朝鲜，镇江被焚毁一空。毛文龙回到海岛后，贿赂魏忠贤，败军之将竟被封为副总兵。

毛文龙在海岛多次假报军功，魏忠贤借其假报，为厂臣邀功。此时，毛文龙在海岛的所作所为更是胜似强盗。

由于天下民穷财尽，处处民不聊生。山东兖州府连续几年饥荒，老百姓纷纷加入白莲教。巨野县徐鸿儒和丁寡妇招募教众十二万人，自高桥举事，官兵进剿白莲教，丁、徐失败。天启皇帝将剿杀白莲教之功归于魏忠贤，招致左光斗、魏大中等人的不满。

魏党中的田尔耕掌管锦衣卫，许显纯掌管刑部，魏党中人，势焰赫赫。魏忠贤在宫中飞扬跋扈，甚至在天启皇帝驾前放马驰骋。阮大铖进献东林党人《点将录》，李鲁生献《同志录》。崔呈秀进《天鉴录》，与东林党人为仇。他们以东林伪学为名，将杨涟、左光斗、魏大中、周朝瑞等六人逮捕入狱，"六君子"死于酷刑。魏忠贤又假传圣旨杀熊廷弼。密使苏州织造太监李实阴谋陷害周起元等五人，参劾高攀龙、周顺昌二人。苏州人民爱戴周顺昌，为之鸣冤，杀死校尉一人，酿成民变。后天启皇帝将闹事的颜佩韦等五人杀死。魏忠贤被封为肃宁侯，其心腹占据了各路要职，魏忠贤图谋篡权，将诸王和刚成婚的信王封出京师。各地党羽纷纷为魏阉设立生祠，并请求封魏为王。

天启皇帝驾崩，信王即位，这就是崇祯皇帝。魏忠贤不把崇祯放在眼里，依旧飞扬跋扈，卖官鬻爵，横行无忌。朝臣们趁新主登基纷纷弹劾魏阉。崇祯皇帝逐步夺魏氏之权。魏忠贤、崔呈秀见大势已去，自缢身亡，客氏亦自缢身死。田尔耕、许显纯等人被处斩，人心大快。崇祯皇帝有心恢复大明元气，励精图治，赠谥死节之臣，荐选民间人才。此时辽东战事又起，明军大败，崇祯皇帝杀了镇守大将袁崇焕。

陕西延安府米脂县的李自成起兵谋反，投奔闯王高如岳，与之结拜为兄弟。李自成辅佐高闯王，他们打家劫舍，积屯粮草，人马日众，高闯王战死后，李自成为主。聚众数万，大将有刘良佐、李过、刘宗敏、高杰等，人众兴旺，李自成所向披靡，他联络张献忠大败崇祯所派兵部尚书卢象升所率官兵。李自成声势浩大，成为起义军总盟主，人数近四十万。

开封举人李岩为知县所害，投奔李自成，并推荐足智多谋的牛金星、宋献策等人也来相会，兵势日盛。李自成击败杨嗣昌、孙传庭等人，杀贺一龙、罗汝才，合并两部人马，攻破潼关，入西安府，建立大顺国，自称皇帝。李自成率五十万大军杀向北京，崇祯皇帝自缢。自成入京后，积极准备登基大礼，山海关总兵吴三桂不肯投降，向辽东满洲乞兵，共同入关讨伐李自成，李自成在与吴三桂永平大战中战败，退兵回陕。屡战屡败，人心涣散。

南京各王迎立福王监国，以史可法督师江北，马士英掌管兵部。史可法心忧军防，苦无粮草，断然拒绝清兵劝降。马士英却大肆收受贿赂，所荐用的都是奸佞小人。阮大铖纠合魏党余孽，交结马士英，排斥东林、复社人士，图谋翻案，阮大铖以兵部侍郎兼统兵江防，遥控朝中大事。弘光皇帝只知选择绣女，充实宫闱。官府鹰犬骚扰居民，国律废坏，朝臣异心。宁南侯左良玉会同何腾蛟讨伐马士英，南明政府内纷不断。清兵乘机南下，破淮安，破扬州后屠城十日。

李自成兵败后投奔张献忠，听说张献忠入川，就驻兵黔阳，在罗公山染病卧床身亡。

不久，左良玉也病死。弘光皇帝迫于形势，想要迁都，为钱谦益所阻。清兵过江，文武百官只知自保，纷纷逃走。弘光召梨园弟子进大内演戏，与内官酣饮至二更，才携了太后、妃子及内官十余人出逃。阮大铖赶回南京，闻京城百姓破牢奉假太子为帝，已抢了马、阮诸家，只得也往杭州逃难。

南逃官兵一路杀人放火，沿途鸡犬不宁，广德州知州闭门不纳逃亡的弘光等，马士英攻城杀了知州，劫了仓库，百姓大半受伤。马士英奉其母为假太后，率黔兵家丁到杭州请潞王登基，潞王不肯。马士英、阮大铖的军队在杭州城烧杀掳掠，无恶不作，杭州百姓恨之入骨。马士英等人见杭州存身亦不牢靠，一路逃往温州、台州。明朝至此彻底灭亡。

《樵史通俗演义》记载明末时事，多为作者亲身体验，信而有据，真实感极强。作者通过写以上的史事，流露了对故国的思念，表达了对导致明朝灭亡的各种人物的痛恨，寄托了"山径兮萧萧，山风兮刁刁，望旧都兮迢迢，思美人兮焦焦"的惆怅心理。作者陆应旸本人也以不与清廷合作的遗民自居，这从他自称"樵子"就可看出来。樵夫不就是隐入深山老林不问世事的人吗？

《樵史演义》具有很高的史料价值，书中收入了很多诏书、表章、檄文等。稍后编著的诸如《明季北略》、《平寇志》、《小腆纪年》等，都从中辑录了资料；孔尚任的《桃花扇》传奇所附征引书目中也有本书。一部通俗小说，竟被当成了信史征用，这也是中国小说史上绝无仅有的事。

58. 《石点头》和《醉醒石》
shí diǎn tóu hé zuì xǐng shí

《石点头》共十四卷，为明代拟话本，题"天然痴叟著"。书名标为《石点头》，暗合"生公说法，顽石点头"之意。生公，按南朝梁慧皎的《高僧传·竺道生传》记载：他曾于虎丘寺讲《涅盘经》，人皆不信，后来他聚石为徒，宣讲佛理，石头都连连点头。后来就把说服力强，感化力大的说教称为"顽石点头"。本书的作者以《石点头》作为书名，大概认为他的这部著作具有明显的劝世色彩。

根据龙子犹（即冯梦龙）为该书写的序文谓："浪仙氏撰小说十四种，以此名篇"，那么作者"天然痴叟"即号浪仙。卢前《饮虹簃所刻曲》第四辑有张瘦郎《步雪初声》，末附席浪仙曲三套，冯梦龙为《步雪初声》写的序中说："野青氏年少隽才，所步《花间集》韵，既夺宋人之席，复染指南北调，感咏成帙；浪仙子从而和之，斯道其不孤矣。"浪仙可能就是席浪仙。有人推测，席浪仙是个末流的士大夫，他跻身于市廛，似乎也是书会、词曲一类的人，因而他写的《石点头》在拟话本中具有一定的代表性，精华与糟粕共存。全书七卷十四个故事，其素材大多是摘自前人的笔记、稗史或文言小说中。

第三卷《王本立天涯求父》，写孝子王原万里寻访父亲并设法接父亲回家团聚的故事。这个故事在李卓吾的《续藏书》和《明史》卷二百九十七《王原传》中都有记载。《石点头》保持了情节的基本真实，进行了再创造，丰富了情节，辅以环境烘托、景物描写、细节描叙和心理刻画，把故事渲染得有声有色。写出王本立之父实在不堪忍受官府的征敛紧逼，不得已而抛妻离子远逃他乡的悲苦状况，实际上是反映了明末赋税苛重，官府层层勒逼，民不聊生，不得不背井离乡的社会现实。肯定了王本立长大后常常思念父亲的质朴情缘，以及他对奉行孝道的虔诚，作者对王本立天涯寻父孝心的描画，并不是一种愚孝，而是对正常的人伦道德的阐叙。

第一卷《郭挺之榜前认子》，是宣扬"不孝有三，无后为大"的伦常观，宣扬有子乃命中注定的宿命观，而这又体现了善有善报的报应观念。故事的主人公郭乔满腹经纶，却屡试不第，便厌倦科场，离乡远游。途中见米天禄老人因欠朝廷的钱粮，被县衙捉去。其女儿便自卖自身以赎出父亲。郭乔同情他们的遭遇，赠银十两完税，老人得救。后郭乔在荒山野岭中碰到米老人父女，米老人为报恩，非将女儿送郭乔为妾不可。不久，郭乔回原籍，一别近二十年。郭乔与妾分别时，妾已怀孕，后生一男儿。郭正妻所生的男儿在十八岁时死去。郭乔不知妾生了男儿郭梓。再后郭乔科场中式，郭梓也金榜题名。起初，父子二人并不相识，后来才相认，父子同回家乡，全家团圆，后继有人，皆大欢喜，完成了作者的伦常观和宿命论的主题。

第七卷《感恩鬼三古传题旨》曲折地反映了科举制度的弊端。鬼传题旨是无稽之谈，人传题旨才是事实。这篇小说让我们了解当时官场的虚伪和士风的糜烂。

第八卷《贪婪汉六院卖风流》是写官僚恶霸盘剥百姓，尤其是对工商业者的敲诈。故事中的主人公吾爱陶官荆湖路条例司监税提举，驻扎荆州城外。他利用职权，捏造罪名，霸占了王大郎家产，并害王家七条性命，他榨取、毁掉徽州富商万金货物，又肆意污辱殴打徽商汪某，百姓们都叫他"吾剥皮"。这是一篇正面写官僚地主阶级与工商业者尖锐的、不可调和的矛盾的作品，是难能可贵的。不过故事结局仍陷入因果报应，让吾爱陶不得好死，家业彻底败落，女儿为娼，儿子穷得成了偷儿。

值得提出的是，本书作者对于封建社会妇女的悲惨遭遇寄予深深的同情，与同时代的某些作家歧视妇女的作品明显不同。《侯官县烈女歼仇》是一篇思想性很强的作品。故事写大地主、大恶霸方六一为图谋秀才董昌之妻申屠氏，便结交盗匪，买通官府，诬陷董昌致死。申屠氏以智为夫报仇，连杀仇家五命，大快人心。作者对申屠氏的义烈作了热情的颂扬，肯定了她的智慧、刚强与勇敢。在《乞丐妇重配鸾俦》中，着力描写了一个叫化丫头的聪明智慧、可贵的品质与美丽的外貌，最后重配鸾俦，过上了幸福生活，形象丰满，不落俗套。《玉箫女再世姻缘》写出了奴婢的悲剧命运，令人同情与钦敬。不过，有些卷目中的色情描写是露骨的，反映了明末糜烂的世风，如《潘文子契合鸳鸯冢》写畸形的男恋，就是深受了当时世风的影响。说明《石点头》这部书，精华与糟粕并存。

《醉醒石》是产生于明末清初的一本较为优秀的白话小说集。作者署名为"东鲁古狂生"，其真实姓名为谁不知道。作者以《醉醒石》题名，显然寄寓讽世垂教的用意，希望自己的作品能像神奇的醉醒石一样，对沉醉的世人起到清醒的解醉作用。作者没有对书名作出解释，我们可以将冯梦龙的解释作比照。《醒世恒言》的"原序"说："忠孝为醒，而悖逆为醉；节俭为醒，而淫荡为醉；耳和目章、口顺心贞为醒，而即聋从昧、与顽用嚣为醉。"作者的醒与醉的标准虽然超不脱封建纲常伦理范畴，但其针砭时弊，解醉当世的意图是很明显的。再从《醉醒石》的十五篇作品有十四篇取材于明代现实生活这点看，其醒世、警世的意图也是很明显的。它从生活的各个角度真实地描写了腐朽颓败的明代社会，其中有明代官吏的贪婪、科场的黑暗、军队的腐败和青年男女的爱情婚姻等。作者以严肃的态度对搜集的一些奇闻轶事作出说明和评判，进行褒贬劝惩。作者所展示给读者的种种社会"醉态"，正是当时社会所存在的弊端，是"浊乱之世"必然产生的种种丑恶现象。

在暴露官场的腐朽黑暗方面，以第二回《恃孤忠乘危血战，仗侠孝结友除凶》、第五回《矢热血世勋报国，全孤祀烈妇捐躯》、第八回《假虎威古玩流殃，奋鹰击书生仗义》等篇章比较集中、深刻。如《恃孤忠乘危血战》揭露了"文官图私，征税增耗，问事罚赎，一味揸钱"，和武官骄横、各怀私心，互相倾轧的情景，作者愤慨地指出，由于各级官吏只图利己，百姓越来越穷，国将不国了。而在《矢热血世勋报国》中，深刻揭露明代官军"御敌无方，害民有术"的强盗行径，他们御倭寇时闻风逃窜，祸害百姓则"与倭寇不差一线"，凶狠、残暴而无耻。在《假虎威古玩流殃》中，作者不仅把奸佞王臣以钦差大臣身份到江南搜寻书画古玩时的种种罪恶行径揭露出来，还把王臣奉旨搜索书画古玩一事与宋徽宗时的运送"花石纲"相提并论，把谴责的锋芒指向明王朝的最高统治者，形象地揭示出劳苦大众遭受痛苦折磨的根本原因之所在。当然，作者的本意不一定在于揭露统治阶级，但在作品的客观描写中，统治阶级的丑恶嘴脸就自然显露出来。

《醉醒石》还写了一些反抗者的形象。如《济穷途侠士捐金，重报施贤绅取义》中的浦其仁，他敢于挺身而出，抱打不平，聚众痛殴乡宦，挫败了横行乡里的恶霸，为孤寡贫弱者伸张了正义，又有着救危扶困不望图报的优良品质，称得上一个正气磅礴的人物。《秉松筠烈女流芳》中的程菊英，在豪富、乡绅、官府的威逼下宁为玉碎，不为瓦全，以死向封建恶势力进行不屈的抗争。不过，作者笔下的反抗人物的行动总是被限制在一定的范围内，或者力图把他们的反抗纳入自己封建说教的规范，因而削弱了作品的思想意义。

《醉醒石》中还有一部分写爱情和婚姻的内容，反映了当时青年男女的愿望和追求、痛苦和斗争。《穆琼姐错认有情郎，董文甫枉做负恩鬼》中的妓女穆琼琼，为了摆脱被侮辱被玩弄的处境，费尽心思，结果还是被人抛弃，被社会吞噬。

鲁迅先生指出，本书的艺术特点是以"刻露"、"简练"的文笔描写现实的社会生活，"平话习气，时复逼人"，它继承了宋元话本的历史传统，在人物形象的塑造和性格的刻画上，多用白描手法，通过行动和对话来表现人物，取得了一定的成就。

59. 王衡作曲一吐心中恨
wáng héng zuò qū yī tǔ xīn zhōng hèn

晚明杂剧往往长歌当哭，主旨在于抒写作者的愤懑不平，所谓"借他人之酒杯，浇心中之块垒"，有些作家还在荒诞滑稽中寄寓了他们对人情世态的嘲讽。王衡的《郁轮袍》、《真傀儡》、《没奈何》、《再生缘》等杂剧作品都体现了晚明杂剧的这种特色。

王衡（1561—1609 年）。字辰玉，号缑山，别署蘅芜室主人。江苏太仓人。他的父亲是万历年间大学士王锡爵。王衡幼年时便聪颖过人，读书五行俱下，年轻时诗文为人传诵。然而父亲的高位并没有给他带来任何现实的好处。万历十六年（1588 年），王衡参加顺天府乡试，中第一名举人。由于前几年张居正当政时利用权势使自己的三个儿子连中高科，其他大臣也以权为子孙谋求科举中的高名，而这次乡试除王锡爵之子王衡外，还有内阁大学士申时行的女婿也中了举人，有人怀疑这次考试有作弊行为，并特别提出连王衡在内的八个中的举人为怀疑对象，要求王衡他们进行复试。复试的结果是除一人较差外，其余七人都通过了。王衡认为这是奇耻大辱，因为为准备科举考试，他从十八岁后便违背自己的爱好，放弃心爱的诗文，转而专攻八股文。其实，这场科举风波是朝廷内部内阁大臣与言官斗争的延续。王锡爵对此十分气愤，他和申时行上疏皇帝要求辞职。后来上疏参劾他们的高桂、饶伸被免职，才平息了这场风波。然而，这次考试对王衡造成了极大的心理伤害，使他接连三次不参加春试，耽误了九年。同时，由于这次事件引发的一系列矛盾斗争，导致了六年后王锡爵的被迫致仕。直到万历二十九年王衡四十一岁才考取第二名进士，授官翰林院编修。当时他的主考温纶是少年得志的官员，他对王衡说："十二年前我读到你顺天乡试荣获第一名时的试卷，我才学会写作，想不到却有今天这样一段姻缘。"王衡听了，辛酸地落下泪来。虽然科举得中高名，但他并没有为官多久便辞职归家太仓，以奉养家居的父亲。他的好友陈继儒认

为他是为了信守当年他俩一同归隐的誓约，但王衡却说："我请假回乡，不仅为了对得起你，也为了对得起当年弹劾科场案被罢官的高桂、饶伸二公。他们到现在还是在野之身，我能安心去做翰林院编修吗?"可见他对自己有才被疑一事一直耿耿于怀。

除了科场风波外，王衡的家庭生活也充满了不幸。王锡爵贵为宰相，家庭可谓安富尊荣，但王衡的一生经历却充满了悲痛。他共四次结婚，前三次，妻子都早他去世。他的叔父没有子嗣，王衡是王家两房支脉的唯一继承人，但他却有三个儿子先后夭折，最后只遗留下一个儿子王时敏，虽然王时敏为他生了许多孙子，但他却未来得及看见。王衡二十岁时，他的二姐因六年前未婚夫死亡，她在长期绝食之后精神失常，自称为得道成仙，被人称为昙阳子。而她的父亲、王世贞兄弟及当时的文人名士以及当地乡绅百姓都奉她为师，这时她去世了，数以万计的百姓对她的遗体顶礼膜拜。礼部尚书徐学谟力主毁庐焚尸以绝异端，后来在皇太后的干预下才平息了此事。而当王锡爵入阁后，又有传闻说昙阳子未死，而是和人私奔了，并且在大街上招摇过市，后经查实，在街上招摇的是他亡叔的小妾。这样的事件对王衡及其家族来说均令其感到伤痛和羞耻。二十八岁那年，他的大姐又在京中暴卒。王衡一生经历了这么多的死亡和变故，对他的身心打击甚大，不到四十岁，牙齿便开始脱落。四十七岁时王衡身患重病，先是不能进食，不能说话，后来连眼睛也看不到东西了，最后呕血数升而死，享年四十九岁。

太仓王锡爵家族号称为"宰执世家"，同时又是戏曲世家。王衡的叔父喜爱戏曲，王衡自幼有许多时候是跟随叔父生活，叔父在这方面给了他很大影响。像晚明许多富有的家庭一样，王家有自己的家庭戏班，还经常上演当时名剧如《牡丹亭》等，这种家风一直延续到清初，王衡的孙子曾自写杂剧使家班演唱来娱乐双亲。从现存的资料看，王衡与当时一些著名演员也有交往。但王衡的戏曲创作只有杂剧，这些杂剧都是以剧中人物影射他本人或他的亲族，如他的父亲，主要是借历史人物为他们父子的生活经历作写照，具有鲜明的自叙性质和强烈的抒情写愤特色，在晚明曲家中显得独标一格。

《郁轮袍》全名为《王摩诘拍碎郁轮袍》，可能作于顺天科考风波之后，全剧七折。写唐代诗人王维同好友裴迪入京应试。岐王久闻王维才名，欲求一见，屡次召见，王维均不前往。他又请王维到九公主家弹琵琶，并许以状元及第，被王维拒绝。有个名叫王推的秀才闻讯而往，冒名为王维，进宫为九公主弹奏了一曲《郁轮袍》，虽有宫中琵琶高手曹昆仑指出他不学无术，但九公主因久慕王维才名，反而对他大加赞赏，并写信给试官打通了关节，王推因此中了状元。但当主考试官复查卷时，改取王维为第一，黜落王推。王推恼羞成怒，便在琼林宴上诬陷王维受岐王庇护才得中状元。礼官信以为真，于是也黜落了王维。恰好岐王来到，令二人当面对质，揭穿了王推，又将状元衣冠还给王维。但王维已识破科场内幕，坚辞不肯再受，而和好友裴迪一起回辋川隐居去了。此剧本事出于唐代薛用弱的《集异记》，王衡以王维自比，主要是为了讽刺官场的腐败，科场的不公。他是针对现实有感而发，明人认为这个剧本乃作者为解嘲而作。沈泰说："辰玉抡元被谤，是辰玉大冤屈事，然却是文章极寻常事。""夺他人之酒杯，浇自己之块垒，娓娓乎其言之。"对于科场风波，王衡满怀愤慨，作《郁轮袍》一剧，他借王维的最后得中状元，表明自己在科考中得了第一是凭真才实学，不是谣言所能中伤，以此来宣泄胸中愤慨。

《真傀儡》全名《杜祁公藏身真傀儡》，全剧一折。本事出自唐代刘禹锡的《嘉话录》，讲的是杜佑之事，而剧中移置到宋朝杜衍身上。写宋丞相杜衍七十岁时告老归乡，隐于市井之中，终日逍遥自在，不觉过了二十年光景。一天时值春日，他身穿便服，骑驴下乡，在桃花村见有人演傀儡戏，便混杂在人群中观看。有商员外、赵太爷等乡绅见他衣着可笑，对他大肆嘲弄，杜衍不予计较。戏演汉丞相痛饮中书堂、曹丞相铜雀台和宋太祖雪夜访赵普等历代丞相故事，杜衍与村民欢笑开怀，看得十分尽兴。这时朝使奉旨来向杜衍传诏，杜衍没有朝服，只好借傀儡衣冠接旨谢恩。随即又有朝使前来封赏，众人才知杜衍乃为显贵，商员外等便对他趋附不迭。剧本把官场和戏场搅在一起，真真假假，虚虚实实，寓含着作者对官场的看法。王锡爵是一位兢兢业业、奉公守法的宰相，为人也很正派，他曾长期纠缠在激烈的官场斗争中，两度被罢免宰相之职。《真傀儡》写于万历三十五年（1607 年）王锡爵再次被召而辞免之后。王衡一直是父亲当首相时的助手和顾问，对朝中问题他有一些自己的看法。此剧据说是王衡为祝贺父亲的寿诞而写的，他在剧中借历史人物杜衍来影射自己的父亲，一方面揭示出朝廷政治斗争的丑恶和复杂，另一方面也希望父亲以历史上的名相为榜样，寄寓了他对父亲的美好祝愿。

《再生缘》共四出，写汉武帝哀悼李夫人，李夫人再世为钩弋夫人，二人重新又结为夫妇。这个作品是王衡悼念亡妻之作，寄寓了他对美好长久婚姻的期盼。《没奈何》全名《没奈何哭倒长安》抒发了作者在世间找不到出路的痛苦，是他极度彷徨、苦闷心理的直接表白，都是直抒胸臆之作。

王衡的杂剧历来受到很高的评价，王骥德、沈德符说他的杂剧"大得金元本色，可称一时独步"。这和他在剧本中表现对现实的强烈愤懑直接相关。

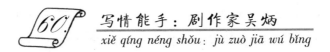

60. 写情能手：剧作家吴炳
xiě qíng néng shǒu：jù zuò jiā wú bǐng

汤显祖创作的"临川四梦"，在晚明的剧坛上产生了广泛而深刻的社会影响，不少人追慕汤显祖，学习汤显祖的剧作进行创作，从而形成了中国戏曲史上的一个著名流派——临川派。在临川派的剧作家中，能够继承汤显祖的创作思想，在戏曲创作上取得较高成就的是戏曲家吴炳。

吴炳（1595—1647 年），字可先，号石渠，又号粲花主人。江苏宜兴人。吴炳生而文秀，富有才情。父亲吴晋明学无成就，仕途不通，常遭别人的奚落，就把希望寄托在儿子吴炳身上。吴炳十二岁时，一天随同学去城里，回来时已经很晚了，吴晋明很生气，就命人打酒备菜，把吴炳请到上席而坐，自己拿起酒壶，满满地斟上一杯酒，端着送到吴炳面前，对他说："孩子，你千万不要学你父亲，一事无成。我是不成器的人，不能光宗耀祖，以至于今天受人欺辱。你一定要好好读书，以慰父志。如果你能听我的话，就喝了这杯酒！"吴炳非常感动，接过父亲手中的酒杯，一饮而尽。从此之后，他发奋努力，闭门读书，学问大进，尤其对《易经》产生了浓厚的兴趣。吴炳十六岁那年，熊廷弼督学南都，见到吴炳，对他的才学很为赏识，就把他取为秀才。万历四十三年（1615 年）吴炳参加乡试，因为平日准备充分，他拿到试题后奋笔疾书，提前交卷，结果高中举人。但因有人怀疑吴炳考试作弊，状告礼部，礼部勒令吴炳停止会试，明年复试。第二年吴炳参加复试仍然高中榜首。万历四十七年（1619 年）吴炳考中了进士，授任湖北省蒲圻知县。崇祯二年（1629 年）吴炳任福州知府，主持乡试，陈况因考场作弊被当场拿获，福州巡抚熊文灿亲自为陈况说情，让吴炳不要追究此事，遭到吴炳的拒绝。陈家又买通库吏，给吴炳递来三千两白银，同样遭到吴炳的拒绝，并把库吏立即革职，从这件事中可以看出吴炳为人的正直与为官的清廉。但官场黑暗，小人当道，吴炳只有急流勇退，辞官回家。

崇祯四年（1631 年）春天，吴炳回到家乡，在自己的宅基上建造了一个花园，取名为"粲花别墅"。在这里，吴炳开始了他的戏曲创作，他和一些好友在一起切磋音律，召来戏班演唱戏曲，他还不厌其烦地教授童子学音律，自编自演，粲花别墅中常常是高朋满座，歌声缭绕。他的戏曲作品大多创作于这一时期。崇祯十四年（1641 年），吴炳被升任为江西提学副使，在任上他改革学政，尽心尽责。1644 年，李自成率领的农民起义军攻进北京，崇祯皇帝自缢于煤山。随后福王朱由崧在南京登位，吴炳为了报国，赶往南京庆贺，之后又回江西任职。1645 年，朱由崧建立的南明政权因腐败无能而被清兵摧垮，唐王朱聿键在福州即帝位，吴炳又匆匆上路赶往福州，被任命为福州布政使。但很快唐王朱聿键又被清兵俘虏，吴炳就渡海去广州扶持永历小皇帝的表哥瞿式耜。清顺治四年（1647 年），清兵攻陷武岗，吴炳被清兵俘获，被关进巨大的囚笼里。就是在囚笼里，吴炳仍携带着书籍，校注自己所喜爱的《易经》，视死如归。最后吴炳绝食

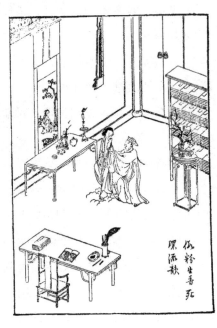

明末刊《画中人》插图

而死，完成了殉国的大节。

吴炳著有传奇五种，即《西园记》、《绿牡丹》、《情邮记》、《疗妒羹》、《画中人》，合称《粲花斋五种曲》，又称《石渠五种曲》。五种戏曲从内容上看主要写的是男女之间的爱情和婚姻故事，叙述的是才子佳人之间的悲欢离合。《西园记》共三十三出，写退职官员赵礼有一子名惟权，一女名玉英，另收故友遗女王玉真。玉英、玉真亲如姊妹，共住西园。玉英许王锦衣之子王伯宁，王伯宁与赵惟权同窗读书，生性蠢笨，形同白痴，玉英对其很不满意，郁郁寡欢。襄阳才子张继华游杭州，闲游到西园，见到玉真，一见钟情，并把玉真错认为赵玉英。赵礼闻知张继华的才名，特邀他来家设馆，让他与赵惟权、王伯宁共同课读。赵玉英因不满父母安排的婚姻，心忧而病亡。张继华与赵惟权同赴京会试，并中进士，回来后应赵惟权之邀仍住西园。张继华思念玉英不已，灯月之下直呼玉英的名字，玉英的鬼魂被张继华的真情感动，就托名玉真前来与张继华幽会。赵礼此时已收玉真为继女，欲将玉真许配给张继华，遭到张继华的拒绝。后来经过玉英的劝说，才与玉真成婚。剧本一方面描写了张继华与王玉真对爱情的追求，另一方面也通过赵玉英之死控诉了不合理的封建婚姻制度。在艺术构思上，作者采用人鬼错认、真假误会的手法组织戏剧情节，使情节结构比较曲折生动。

《绿牡丹》共三十出，写翰林学士沈重退隐在家，结文会为女儿婉娥择佳婿。谢英有才而家贫，柳希潜有财而无才，车本高不务正业，谢英在柳希潜家做塾师，与好友顾粲一起切磋诗文。沈重开文会试，以《绿牡

丹》为题，使参试人各赋一绝，柳希潜、车本高、顾粲三人参试，柳请谢
英代作，车本高让其妹车静芳代作，只有顾粲一人自作。结果是柳希潜第
一，车本高第二，顾粲第三。车静芳见到柳希潜的诗爱慕其才，私令乳母
去访柳希潜，适巧柳不在，谢英在，乳母误以为谢英就是柳希潜。柳、车
二人争当沈重的女婿，柳抄谢英的诗，车抄静芳的诗，冒称己作请沈重审
阅，沈重托称等他们科考之后再定。于是柳车二人私议，柳愿娶车静芳，
而将沈婉娥让与车本高，车本高答应，但车静芳心中有数，一定要面试
柳，仍以《绿牡丹》为题试柳，柳又让谢英代作，结果露出了马脚。沈重
再开文会，出题令柳希潜、车本高、顾粲三人作文，严加监视，柳、车二
人无法作弊，只好诈称有病逃出。顾粲的文章则受到沈重的称赏。最后是
谢英与顾粲皆中进士，谢英娶车静芳，顾粲娶沈婉娥，两家同时举行婚
礼，才子佳人皆大欢喜。此剧是一个典型的喜剧作品，称赞了才子谢英和
顾粲，讽刺了作伪的丑角柳希潜和车本高，肯定了才子佳人的美满婚姻。

《情邮记》共四十三出，主要叙述书生刘乾初与王慧娘、贾紫箫的婚
姻故事。刘乾初身怀才学而家境贫寒，应朋友之招北上，途经黄河东岸驿
站，题诗壁上而去。枢密院阿乃颜派人去扬州买妾，扬州通判王仁为了攀
附权贵，用侍女紫箫伪称为自己的女儿献给阿乃颜，因此被提升为长芦转
运使，携家北上，路经黄河驿中，其女慧娘见到墙上的题诗，提笔和之，
未成篇而去。后紫箫进京，也住于此驿，见墙上和诗未成，就续成全诗。
刘乾初回来的途中再过此驿，发现了墙上的和诗，知为女子所作，就前去
追赶，因众人的阻拦而未能与女子见面。紫箫到阿乃颜府中，被其夫人转
卖出去。刘乾初因思念紫箫而生病，其友萧一阳出千金将紫箫赎出，使刘
乾初与紫箫成亲。刘乾初上京应试中状元，到黄河驿寻访题诗的女子，得
到慧娘，与之成婚，于是一夫两妻大团圆。此剧以驿站题诗为线索，将男
女三个主角的命运联系起来，情节曲折多变，且关目紧凑，被称为"石渠
（吴炳剧作）之冠，亦为明代各传奇之冠"。

《疗妒羹》写杨器三十无子，其妻颜氏劝其娶妾，杨器不肯。富豪褚
大郎年五十无子，其妻苗氏性格嫉妒，不让其娶妾，经多方劝说才让其纳

明末刊《画中人》插图

乔小青为妾。小青聪慧貌美，善写诗。苗氏嫉妒她，把她幽禁后园，不许褚大郎亲近。颜氏来褚家，见到小青，对她分外怜爱。小青向颜氏借阅《牡丹亭》，题诗笺放入书中。书还给颜氏后被杨器发现，对小青的诗才称赞不已。苗氏将小青迁居于西湖孤山，小青忧郁成病，画像留为纪念。苗氏欲毒死小青，被陈妈妈瞒过，谎称小青已死。杨器得知小青已死，十分悲伤，借来小青的画像频呼其名。颜氏将小青藏在家中，让杨器纳为小妾。后颜氏与小青各生一子。褚大郎妇前去祝贺，才发现小青未死，其友韩向宸拔剑威胁苗氏，令其发誓不再嫉妒。此剧在故事结构与情景设置方面有意模仿《牡丹亭》，在晚明流传众多的关于小青的故事中独具一格。其中的《题曲》一出至今还在昆曲舞台上演出。

《画中人》的本事出于唐人小说《真真》，写书生庚启自画意中美人，玩赏美人画图不已。后来在华阳真人那里学来呼唤画中美人的法术，将画中美人郑琼枝唤下画来。郑琼枝是郑超的女儿，庚生所画的美人正与她相貌相似，其魂被庚生唤去，两人结为姻缘。后琼枝死而复生，与庚生结为夫妻。

吴炳是写情的能手，他的五种传奇所写的都是有关男女爱情和婚姻的题材，在写法上善于运用误会与巧合结构故事，使戏曲情节与戏剧冲突显得奇巧多变。吴炳试图通过对男女爱情的描写，歌颂情的力量，在《画中人》的剧中他曾说："天下只一个情字。情若果真，离者可以复合，死者可以再生。"这种观念正是从汤显祖《牡丹亭》所宣扬的"至情"的观念发展而来。吴炳的剧作中经常提起《牡丹亭》，尤其是《画中人》和《疗妒羹》显然在有意地学习借鉴《牡丹亭》的某些写法，说吴炳是临川派中最接近于汤显祖的作家，是汤显祖的紧密追随者，也不算过分。

61. 徐霞客：踏遍青山写奇文
xú xiá kè：tā biàn qīng shān xiě qí wén

徐霞客（1586—1641年），名弘祖，字振之，号霞客，直隶江阴（今江苏江阴）人，明末杰出的地理学家、伟大的旅行家。他毕生寄情山水，对中国多姿的地理地貌和优美的自然风景有计划地进行考察旅游，历时三十四年，足迹遍及江苏、浙江、福建、湖南等十六个省区。在万里行程中，他坚持写日记，随时随地把旅途见闻和考察心得记录下来，写成了洋洋六十余万字的千古奇文《徐霞客游记》，开辟了我国地理学方面系统地考察自然、描写自然的新方向，把中国古代游记体散文推向高峰。

徐霞客画像

徐霞客出身于一个世代书香的江南望族家庭。祖上历代素有藏书之风，有"清江文献巨室"的美誉。徐霞客从小就置身于这样一个书海之中，养成了嗜好读书的习惯，被当时人称为"博雅君子"。他最感兴趣的是古今史籍、舆地志、山海图经和游记一类的著作，祖国的壮丽河山强烈地吸引着他，使他很早就萌生了"问奇于名山大川"的志愿。徐霞客的祖父和父亲都是当地有名的隐居学者，这种无形的家庭影响使徐霞客年少时

就宦情淡漠。加之当时魏阉弄权，朝政腐败，徐霞客十分不满，决定终生不应科举、不入仕途，而毅然走上了重实践、勤思考的地理考察之路，以极大的热情投身于"振衣千仞岗，濯足万里流"的旅行事业。

万历三十五年（1607年），一个春光明媚的日子，二十二岁的徐霞客在母亲的鼓励下，第一次远离家门，出游太湖。徐霞客是个孝子，一直恪守着"父母在，不远游"的古训，虽然他心中对外面的世界十分向往。通情达理的母亲看出儿子的心事，亲手为他缝制了一顶"远游冠"，表示对他所抱远游大志的理解与支持。徐霞客从家乡乘舟而行，入运河，进太湖，在湖光山色中泛舟赋吟，"登眺东西洞庭两山，访灵威丈人遗址"。从此以后，徐霞客便春去秋回，南来北往，风尘仆仆，探游神州山川名胜。路程越走越远，时间越走越长，脚板越走越硬，兴味越走越高。往北他游历了齐、鲁、燕、冀、京师诸地；往南他观赏过江苏、浙江、安徽、江西、福建等地的自然风光；往西他到达了河南、四川、陕西等地。这一阶段的旅行目的，用徐霞客自己的话说，是"五岳之志"，"慕游名山大川"。因此他重点游览了一些名山胜迹，如泰山（山东）、天台山、雁荡山（浙江）、黄山、白岳山（安徽）、武夷山（福建）、庐山（江西）、嵩山（河南）、华山（陕西）、武当山（湖北）等。游天台山，是在万历四十一年（1613年）清明节前后，江南大地乍雨乍晴，徐霞客冒着细雨一口气登上了天台山的主峰——华顶，天台山的雨后美景令他流连忘返，下山后他心潮澎湃，把所见、所闻、所感操笔写了下来，即《游天台山日记》。接着，他又兴致勃勃地南往"天下奇秀"的雁荡山，写下了《游雁荡山日记》。这是《徐霞客游记》一书中现存时间最早的两篇游记。

这一时期因为母亲健在，徐霞客一般是"游必有方"，每次出游时间不长，少则十天半月，最多也不超过三个月。每次回来，他都要向老母亲叙述游历中的所见所闻，奉上旅途搜集的珍奇物品。他还曾陪同母亲一块游览过宜兴的善卷洞、张公洞等名胜。1625年，八十一岁的母亲病故，徐霞客守丧终了，感慨地说："从前以母在，此身未可许人也；今不可许之山水乎？"于是拜别母亲的墓坟，从崇祯元年（1628年）起，又戴上远游冠，放志远游，不计里程，不计日月，旅泊岩栖，游行无碍。到崇祯六年（1633年），徐霞客又游历了飞霞削翠的浮盖山；佛教名山五台山和被誉为"朔方第一"的恒山，等等。

徐霞客爱山、爱水、爱大自然。他自称有"山癖"，朋友们说他"寻山如访友，远游如致身"。许多名山大川他都不止去过一二次，像黄山、天台山、雁荡山等。只要一看到山，无论困难多大他都要攀登而上，在安徽游白岳山和黄山，正当寒冷的隆冬季节，大雪封山，"雪且没趾"，"其阴处连雪成冰，坚滑不容着趾"。连山上寺僧都无法下山取粮。而徐霞客依旧没有退缩之意，"持杖凿冰"，一步一步艰难地攀上山去。徐霞客游山时，他只要听人家说某处有奇峰、有岩洞、有险境，总是神采飞扬，掉臂便往。友人陈明卿告诉他，崆峒山是仙人广成子居住过的地方，上山可见塞外风光。他一听，只带了三天的干粮就启程了。当时，正值皇太极统领清兵攻入长城的时候，北方形势十分紧张，但他毫无畏惧。面对祖国壮丽的山河，徐霞客甘愿把诗人般的满腔热情全部奉献给她。在他的随行随记的日记中，他纵情地讴歌着一座座高山峻岭。他赞雁荡山如芙蓉插天，评黄山为"生平奇览"，颂庐山"争雄竞秀"，细腻表现出了他的爱山、恋山之情。

徐霞客不仅爱游山，而且还喜爱交友，明末名士如黄道周、陈继儒、陈函辉等都是徐霞客的至交，后来遍传天下的"霞客"之号便是陈继儒所起。崇祯九年（1636年）九月，在他们的鼓励下，年近五十岁的徐霞客开始了他一生中时间最长，也是最后的一次旅行，即西南之行。临行前他告诉家人："譬如吾已死，幸无以家累相牵矣！"遂与方外朋友静闻结伴，带一名叫顾行的仆人出发了。他们由水路行经无锡、苏州、上海进入浙江境。一路告别诸友，又一路游桐庐、兰溪、金华、龙游后进入江西。在江西吉安，遇到一群强盗抢劫，徐霞客临危不惧，幸免于难。他们游了麻姑山、天柱峰、会仙峰、武功山，然后进入湖南境，曾游麻叶洞、衡山。在衡阳新塘又一次遇上强盗，静闻和仆人受伤，钱物被洗劫一空。朋友都说前途安危莫测，劝徐霞客返回家乡，但霞客回答说："吾荷一锸来，何处不可埋吾骨耶?"他从衡阳朋友家中募集了六十多两银子,逗留了一个多月,抱病考察衡阳的山水名物后,于1637年4月7日乘舟溯湘江而上,进入了广西境地。

徐霞客故居内景

从这一天起,到第二年三月二十七日由广西南丹入贵州,徐霞客在广西境内游历考察近一年,占他西南游全程三年九个月时间的四分之一,其行程约达五千四百里,考察的路线从桂东北,经桂北、桂东南到桂西,然后又转桂北,先后到过广西的三十四个城市,足迹几乎遍及半个广西。如以目前所存《游记》的篇幅来计算,则《粤西游日记》约二十万字,占全部游记将近三分之一。他在广西考察涉及的范围也无所不及,既包括山川洞穴、岩溶地貌和生态物候等自然现象,也包括民生民俗、文物古迹等人文景观。而他对广西地区石灰岩地貌、分布、类型和成因的考察和描述,比欧洲最早对石灰岩进行考察和描述的爱士倍尔早一百多年。这在中国和世界地理学史上都是空前的创举。

在柳州,静闻和尚病危,临死嘱徐霞客将其尸骨带到滇西北的鸡足山埋葬。徐霞客悲痛欲绝,做诗《哭静闻禅侣》,于是改道北行,取道贵州入滇。贵州之行是徐霞客整个西南退征中最困难、最险恶的一段游程,他又两次遇盗,身无分文,几度绝粮,在人迹罕至的深山密林中艰难跋涉。但险中觅胜更别有乐趣,也就是在黔游中,徐霞客观赏到黄果树瀑布奇境。在《徐霞客游记》中,一共记过七十四处瀑布,但大都较简短,而写得最详细的当是对黄果树瀑布的描述了。

1638 年 5 月，徐霞客由西南胜境关进入云南。他先是对滇东的地理风貌进行实地考察，然后带着静闻的尸骨登上了佛教圣地鸡足山。正当这次西南之行临近尾声时，仆人顾行已经忍受不住旅途的艰苦，在鸡足山寺院里偷去徐霞客所有衣物，逃之夭夭。这时的徐霞客，由于长期艰苦的野外生活，再加上这个精神打击，身体状况越来越不好，但他还是接受了丽江府木增的邀请，前往丽江编修《鸡足山志》，又带病游历了丽江、大理等地的热带丛林风光。本来徐霞客还想越过国境进入缅甸，因当地人再三劝阻，才打消出国计划。后来他染上了瘴疬，全身生疮疹，又不慎失足摔伤，无法行走。木增派人护送他返回了家乡。

徐霞客回家后不久便病倒了，但他念念不忘自己的崇高事业。他把野外采集的岩石草木等标本放在床边观察研究，并把长年旅行积累下来的一大箱旅游日记交给挚友季梦良整理。正当季梦良着手开始整理时，徐霞客病情突然恶化，于崇祯十四年（1641 年）与世长辞，终年五十六岁。徐霞客临终时，手里还紧紧攥着两块岩石标本。徐霞客去世后，他的游记由季梦良、王忠忉等整理编辑成册，流传于世，被誉为"世间真文字、大文字、奇文字"、"古今纪游第一"的"千古奇书"。

《徐霞客游记》是我国历史上篇幅最大、最为杰出的游记著作，它以时间为线索，以山川为脉络，以清新优美的文字描绘出一幅幅大自然的瑰丽图画，记录了祖国千山万水的各种风光胜迹，是一部活生生的旅游百科全书，标志着中国的旅游学跃上了一个新的台阶，具有极高的科学价值。同时，这又是一部优美的日记体的游记散文集。在我国历史上，以游记为体裁的文学不乏脍炙人口的名篇，但是，像《徐霞客游记》那样，游历之广，时间之长，内容之丰富，科学价值与文学价值并茂，可以说是空前的。其文直叙情景，文字质朴；天趣旁流，自然奇景，峰峦起伏，隐跃笔端，源流曲折，跃然纸上，刻画出一个踏遍青山、不畏艰险，勇于探索的伟大的旅行家形象，是中国文学史上一部不可多得的游记散文珍品。

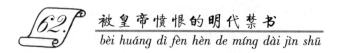

62. 被皇帝愤恨的明代禁书
bèi huáng dì fèn hèn de míng dài jìn shū

朱元璋建立大明帝国以后，为了加强思想统治，采取了一系列的禁锢人们思想的政策，明朝的文禁空前森严。朱元璋首立大学，将朱子之学定为正宗。令学者士子非五经孔孟之书不读，非濂洛关闽之学不讲。此后，他又大肆杀戮功臣，兴起严酷的文字狱，受牵连者成千上万。此后的明王朝统治者持续了这种统治，直到明中后期朝纲废弛、内忧外患、国势渐弱时这种可怕的政治氛围才有所改变。

明代统治者的禁书正是他们推崇儒教、宣传程朱理学的行动反映。《大明律》规定："凡私家收藏玄象器物、天文图谶、应禁之书及历代帝王图像、金玉符玺之物者，杖一百。"律中对何谓"应禁之书"并无规定。因此，可以这样说，只要是统治阶级认为是不合时宜的，是统治阶级所讨厌的书，都可以看做是"应禁之书"。这种概念范围的不加限定，使得士大夫们不敢贸然刊印他们的著作。

朱元璋自己出身低贱，对士大夫阶层，一方面他不得不使用他们，以治理国家；另一方面，他怀疑士大夫们会轻视嘲笑他的出身，换句话说，他嫉恨士大夫阶层。因此，朱元璋在巩固了自己的统治之后，就以兴起文字狱等这样那样的原因杀害士大夫文人。如魏观和高启的被杀即属此列。因士大夫文人被杀害而遭禁的书有汪广洋的《凤池吟稿》、高启的《吹台》、《凤台》等集、魏观的《蒲山牧唱》、徐贲的《北部集》、王行的《半轩集》、谢肃的《密庵集》等。实际上，这些士大夫文人被杀害后，他们的文集虽然明王朝没有明令禁止，但在专制淫威下，没有人敢在朱元璋统治时期再来刊布这些文集。因此，有人称明初的这批书禁为"不禁而禁"。

通过"靖难"之名夺取了统治权的明成祖朱棣比朱元璋有过之而无不及。在他因起草诏书事杀了方孝孺之后，保存方氏作品集的章朴就被处以死刑。绝大多数人哪里还敢收藏这类著作？明成祖时期这类不禁而禁流传下来的著作绝大多数是由后人编撰成集的。如练子宁的《金川玉屑集》是弘治年间编定的。茅大芳的《希董先生遗集》也明显为后人所编。

随着城市工商业的发展，资本主义生产方式逐步萌芽，在思想领域意识形态方面有新的思想在崛起并发展，与程朱理学形成了鲜明的冲突。而明代中后期、政治上的严酷统治已经由于种种主客观条件的改变而发生了变化，思想界逐步活跃。针对这样一个程朱理学受到冲击、异端思想纷出的局面，明朝政府开展了以改变整顿人们叛逆思想为目的的禁书活动。以"禁书"代替了朱元璋、朱棣对士大夫的打打杀杀。

这种性质的禁书活动始于明英宗时禁《剪灯新话》，到明神宗时禁李卓吾的著作而登峰造极。明英宗正统七年（1442年）二月辛未国子监祭酒李时勉奏请禁毁《剪灯新话》，他写道：

> 近年有俗儒，假托怪异之事，饰以无根之言，如《剪灯新话》之类，不唯市井轻浮之徒争相诵习。至于经生儒士，多舍正学不讲，日夜记意，以资谈论。若不严禁，恐邪说异端日新月盛，惑乱人心，实非细故。……凡遇此等书籍，即令焚毁。有印卖及藏习者，问罪如律。庶俾人知道，不为邪妄所惑。

礼部和英宗同意了李时勉的进言，《剪灯新话》等书于是被禁。

《剪灯新话》是中国第一部禁毁小说，也是一部典型的才子传奇小说集，最初有四十卷，以抄本流传，其所收的二十一个故事，绝大多数是幽冥志怪故事。后世较为称道的有《金凤钗记》、《牡丹亭记》、《翠翠传》、《绿衣人传》等。

《剪灯新话》之后，仿拟之作有明永乐年间的李祯的《剪灯余话》、万历年间的邵景詹的《觅灯因话》，合称"剪灯三种"，按李时勉所言，皆应在被禁之列。

李贽是泰州学派后期的代表人物。他继承了王阳明的学说，提出并主张自然人性，公开以"异端"自居。他认为"穿衣吃饭即是人伦物理"，不应"以孔子之是非为是非",震动了晚明思想界,很快在思想界和文学界形成了一股颇具声势的潮流。而这正好触犯了以程朱理学为正统的封建统治阶级的利益,顽固守旧的人对他十分仇恨。万历三十年,七十六岁的李贽受到礼科都给事中张问达的上书参劾:

> 李贽壮岁为官,晚年削发。近又刻《藏书》、《焚书》、《卓吾大德》等书,流行海内,惑乱人心。以吕不韦、李园为智谋,以李斯为才力,以冯道为吏隐,以卓文君为善择佳偶……以孔子之是非为不足据,狂诞悖戾,未易枚举。大都刺谬不经,不可不毁者也。

明神宗想借用李贽事件整肃当时日益走向解放的思想界。《焚书》、《藏书》、《卓吾大德》、《说书》等李贽著作遭到了禁毁。

由于李贽的思想是与当时的社会经济基础相适应的意识形态之一,因此,几年之后,李贽的著作就又盛行起来。在明王朝政治经济危机日益加深的情况下,明王朝采取了最后一次禁书措施,这就是崇祯十五年(1642年)禁止《水浒传》。

崇祯末年,不少人组织团体,以《水浒传》中英雄为开山祖师,许多义军组织参照了《水浒传》的做法。李青山干脆就在梁山一带起义,"破城劫狱,杀人放火,又学宋江"。因此,崇祯十五年四月十七日刑科给事中左懋第上本奏:认为《水浒传》一书"贻害人心,岂不为可恨哉",请求皇帝坚决禁毁该书。崇祯十五年六月,朝廷颁旨,严禁《水浒传》。规定山东一带要"大张榜示,凡坊间、家藏《水浒传》并原版,尽令速行烧毁,不许隐匿",其他地区也要这样做。

统治者的禁毁《水浒》是因为怕人民学水浒人物起来造反,书虽然禁了,但明王朝在浩浩荡荡的人民起义的打击下,还是走向了灭亡。

明代后期,统治集团内部始终派系纷争不断,其斗争愈演愈烈,而这种派系的斗争竟然也反映到了禁书上来。

最早的因为派系倾轧而致的禁书是《忧危竑议》。这部书把历朝发生过的皇帝废嫡子、长子，立庶子、次子的故事加以集中引述，以反对这种违背常规的可忧可危的事。此书涉及到了神宗宠爱的郑贵妃的拥护派、反对派的矛盾，也涉及到首辅赵志皋与次辅张位之间的矛盾。

此后又出现了万历三十年，涉及到首辅沈一贯、次辅沈鲤两派之间矛盾的《续忧危竑议》也遭禁止。

天启、崇祯年间由派系斗争而导致的禁书是《三朝要典》。天启时期，承认此书的观点，禁止与此书观点相反的书；崇祯年间，则禁止《三朝要典》。

《三朝要典》记载的是明代后期著名的三大案：神宗时的"梃击"案，光宗时的"红丸案"，熹宗时的"移宫"案。此书的编写，是天启年间各派政治斗争的需要。天启五年，魏忠贤已完全掌握了政权，他借《三朝要典》这部书的编撰刊布，打击政敌杨涟、左光斗、慎行等人。魏氏企图通过此史书证明自己的所作所为的"完美"，熹宗曾下旨，称赞此书"乃人心之公论，万世之大防"，与之相反观点的书当然要禁绝。于是《天鉴录》、《点将录》、《初终录》等书遭禁。

正当魏氏兴高采烈、击掌相庆时，明思宗即位，他大力打击魏党，于崇祯元年（1628年）五月，下令毁《三朝要典》，此书于是遭禁。

明代禁书中还有一种特殊情况就是写作刊行于明代，而在清代遭禁的书，如《如意君传》、《肉蒲团》、《痴婆子传》、《情史》、《僧尼孽海》等淫秽言情小说和《英烈传》、《禅真逸史》、《隋炀帝艳史》、《辽海丹忠录》等写历史的小说以及格调趣味低下的笑话集《山中一夕话》、《笑赞》等，因其在清代已被禁止，在此，就不一一赘述了。

63. 复社文人张溥的坎坷人生

fù shè wén rén zhāng pǔ de kǎn kē rén shēng

明神宗万历三十年（公元1602年），张溥出生于江苏太仓。溥是他的名，他的字先是乾度，后又改为天如，他的号为西铭。在他的家族中，他的伯父张辅之任南京工部尚书。他的父亲张翼之，字为尔谟，号为虚宇。包括尚书的儿子在内，张溥同辈兄弟共十二人，张溥排行第十。

张溥自小就很聪明。他六七岁时，兄弟们在互相嬉戏时，他从来不参加，只是独自一个人在旁边静静地观看。每天一早起来，他便带着笔墨跟着他的老师刘振溪学习。傍晚便回家，有时父亲便喊他过来问他今天学了什么东西，他便口中琅琅背诵起来，一口气便是数千句，他的父亲虚宇公非常怜爱他，希望他以后能够有所成就。十一岁时，他跟着张露生先生学习，先生很赞赏他，师生之间的关系处得也如同朋友一般。万历四十四年（1616 年），家族内部关系不融洽。伯父张辅之，虽然官位显赫，贵为工部尚书，不但对弟弟翼之毫无帮助，反而常常欺凌他，后来索性纵使自己的门客和手下的奴才对弟弟强争硬夺。翼之身受欺凌，然而自己家中，长子才二十岁出头，最小的才八九岁，纵然子多，无一官半爵的气势。翼之忍气吞声，只希望自己的孩子能够发愤读书，以求得功名，不再受别人的欺辱。第二年，也就是当张溥十六岁时，父亲因为长期怨气积心，以至于气结成病，临死时，父亲双眼紧闭，泪流满面。

因为张溥是庶出，所以一直不为家族中的人所尊重。辅之的家人对他尤其无礼。曾有一次，辅之的家人有意生事诬陷翼之，为此，张溥咬破手指在墙上书写道："不报此仇，誓不为人！"那个家人听说了这件事嘲笑张溥说："跋拉个破鞋的小儿，能有什么大的作为！"张溥有泪只能往肚里流，从此，他刻苦读书，不分白天黑夜。曾经在一个雪夜里他已经睡了，又起来继续读书，直到天亮，以至于鼻子流出血来。

父亲去世后，他便和母亲迁居到西郊。他认真读书，他所读的书一定要亲自再抄写一遍，抄完以后，再朗读一遍，就把手稿烧掉，然后再抄，再读，再烧掉。像这样，他要做六七遍才罢休。采取这种方法学习，时间长了，他右手拿笔的地方，都磨出了硬茧，几天之后就得用刀把茧割去。在冬天手冻裂了，每天就得用热水泡好几次。他之所以称他的书房为七录斋，也就是这个原因。

光宗泰昌元年（1620 年），张溥被补为博士弟子，名声大振。同年，他开始和张采交往。

张采字受先，与张溥是同乡。张采住在南郊，而张溥住在西郊，人称南张、西张，合称两张先生。天启三年（1623年），张采来到七录斋，以后五年间，张溥和张采在一块共同学习，可以说是形影相依，声息相通。张溥一生中最好的朋友可以说是张采了。以后，两人又拜访了周钟（金沙大族的一个才人）。三人一见，备感相识恨晚，在一块谈话整整五个昼夜。到1624年，张溥感到时机成熟了，就在苏州创立了一个文社——应社。刚一开始，共有十一人，包括张溥、张采、杨廷枢、杨彝、顾梦麟、朱隗、王启荣、周铨、周钟、钱旃。他们虽然以"尊经复古"为号召，以文会友，但他们更以气节为重，也就是要先有一等的人品。他们每人专攻一经，每月就聚到一块互相切磋，所以他们不仅五经皆通，而且所专攻的一经也达到精深的地步。这种方法后来流传到了浙江。而后来清代经学之所以发达，也从这里能找到渊源。应社后来又有荆艮、吴有涯、夏允彝、陈子龙、陈元纶、蒋德口等人加入，他们意气相投、清议政治，俨然成了一个政党。而此时的张溥学习更为刻苦。夏天伏月，他把两脚放在盛着水的瓦罐里，常常读书到深夜。有人讥笑他，说他迂腐，他充耳不闻。曾有一次他误把墨汁沾到了粽子上，吃时却浑然不觉，以至嘴角漆黑。张采在一边笑他，他始终没有觉察。

天启六年（1626年），前吏部主事周顺昌被捕，苏州市民哭声震天，为他鸣不平。阉党不准他们哭送周顺昌。大家愤怒至极，在应社的杨廷枢笔人的率领下，他们痛打了阉党的爪牙。后来事情追究下来，他们中有五个人被逮捕并被杀害，他们是颜佩韦、杨念如、马杰、沈扬、周文元。在魏阉被诛之后，张溥写了一篇《五人墓碑记》，在这篇文章中，他歌颂了英勇的苏州市民反抗逆阉的正义斗争，强调匹夫之死"有重于社稷"，远非"缙绅"所能及。本文内容充实、文风质朴、语言慷慨有声，是一篇政治性很强的散文。到了崇祯元年，张溥被皇帝特召入京师，以贡生的身份进入太学，张采此时亦成为进士，两人名扬天下。当时，所有进入太学的贡生都以一睹张溥的容颜为荣。为此，他聚集了许多的读书人成立了成均大会；之后在京师他又组织了燕台社。他之所以如此，是针对国内丑类猖狂、正气衰竭的情况。他提倡"尊经复古"，其意并不在于古文辞，而重在古之道，古之事理，用现在的话讲就是不是为复古而复古，而是要古为今用，进一步讲就是要有益于社稷。这一年秋季，艾南英来到娄东七录斋，和张溥共同谈论朱熹与陆九渊之异同，两个人意见不合。实际上艾南英与张溥之间的争论，是两个派别之间的争论。当时明代文章分为两派：一派主秦汉，一派主唐宋。主秦汉的为王世贞、李攀龙，他们取法《左传》、《史记》。主唐宋的为归有光、唐顺之，他们师承欧阳修、曾巩和韩昌黎。张溥属于秦汉一派，艾南英则属于唐宋一派。

崇祯二年（1629年），张溥二十八岁时，他合并了十六个文社，组成了一个文社——复社。他说："当今的读书人，不懂得经术，不少人学会的只是溜须拍马，上不可以佐助国君，下则无法给百姓带来幸福。人才日少，吏治混乱，都是由于这个原因。我张溥自不量力与四方有志之士共同倡导复兴古学，是为了将来某一天有用于国家。"大家都很赞同他的观点。江浙以及周围的英才俊杰都以加入复社为荣，以不能加入复社为耻。复社的名声震动了朝野内外。

张溥的同乡陆文声，曾经求请加入复社，没有得到允许，于是怀恨在心。后来，当温体仁手握重权时，他便向官府上告说："世风日下的根源在于读书人，像张溥、张采为盟主发起组织复社，实际上就是要使天下大乱……"温体仁责令提学御史倪元珙、兵备参议冯元飏、太仓知州周仲连来查办此事，拖了很长时间，三人都说：张溥、张采行为端正，没有什么可以治罪的。结果三人都被贬官且以后常因此事而穷究不舍。福建人周之夔，曾经做苏州推官，因为自己品行不端生事而被罢免，便怀疑是张溥从中做了手脚，对张溥恨之入骨。他一听说陆文声在上告张溥，就立刻也向官府告张溥，说自己之所以被罢官是张溥从中作梗，还说复社如何如何猖狂。巡抚张国维经过调查发现，周之夔被罢官与张溥没有任何关系，他上书言明此事，结果却受到了上级的谴责。复社成立以后，多次召开大会。1633年三月的虎丘大会，可以说是盛况空前的一次。到集会的那天，各地乘船坐车来的有几千人，大雄宝殿里里外外都是人，真个是车水马龙，万头攒动。游人都纷纷前来观看，都以为三百多年来都没有这么大的集会。不少参加复社的人都说：我们是继承了东林党的遗风。这使朝廷中的一些人对张溥更是仇恨。自此以后，更是加紧对复社文人，尤其是对盟主张溥的迫害。

张溥以天下为己任，又害怕因谗言而受到迫害。长期下来以致郁结成病。崇祯十四年（1641年）五月初八日晚，张溥溘然长逝。他临死前，对身边的仆人说："月亮真好，我要上路了。"说罢，就闭上了眼睛。这一年，他仅四十岁。

64. 抗清斗士：几社领袖陈子龙

kàng qīng dǒu shì：jǐ shè lǐng xiù chén zǐ lóng

明朝中后期的东林党是一个较为进步的政治团体，东林党人多是一些具有声望的士大夫，获得了知识界的推崇。天启、崇祯年间，许多知识分子纷纷组织社团支持他们的政治主张，后有张溥、张采等将这些社团组成复社，主要从事反对魏忠贤阉党的斗争。在松江，陈子龙、夏允彝他们也组织了"几社"和复社相呼应，它既是文学团体，又是政治团体，是东林党一个重要的基础组织。几社取友严谨，砥砺名节，以品格学问相尚。后来明朝灭亡后，夏允彝、夏完淳、陈子龙等几社首脑都以身殉国，显示出崇高的气节，在明末众多的爱国志士中，堪称代表。

陈子龙（1608—1647年），原名介，字人中，更字卧子，号大樽，又号轶符，晚号於陵孟公。江苏华亭（今上海松江区）人。他的祖辈们虽然没有做过官，但家境一直比较富裕，在当地有一定的名望。他的曾祖陈钺曾自带家奴和佃夫二百多人抗击入侵当地的倭寇，给倭寇以沉重打击，当政府要授他官职时他却辞而不就。陈子龙的父亲中过进士，为官不畏权阉，是很有清望的士大夫。

陈子龙的一生可以分为三个阶段。青少年时期他是名士、才子，关心

的是诗文和科举。从三十岁到明朝灭亡，他是一名为国为民的志士。明朝灭亡后，陈子龙坚持抗清斗争，是一名为国殉身的斗士。

作为一个名士、才子，陈子龙青少年时期的生活主要是读书、应举，当然也不乏社会活动。他幼承家教，奋志读书，精通经史，十多岁就有文名，被父辈东林人士所器重。十四岁时他中了秀才。十七八岁时，苏州一带因抗议逮捕周顺昌，人们纷纷而起反对阉党，陈子龙制了一个草人，写上魏忠贤的名字，然后约朋友一起朝它射箭，来发泄对阉党的不满。陈子龙是一位"好奇负气，迈越豪上"，"慨然以天下为己任，好言王伯大略"的人物。青年时代就显示出关心国事、正直豪迈的特点。他与同郡的夏允彝等组织几社，也是在这个时期，他逐渐成为复社的主将，成为江南一带很有影响的青年名士。作为一个才子，陈子龙也有其风流放荡的一面。他早年娶妻张氏，后来又与江南名妓柳如是产生了一段风流绮艳的感情。柳如是虽是一名妓女，却有过人的才情，而且有着忠烈意志，是极不平凡的一位女子。柳如是本姓杨，原来是嘉兴名妓徐佛的侍婢，后转为吴江故相周道登家的姬妾，被人嫉妒，卖入娼门，因而流落民间。在松江时与当时名士相交往，她为人风流放荡不拘常格，曾一度与陈子龙的友人宋征舆感情密好，后因事决裂，又与陈子龙相爱，后因家庭的干预，二人被迫分手。这段感情对陈子龙影响很大，他有许多诗词都与这段艳情有关。

崇祯十年（1637年），陈子龙中进士。不久因继母去世，回乡守孝三年。三年中，他从事各种学术研究，曾和友人徐孚远、宋征璧合编了《皇明经世文编》五百零八卷，汇集了明人有关政治、经济问题的论述、奏议等。他还将徐光启的《农政全书》遗稿编订出版。崇祯十四年，陈子龙出任浙江绍兴府推官，即司法官。赴任之初，杭州有位专管盐务的崔太监，权势很大，别的官员为巴结他都纷纷前去拜见，给他献礼、下跪，只有陈子龙从来不去，别人劝他去一下，但陈子龙说："要是去给内监屈膝，那倒不如回家去好，多少还有些活路。"他始终不肯去。幸亏崔太监不久便离开了杭州，陈子龙才安安稳稳做了四年推官。四年中他为当地百姓办了不少实事。有一年正月，天寒大雪，他见路上成百上千的饥民肩执米袋、手执长刀，准备去抢劫大户，急忙进行劝阻，并徒步雪中请求县中富户发粟救亡。他又主持了附近各县的救灾，创办了病坊和育婴堂。这次救灾用了七万五千石米，活人十余万。病坊救活了一千余人，育婴堂救活弃婴三百多人。通过这件事显示出陈子龙关心民生疾苦的一面。作为一个地方官吏，陈子龙是位勤政爱民、以天下为己任的志士。

陈子龙因平乱有功被升为兵科给事中，还未赴任，北京便沦陷了。等南明建立后，他应召赴南京任职，开始了他抗清斗士的生涯。在弘光政权，他任职不过五十天，却上了三十多个奏章，总结明朝治乱得失，提出南明的防战策略，都是因时论事，因而被人嫉恨，遭到排挤，只得请假还乡。弘光朝灭亡后，江南各郡纷纷起义兵抗清。当时松江人民也组织了义军，陈子龙悬挂起太祖遗像，大家跪于像前立誓抗清，陈子龙任监军之职。松江失陷后，夏允彝为保名节，自投深渊而死。陈子龙由于九十高龄的祖母无人奉养，不忍弃置不顾。他五岁丧母，全靠祖母爱抚恩养，父亲临终时也一再嘱咐他要赡养祖母。于是陈子龙出家为僧，改名信衷，字瓢粟，又号颍川明逸。次年，祖母去世后，陈子龙便一心一意地从事抗清活动了。吴易在太湖组织兵力抗清，陈子龙也参加了，但不久吴易兵败被杀，陈子龙设法逃脱。后来降清的辽将吴胜兆想反正，派人与陈子龙通消息。但吴胜兆因组织不密事败，清军认为这次兵变的主谋是陈子龙，而且还认定他是江南抗清的首领人物，因为鲁王曾封他为七省都督。他们认为只要抓住了陈子龙，便把江南抗清志士一网打尽了。于是便以谋反罪通缉陈子龙，陈子龙在嘉兴被俘。在押解途中，他不愿受辱，挣脱绳索，从船上投水身亡。死后，清兵还将他的头颅割下，悬挂在船头虎头牌上。

陈子龙的相貌十分奇特，他的两只眼珠一直是向上看。按明代流行的相法，这是一种不吉之相。明景泰时期的吏部尚书王文就是这样，当时有名的相法家袁天纲的儿子就说这是望刀相，后来英宗复辟，王文和于谦都被斩杀。陈子龙死后也被砍头。这对于个体生命来说确实不吉，但他为抗清而死，其民族气节、道德操守却比那些投降卖国而富贵长寿者高出千万倍。因而被后人交口称赞，连清朝后来也赐给他"忠裕"的称号。

陈子龙不仅是抗清斗士，又是明末著名的诗人、词人。他的诗歌创作分为明、清两个时期。在明朝，他是复社的主将，几社的领袖。作为文学团体，复社和几社都提倡复古，陈子龙更是这样，他推崇前后七子的复古主张，诗歌创作模仿汉魏六朝和盛唐。为维护七子，他甚至不能容忍艾南英对他们的谴责，以至于动手相打。他青少年时的诗集名为《白云草》，大多是模仿、拟古之作，如《拟古诗十九首》、《拟公燕诗八首》等，作品脱离现实，形式主义严重。中进士后，他逐渐关心国事，任地方官后又亲察民生疾苦，加上社会的动荡，时代的变迁，陈子龙的诗歌创作也发生了很大变化。内容多关注现实，有的反映人民的苦难，如《小车行》、《卖儿行》、《流民》，描写了人民啃树皮食草根、卖儿鬻女、到处流亡的悲惨生活。有些作品深切抒发对明清战事的关心，如《辽事杂诗》八首、《晚秋杂兴》八首。国事的衰败激发了诗人积极用世的愿望，如《钱塘东望有感》说："禹陵风雨识王会，越国山川出霸才。"《于忠肃祠》中也发出"手持大计靖胡天"的自我期许。这类诗歌与他入清后的诗歌在精神风格上是一脉相承的，显示出遒劲的风格。

入清后，陈子龙只经历了四年的斗争生活便壮烈牺牲了。民族的灾难和自身的抗争，使他的诗歌创作又有了新的飞跃。短短四年，他留下将近一百首诗，主要收于《焚余草》，这部分诗作代表了陈子龙诗歌的最高成就。这些作品淋漓尽致地抒发了强烈的亡国之痛和故国之思。

65. 袁于令以《西楼记》得名
yuán yú lìng yǐ xī lóu jì dé míng

袁于令（1592—1674年），原名晋，字韫玉，又字令昭，号凫公、箨庵，又号幔亭仙史、白宾、吉衣主人等，江苏吴县人，明末清初的著名戏曲家。其书斋名叫"剑啸阁"，故作品常以"剑啸阁"题署。

袁于令出生于吴郡仕宦之家，祖父官至陕西按察史，父亲曾任肇庆同知。身为贵介公子的袁于令，早年"藉父祖之清华，恣游遨"，时常出入花街柳巷，迷恋妓女，并因此而被开除生员学籍。清兵南下时，他曾受苏州士绅之托，作降表投诚，授职督管山东临清砖厂，后升任荆州知府。袁于令做官后，仍放浪形骸，不拘小节，"风流才调，以词曲擅名"。据尤侗的《艮斋杂说》记载：有一天，袁于令去拜谒某道台，道台突然问道："闻贵府有三声，谓围棋声、斗牌声、唱曲声也。"袁于令徐徐答道："下官闻公亦有三声。"道台追问是哪三声，袁答曰："算盘声、天平声、板子声"，讽道台贪酷。

袁于令曾受业于明代戏曲名家叶宪祖，为"吴江派"的词家巨手，"花晨月夕，征歌按拍，即令伶人习之，刻日呈技"。（黄宗羲《叶公改葬墓志铭》）陈去病的《五石脂》曾记有袁于令的一段轶闻，说袁于令的《瑞玉记》刚脱稿，就被伶人抢去演出，开场之前，伶人发现剧中李实登场时缺少引子，必须补足。"时群公毕集，而袁尚未至"，于是各绅士皆拟一调，等候袁于令裁决。俄而袁至，闻其故，笑曰："几忘之"。即挥笔写出〔卜算子〕："局势趋东厂，人面翻新样。织造平添一段忙，待织就弥天网。"群公见此，无不叹服，"遂各毁所作"。由此可见袁于令具有出众的写剧天才。

袁于令所作传奇九种，合称《剑啸阁传奇》。今存《西楼记》、《金锁记》、《鹔鹴裘》、《长生乐》四种，尤以《西楼记》最负盛名。

《西楼记》又名《西楼梦》，是袁于令的得意之作，据说该剧隐寓了作者的身世自况。

《西楼记》共四十出，写江南才子于鹃与名妓穆素徽之间悲欢离合的生死之恋。于鹃，字叔夜，御史于鲁之子，乡试解元。于鹃年过二十，未曾婚娶，自负才名，必欲求天下佳丽，认为"婚姻乃百年大事，若得倾国之姿，永惬宜家之愿。天那，你减我功名寿算，也谢你不尽了"，并撰写〔楚江情〕词曲以抒怀抱。郡中西楼名妓穆素徽，色艺兼全，妙于歌舞，芳名远播，王孙公子争相纳币识荆。一日，穆素徽闲坐西楼，翻阅于鹃所作的《锦帆乐府》，见〔楚江情〕词曲，倾心叹服，赏为天下奇才情种，以为终身可托。从此，尽洗脂粉铅华，闭门谢客，清慎自守。相国公子池同，闻花魁之名，十分倾慕，三番五次派人邀请素徽陪酒玩赏，均遭拒绝，穆说："儿曹，任他白璧黄金，一点芳心难讨。"由此，遭到池同和于鹃友人赵伯将的嫉恨。一天，于鹃闲游到妓女刘楚楚家听歌，楚楚请于鹃修改赵伯将的曲谱，以便于演唱。复见桌上有一幅〔楚江情〕花笺，笔致秀美，一问，知是穆素徽出于爱慕之情所书写。便去西楼访穆，素徽听说于鹃来访，抱病出见，歌〔楚江情〕为媒，山盟海誓，订下百年之好。

赵伯将知道于鹃改了他的曲谱，怀恨在心。到于鹃的父亲于鲁面前进谗言，于鲁觉得儿子迷恋烟花，荒废了学业，便派赵伯将率领家丁将西楼打砸一通，把穆素徽一家逐往杭州。临行前一日，素徽写信约于鹃到锦帆泾相会，"永决终身之事"，还截取秀发一束装入信中，派周旺当面交给于鹃。但封信时，池同来到，忙乱中误封了一张空纸。于鹃见到素纸和断发，百思不解素徽何意，失去了话别的机会。鸨母明说去杭州投靠亲戚，暗中却将素徽以五百两的身价卖给池同做妾。素徽抵死不从，受尽折磨。于鹃自素徽离去后，忧思成疾。不久，于鲁升为顺天府尹、山东巡抚，于鹃随父到山东，病势更加深重，以至昏迷不省。医人包必济见施药无效，急忙抽身南归，传言"于鹃已死"。素徽一听，悲痛欲绝，想自缢殉情，却被丫环救起。于鹃的朋友李节进京赶考，于鹃也迫于父命赴京应试，二人在客店相逢，将误传素徽已死的消息告诉了于鹃，在场的侠士胥表对于鹃、素徽的遭遇十分同情，决心南下寻仇，以报不平。胥表来到杭州混真寺，才知道素徽没有死，还正在为追荐于鹃亡灵大做水陆道场。胥表用计使爱妾轻鸿扮成孝妇，纠结武士打入道场，灭了灯火，乱中抢走了穆素徽，而轻鸿却在池同家人的追捕下投水自尽了。胥表抢到素徽，迅速护送进京，以便让于鹃和素徽成亲。

却说于鹃闻听素徽死去，痛哭不已，匆匆交卷之后，即刻南下，要到杭州寻找素徽尸骸，葬身素徽墓侧。到了吴郡，从刘楚楚那里知道素徽未死，却又被人抢走了。于是，匆匆北上殿试，与南下寻他的胥表在途中相遇，说明就里后胥表又将他的千里马借给于鹃，方不误殿试。榜发，于鹃中了状元，李节中了探花。由李节做媒，说服于鲁，于鹃和穆素徽这一对有情人终成了眷属。最后，胥表在一家酒店里遇到池同和赵伯将，池、赵二人对于鹃既中状元又获称心佳丽十分怀恨，欲买通胥表去刺杀于鹃。胥表却将池、赵二人诓到郊外杀死，而自己逃走无迹了。

《西楼记》成功地塑造了于鹃这一痴情男子的形象。于鹃虽出身宦门，却鄙视门阀观念，轻功名、重爱情，而且富贵不易其志。他一旦爱上了青楼女子穆素徽，便不顾一切地去大胆追求，他说："不得素徽，纵做南面王，也只是不快。"听说素徽已死，便无心进取，发出了"姻缘已断，富贵安足论"的感慨，并决心以死殉情。剧作还热情赞扬了穆素徽身为下贱却不畏权贵、誓死捍卫爱情的可贵精神；赞扬了胥表、轻鸿舍己救人、不求报偿的侠义行为。同时，剧作对池同、赵伯将等奸佞小人的丑恶嘴脸也作了有力的揭露。

《西楼记》在艺术上突出的特点是结构谨严，情节曲折多变，心理描写细腻逼真。而且关目新奇巧妙，照应得当，远远超出了一般才子佳人戏的俗套，具有引人入胜的艺术效果。所以，祁彪佳《远山堂曲品》说该剧"写情之至，亦极情之变，若出之无意，实亦有意所不能到。传青楼者多矣，自《西楼》一出，而《绣襦》、《霞笺》皆拜下风。令昭以此噪名海内，有以也"。

《西楼记》是袁于令久负盛名的得意之作。陈继儒在《题西楼记》中说："近出《西楼记》，凡上襄名流、冶儿游女，以至京都戚里、旗亭邮驿之间，往往抄写传诵，演唱殆遍。"入清以后，《西楼记》仍传唱不衰。据《秋雨庵随笔》记载，说"袁箨庵于令，以《西楼记》得名"。一日，袁于令出外饮宴坐轿而归，路过一大户人家。其家正在月光下宴客，演《霸王夜宴》。轿夫见后埋怨道："如此良宵风月，何不唱'绣户传娇语'，却演《千金记》耶？"袁于令闻言狂喜欲绝，几乎坠落轿下。"绣户传娇语"出自《西楼记》的《错梦》一出，由此可见该剧的巨大影响。至今，《西楼记》中的《楼会》、《拆书》、《玩笺》、《错梦》等出还在戏曲舞台上常常上演。

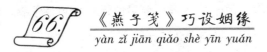

66. 《燕子笺》巧设姻缘
yàn zǐ jiān qiǎo shè yīn yuán

明末无行文人阮大铖是中国戏曲史上无法避开的剧作家。他是紧接汤显祖之后晚明剧坛的代表作家，他的每一本戏的出台，马上就会产生轰动。其现存的《燕子笺》、《春灯谜》、《牟尼合》、《双金榜》合称为《石巢四种》，在当时和后代都有较大影响。

阮大铖（1587—1648 年），字集之，号圆海，又号石巢、百子山樵，安徽怀宁人。他的祖父阮自华是万历二十六年进士，"为人跌宕疏放"，在做官期间常常不理公事，和诗朋酒友分简赋诗、观戏作曲。这样的家庭环境对阮大铖后来的诗歌创作必然会产生影响。他"少有才誉"，万历四十四年（1616 年）中进士，授行人之职。阮大铖以清流自命，受到当时朝中重臣，同乡左光斗的器重。但阮大铖为人气量褊狭，急功好利。天启四年（1624 年），吏科都给事中缺官，左光斗想推荐他，急忙召阮大铖入京。但赵南星等人认为他轻躁不可任用，而想任用魏大中，使阮大铖补工科都给事中。阮大铖于是对东林党产生怨恨，他便"走捷径，叛东林"，依靠中官的力量迫使吏部任命他为给事中，并投靠魏忠贤，与杨维坦、倪文焕结为死党，编造了《百官图》，进献魏忠贤。但是他又害怕东林党人攻击自己，任职不到一个月又提出辞职请求，急急忙忙回了家乡。这样魏大中又掌吏科都给事中，阮大铖对此非常愤恨。而这时期魏忠贤的势力已渐占上风，阮大铖私下里对亲近的人说："我还能够好端端地回家，不知道左光斗他们将有什么结局。"后来杨涟、左光斗等被魏忠贤等害死，他又得意洋洋对人夸自己有远见。不久阮大铖被召回为太常少卿。进京后，他非常恭谨地侍奉魏忠贤，但又暗中考虑到魏党终究靠不住。每次进谒魏忠贤，都要送厚礼贿赂守门人，取回名帖。做了几个月的官，又辞职回家了。魏忠贤自杀死后，阮大铖又封了两份奏疏让人快马驰送杨维坦，一份专门弹劾崔呈秀和魏忠贤，一份则将他们与王安及东林党人一起弹劾，要他看准朝廷风向，依据时机选用其中一篇。由于阮大铖在政局将发生巨大变化的时刻，进行政治投机，上了七年合算疏，使东林党对他痛恨切齿。尽管他机关算尽，但还是没能逃脱历史的惩罚。崇祯二年（1629 年）魏大中之子上血疏，认为阮大铖是害死他父亲的罪魁祸首，于是阮大铖被朝廷列为逆案，罢斥为民十七年。

阮大铖罢官家居不甘寂寞，力图起用。崇祯六年开始他侨居南京，招纳游侠，谈兵说剑，"希以边才起用"，为结交权贵，他又"置女乐治具"。阮大铖的行为激起了东南复社文人的痛恨，崇祯十一年八月，复社一百四十多人公讨阮大铖，作《留都防乱揭》，驱逐阮大铖，于是他"潜迹南门之中首山不敢入城"，"闭门谢客"。马士英与阮大铖本来是"狎邪之交"，这时也遭遣流寓南京。两人同病相怜，终日往返，互相慰劳。崇祯十四年，周延儒由于东林党人的活动而出任内阁首辅，阮大铖与他私交甚厚，但周延儒这次出山是依靠东林党的力量，他不能起用阮大铖，阮大铖向他推荐马士英，于是马士英被提拔为庐凤总督。明朝灭亡后，弘光帝在南京即位，马士英由于拥戴有功，做了大学士，他起用阮大铖为兵部尚书。他们狼狈为奸，对内排斥，打击史可法为代表的主战派，大肆镇压搜捕东林复社文人，对外投降卖国。当清兵南下占领南京后，阮大铖逃奔浙东，又投降清兵。后来他随清兵登仙霞岭，为了表示他身强无病，是铁铮铮汉子，他骑马挽弓，拼命奔驰。大军到仙霞岭最高处，看到阮大铖的坐骑抛在路口，他身子坐在大石头上一动不动，喊也没有动静，马上的人用鞭子扯扯他的辫子，还不动，一看，阮大铖已死了。

然而，就是这位卑劣的人物，却是颇负盛名的诗人、戏曲家。阮大铖是一位"多才"的诗人，章太炎十分推崇他的五言古诗，认为明代诗人"如大铖者鲜矣"。当然，最负盛名的还是他的戏曲创作。阮大铖的戏曲创作，明末曾盛传一时。他家自蓄优伶，往往自编自导。并曾利用其家伶声伎笼络侯方域等人，复社文人对阮大铖其人虽深恶痛绝，但对其家伶歌唱艺术却异口同声地称赞。客居南京时，是他戏曲创作的黄金时期，许多著名文人都和他有交往，并对他名列魏党而遭废斥之事寄以同情。阮大铖罢官时期的大量时间是在与友人交游唱和中度过的。冯梦龙、张岱是他的好朋友，王思任、文震亨等也与他交往甚密，为他的许多戏曲作品作序，对他的戏曲活动给予了很高的评价。这对于阮大铖戏曲作品的流传十分有利。

《石巢四种》以《燕子笺》最著盛名。这个剧本共四十二出，演述唐朝扶风郡秀才霍都梁与曲江妓女华行云、宦家女子郦飞云曲折离奇的婚姻故事。因为燕子衔笺为其关键情节，故名《燕子笺》。剧情大致如下：扶风茂陵人霍都梁曾应试长安，并与曲江妓女华行云有情。后应同乡鲜于佶之约，又到长安应试，于是住在华行云家。华行云久欲从良，又爱都梁才貌，两相欢洽，誓永为夫妇。霍都梁作了一幅《春莺扑蝶图》，送与裱匠装裱。当时，礼部郦安道收到同年贾仲南所赠吴道子亲笔观音图一幅，女儿飞云恳求由她供奉此图，并送到裱匠家中装裱。取画时，裱匠之妻将两幅画互相错发。郦飞云拿到画后见画中女子与自己非常相像，身旁又有一俊俏书生相傍，便用小笺题〔醉桃源〕一词抒写心中的喜爱。忽然飞来一只燕子将笺衔去。霍都梁正在曲江堤上散步，这只燕子飞到他的头顶盘旋，落下红笺。霍都梁拾笺后知道是一女子所作，《扑蝶图》被这个女子收藏了，忙回去告诉华行云，行云劝他等考试后再去寻访。

郦飞云自看到《扑蝶图》后，不禁胡思乱想，害起病来。母亲请来了一个女医孟妈为她诊病。侍女将飞云害病经过告诉了孟妈，孟妈从图上知道作画者是霍都梁。

朝廷开试，郦安道为主考。鲜于佶胸无点墨，知道自己必不能中，于是买通中堂编号官，将霍都梁的试卷和自己互换。霍都梁考完后十分满意，回到华家后又将场中文章誊写一遍，因为劳累，身体不适，行云请孟妈为他看病。孟妈一见霍都梁，立刻认出他就是《扑蝶图》上的书生。霍都梁知道图在郦飞云手中，于是拿了拾到的题笺，取金钗为酬金，托孟妈索回图画，交换观音图。鲜于佶正好听到这一番话，他怕放榜后自己的行为败露，于是便利用要画一事诬陷他败坏郦老爷门风，当局要缉捕霍都梁。都梁顾不得功名，慌忙离京而去。

　　这时，安禄山的叛兵攻破潼关，长安震动。郦安道护驾出都，朝廷暂缓发榜。叛兵攻入长安，百姓纷纷逃亡。郦飞云在逃难中与母亲失散，恰与孟妈相遇，被天雄军节度使贾仲南收为养女。霍都梁出京后逃往同乡衍阳县令秦若水处。贾仲南路过此地，要觅一记室，秦若水举荐了他。霍都梁心有余悸，化名为卞无忌。贾仲南依霍都梁之计使安禄山父子内乱，因功升为枢密使，霍都梁被授为翰林军尉。由贾仲南做媒，霍都梁与郦飞云成婚。孟妈认出卞无忌便是霍都梁。

　　安史之乱平定后，郦安道也回到长安，郦母在逃难中失去女儿，恰巧遇到华行云，将其收为养女。朝廷安定后发榜，鲜于佶中了状元，到郦安道家拜谢座师。华行云从旁认出鲜于佶，向郦安道检举他是一个胸无点墨的无赖，郦安道说鲜于佶文章做得好，华行云出示了当时霍都梁的文稿，证明鲜于佶剽窃他人文章。郦安道心中怀疑，于是次日召鲜于佶来私下再试，鲜于佶无力完成，只得仓皇逃走。郦安道上表引咎自责，皇帝令他安心供职，并将鲜于佶交有司究治，于是霍都梁被追补为状元，授官弘文馆学士，兼河陇节度使。贾仲南送郦飞云夫妇回京，郦安道知道女婿就是霍都梁，十分惊喜。飞云、行云二人争夺状元夫人的封诰，最后行云被封为状元夫人，飞云封为节度使夫人。

　　《燕子笺》中几个人物形象非常生动鲜明。特别是霍都梁，始终忠于身为"上厅行首"的华行云，虽与飞云成婚，却坚持二云不分大小，没有门第贵贱之分。华行云也爱憎分明、正义凛然，可谓平康巷中的一个耿介女子。此外，此剧结构严密紧凑，文词典雅清丽。前人对此剧评价很高，认为它"灵妙无匹"，"可追步元人"。它一经问世，当时的秦淮歌伎争相竞演，宫廷及贵宦之家也是演奏几无虚日。直到清朝，此剧还盛演不衰，乾隆年间徐溥的诗便反映了它的演出盛况："梨园东部夜相邀，活现风情未易描。留得怀宁余曲在，《春灯》、《燕子》谱笙箫。"

　　《燕子笺》从燕子衔笺为媒巧设姻缘，情节曲折。而另一名著《春灯谜》比它更为离奇诡异，写韦影娘女扮男装元宵节观灯，宇文彦也去观灯，二人同猜灯谜相识，互相唱和。夜归时韦影娘误入宇文彦家舟中，被宇文彦之母认为义女。宇文彦误入韦家舟中，因怀中有影娘诗笺，被指为贼入狱。宇文彦之兄审理此案，但兄弟二人都改了名，因而没有认出。但其兄怜其冤而释之。宇文彦后来进京中状元，宇文家以义妹影娘妻之，洞房之夜，误会俱消。此剧以"错认"为题眼而展开情节。其他两种剧作《牟尼合》、《双金榜》也大致有此特点。阮大铖的剧作特别善于运用此类误会巧合，情节离奇，富于戏剧性。又因为他精通音律和舞台艺术，所以这些剧作特别适宜演出。所以，尽管阮大铖人品卑劣，但对其剧作人们并未"因人废言"，而是给予了很高的评价。

67. 慷慨悲歌《南冠草》
kāng kǎi bēi gē nán guàn cǎo

江苏松江府的华亭县，是一个山清水秀、人杰地灵的地方。1631 年，夏完淳就出生在这片充满灵气的吴越土地上。他的原名为复，乳名端哥，字存古，号小隐，别号为玉樊、灵胥。他的父亲、伯父、嫡母、生母都很有才学，而又品行端正，这使他从小就接受了很好的家庭教育。

夏完淳的父亲夏允彝是一位江南名士，而且是继承了明末东林党流风余韵的"几社"领袖。夏允彝很重视对儿子的教育，常常把小完淳带在身边，以气节来激励完淳。正所谓："蓬生麻中，不扶自直"，再加上他天资聪慧过人，这便使他很小就崭露头角。他五岁已通读《诗》、《书》、《礼》、《易》、《春秋》，七八岁便能吟诗撰文，谈论古人得失。他的老师陈子龙对他大加赞赏。八岁时，他在北京见到了一代名士钱谦益，钱很惊异于小完淳的智慧，给他定言："若令酬圣主，便可压群公。"九岁时，他写了一本《代乳集》。夏完淳很关心时事，和同辈们谈论边关大事，常有自己独到的看法。

少年夏完淳眉清目秀、风流倜傥、才华过人，是一个文采宏逸的诗人。在明末北方的血腥还没有蔓延到江南的时候，他作过不少说愁道恨、言情写梦的诗词，其中多模仿六朝以前的作品，所以内容很单薄。可以看出，他的创作明显受到了复古主义的影响。他也曾和同辈一同进出歌舞场，像"盈盈守空房"、"徘徊轻霞裳"等温情脉脉的句子常流笔端。

然而，随着 1644 年的到来，先是崇祯皇帝自缢于煤山，接着是吴三桂勾引清军入关。一场大悲剧开始在中国这个舞台上上演了。清兵铁蹄过处，天昏地暗、生灵涂炭，死神的翅膀笼罩了华夏大地，辽阔的土地上到处血迹斑斑。

清顺治二年（1645 年）八月，夏允彝和陈子龙以及几社的盟友们在南京的明朝福王政权崩溃后，决定在松江起兵抗清复明。他们慷慨悲歌，将民众云集到抗清的大旗之下。当时，年仅十四岁的夏完淳也热情地加入了这个反清复明的大军之中，并且在环境的启示和逼迫下，他迅速地成长为一名出色的年轻斗士。他和父亲、陈子龙等人一起共商抗清大计，他们计划着趁清兵初入江南、立足未稳之机，以明朝镇守吴淞的威虏伯吴志葵水军为主力，联络各路抗清力量，复兴江南。计划安排好之后，完淳和父亲便很快地加入到了吴军之中。但是由于吴志葵慵懦无能，优柔寡断，以至于吴军首战即告失败。此战后，夏允彝留下了一纸遗书，自投松塘而死。这一年，夏完淳十五岁。

国难家仇，使夏完淳变得更加成熟了。他变卖了所有的家产，捐作义师的军饷。当时在长江以南，特别是苏杭一带的水乡地区，清政府派来的官吏和军队多是烧杀抢掠，无恶不作。人民饱受煎熬，忍无可忍，这为江南的起义创造了很好的条件。顺治三年（1646 年）春，夏完淳和老师陈子龙、岳父钱□等聚集了一批义士，歃血为盟，共谋大义，他们上书在浙江绍兴监国的鲁王朱以海，呼吁反清复明，鲁王遥授夏完淳为中书舍人。这使年轻的夏完淳大受鼓舞，他马上前往太湖，参加了吴日生率领的太湖水上义军，担任了参谋职务，为义军出谋划策。此时，义军斗志极高，所向披靡，先后光复了吴江、海盐等几个城市，清军为之大惊，马上调集人马向义军反扑过来。后来由于中了敌人的奸计，义军腹背受敌，几乎全军覆没。夏完淳在吴军败退时和义军失去了联系，离开了苏南地区。此后不久，陈子龙被捕，投水自尽。

　　夏完淳在外飘零了一段时期。他的著名的《大哀赋》大约写在这个时候。这篇赋对明朝末年的政治局势做了有力的揭露和批判，对南明福王政权也予以无情的抨击。虽有模仿庾信《哀江南赋》的痕迹，但表达感情深切，具有悲壮淋漓的独特风格。可以说，这是一篇具有史诗意义的作品。

　　顺治四年（1647 年），夏完淳回到家乡，他联络江南名士四十余人联名上书鲁王，表示抗清的决心。不久，由于出了叛徒，表文落到清军的手里，江苏巡抚按名通缉，夏完淳在松江亭被捕。被捕时，他慷慨激昂地表示："天下岂有畏祸避人的夏存古！"转身向母亲告别说："我是为国尽忠尽孝，不必顾念我。"夏完淳被押解到南京之后，审讯他的是招抚南方总督军务大学士洪承畴，也就是在松山战役中被俘降清的那位。此时，他到南京总督军务，正非常神气。审讯开始，并没有剑拔弩张的气氛。洪承畴知道自己此时面对的绝非一个等闲的少年，而是一个在江南读书人中深孚众望的少年义士，故而不敢掉以轻心，发问时语气也力求委婉。他说："你这样一个天真无邪的少年郎，岂能称兵叛逆，一定是受人指使，误入歧途，倘若你能幡然悔悟，归顺了大清，不光叛逆之罪一笔勾销，而且有享不尽的荣华富贵。"可惜的是洪承畴看错了对象，年轻的夏完淳非常鄙视投降变节的小人，他假装不知道审讯他的是什么人，故意说："我常听人讲洪承畴先生是我们大明的豪杰，曾以十万之众，力敌清兵百万之师，松山之战中，先生血染战袍，英勇就义。先皇痛切地悼念他，天下人都为他的壮举所感动。我很佩服他的忠烈，我虽然年少，但也想杀身报国……"没等夏完淳讲完，左右的人就忙插话："座上的就是你仰慕的洪承畴。"夏完淳就又借机痛骂道："你是什么东西？竟敢冒充先烈，假如真是这样，洪承畴岂不成了一个欺世盗名、十恶不赦的叛徒。"这一段痛骂直把洪承畴骂得那张厚脸也一会儿白，一会儿紫了。

　　身在狱中的夏完淳，回首往事，毫无遗憾，但是面对着支离破碎的河山、铁蹄下人民痛苦的呻吟，他怎能安然，感情的潮水汹涌着，终于，他强烈的感情像火山一样喷发了。这一喷发也便决定了他在中国诗坛上的不朽的地位，他的诗歌以雄壮激烈、奔放纵横、热血沸腾的气派赫然崛起于毫无生气的晚明诗坛上。《南冠草》便是夏完淳在狱中所作，此作可以说是他献给人间的文学珍品。如"毅魄归来日，灵旗空际看"（《别云间》）便是其中传诵千古的名句。其中的《细林夜哭》，是哀悼他的老师和战友陈子龙的，诗中叙述了他们互相敬爱的战斗友谊以及共赴国难的壮烈情景，"公乎！公乎！为我筑室傍夜台，霜寒月苦行当来"，声泪俱下，感人至深。

但他毕竟又是一个感情丰富细腻的少年诗人，在他即将离开人世之时，乡园和亲情再一次扯动了他的心弦。他思念年迈的老母、温柔的娇妻、温馨的故园。一纸《遗夫人书》，字字泪滴，句句柔肠。当执笔写到生离死别时，诗人不觉悲痛欲绝："言及此，肝肠寸寸断。执笔心酸，对纸泪滴；欲书则一字俱无，欲言则万般难吐……"

对于死，夏完淳则是慷慨从容，他把牺牲看得如同出游一般。他在《狱中上母书》中说："人生孰无死？贵得死所耳。"其意态之从容、心情之坦然，令人感叹。

1647 年九月，在悲旋的秋风中，夏完淳，这位大明忠诚的臣民被绑赴南京西市刑场，他昂首挺立，含笑着迈向了崇高永恒的死亡。那一年，他才十七岁。

十七个春秋很短暂，却造就了一个不朽的诗人，他给我们留下了《玉樊堂集》、《内史集》、《南冠草》、《续幸存录》等，而人间风云竟轻轻把一个十七岁的壮心扼杀了。

他是一个诗人，但更是一个战士。为此历史记住了他——夏完淳。

68. 殉国忠烈，英雄张煌言
xùn guó zhōng liè, yīng xióng zhāng huáng yán

1645 年，清军大举南下，明朝政权迅速瓦解。在江南，一大批具有民族气节的仁人志士，为了挽救民族的危亡，纷纷揭竿兴师抗清。张煌言就是一位在抗清斗争中以身殉国的爱国诗人。

张煌言（1620—1664年），字玄箸，号苍水，浙江鄞县（今宁波）人。少年时代曾随做官的父亲在山西、北京等地生活。当时，明朝的国势已经衰败不堪，崛起于东北的满清军队侵入长城，横行于直隶（河北）、山西之间。这就使年幼的张煌言亲身体会到在敌人铁骑蹂躏下的惨痛，认识到亡国的可怕，心中萌发了强烈的爱国思想。

张煌言的父亲是一位刚直的正派人物，因看不惯明朝廷的昏庸腐败，毅然地辞去了官职，回到家乡课子读书。张煌言在父亲严格的督教下，熟读了经史子集，同时，他自己还坚持练习武艺，希望将来能够为国杀敌。十六岁那年，张煌言以优异的成绩考中了秀才。当时由于国家军事紧张，因而在秀才考试中除文章外还加试骑射。青年士子在这方面都未经学习，只有张煌言手挽强弓，射箭三发三中，与试者无不惊服。

1642年，张煌言考中了举人，但还没有来得及去北京参加进士会试，1644年李自成领导的农民军就推翻了明政权，随后，清兵在汉奸吴三桂的勾结下很快占领了都城北京。作为一个爱国的知识分子，张煌言的心情非常痛苦。于是，他在家乡结交了一批"椎埋拳勇之徒"，"扛鼎击剑"，练兵习武，"日夜不息"，以期保家卫国。清兵大举南下，攻陷了扬州、南京，直逼浙江境地。浙江各地人民自发地组织起来，奋起抵抗。在宁波，明廷旧吏钱肃乐招兵买马，组建义军，并邀请张煌言共商抗清大业。张煌言欣然前往，和各路义军奉拥鲁王朱以海为监国，呕心沥血地草创了鲁王政权。鲁王赐张煌言一个"进士"名号，担任兵科给事中官职，成为了一名年轻的将领，这时张煌言二十六岁。

1646年，清兵攻破浙江防线，鲁王率众出逃。张煌言回家拜别父亲和妻儿，随鲁王航海流亡舟山。此后，张煌言就辗转过着军旅生活，直到被俘殉国，再也没能与家人相见。张煌言在舟山投靠到大将张名振的帐下，集结部卒和各路义军，在会稽山的平冈结立山寨，建立了根据地，并用游击战不断地对清军发动反击，威名远震。1651年，舟山群岛沦陷，张煌言和鲁王又逃往福建厦门郑成功处栖身。寓居厦门的一段时间，张煌言与郑成功建立了很好的私交关系，得到了郑成功的帮助。两年以后，张煌言与张名振率领部队又打回了浙江，开辟了台州抗清根据地，受到了家乡人民的热烈欢迎。张煌言心潮澎湃，当即写下了这样的诗句："南浮北泛几经春，死别生还总此身。湖海尚容奔鼑客，山川应识报韩人。国从去后占兴废，家近归时问假真。一寸丹心三尺剑，更无余物答君亲。"立志为国为民而战斗到底。

在此以后的几年中，张煌言率领部队出入于长江下游一带，打着反清复明的旗号，组成敢死队，与清朝军队展开了英勇的战斗。他从清军手中夺回了舟山群岛，又先后策划了几次对长江的袭击，和郑成功的部队联合作战光复了江苏、安徽的"四府、三州、二十四县"近三十座城池，取得了辉煌的战绩。1659年，正当张煌言雄心勃勃地准备攻占南京时，不料郑成功部队因轻敌被清军大败，损失惨重，被迫撤回了厦门。张煌言孤军作战，陷入了清兵的重重包围之中。张煌言奋力突围，到铜陵后所率水师皆在夜中走散。张煌言潜逃入安徽桐城附近的大别山之中。

大别山潜逃，这可以说是张煌言一生中最为难忘的一幕。抗清的失败，使张煌言心中痛苦万分，但他并没有从此消沉下去。他抱着光复故国的坚定信念，在崎岖的深山野林中长途跋涉两千多里，遍历了种种磨难，吃尽了千辛万苦。张煌言进入深山后就迷路了，穿的鞋子是一双途中拾到的布鞋，尺寸窄小极不称脚，又被溪水浸透，奔跑了一夜之后，十个足趾都磨出血来，脚后跟也开裂了。一路上为了避开清军的盘查，东躲西藏，被无知山民把钱财抢劫一空，常常是风餐露宿，忍饥挨饿。半途张煌言患了疟疾，带病赶路，人瘦得不成样子。对这一段艰难的逃亡历程，张煌言写有《北征得失纪略》（又名《北征录》）一文，作过详细的记述。1659年年底，张煌言在抗清义士的保护和帮助下，终于回到了浙江宁海。在那里，张煌言重招旧部，又迅速建立起了抗清武装。

张煌言百折不挠的战斗精神，使满清政府大伤脑筋。满清对他使尽了一切办法，以官爵劝诱既不肯投降，以重兵围困也不能擒获，因而恼羞成怒，下令抄了张煌言的家，把他的妻子董氏和儿子万祺逮捕，羁押在镇江的监狱中。可是，这非但没有丝毫动摇张煌言的抗清意志，相反地，却使张煌言胸中复仇的烈火燃烧得愈加炽烈了。他写下了这样的诗句，"入海仍精卫，还山尚蒯缑"，自喻为复仇的精卫鸟、蒯缑剑；"犹幸此身仍健在，□随斗柄独回天"，决意与敌人作最后的抗争。

1660 年，张煌言在宁海的小岛村临门集结部队，和郑成功取得联系，准备联合对清军再次发动进攻。可就在这时，荷兰人占领了台湾，郑成功忙于收复台湾，无暇对付清军。清军趁机攻占了云南，逃到缅甸的南明桂王被吴三桂俘获。不久，郑成功在台湾去世，鲁王也死去，张煌言的计划失败了。1662 年，张煌言孤军困守在临门小岛，他已预感到自己无力回天了，于是就将一生在战斗中所作的诗文残稿进行整理。他一边整理一边回忆悲壮的往事，心中万分凄凉。他把诗和词辑为三卷，取名《奇零草》。在自序中他感怆地写道："余于丙戌始浮海，经今十有七年矣！其间忧国思家，悲穷悯乱，无时无事不足以响动心脾。或提絮北伐，慷慨长歌；或避虏南征，寂寥低唱。即当风雨飘摇，波涛震荡，愈能令孤臣恋主，游子怀亲。岂曰亡国之音，庶几哀世之意……年来叹天步之未夷，虑河清之难俟，思借声诗以代年谱。"把奏疏、书信、檄文等另外辑成一卷，名《冰槎集》，他在《冰槎集引》中说："而兹集所存，又皆晚节所依。"这些缀合在一起的诗文，淋漓地表现了张煌言忠贞不渝的爱国情操，可以称得上是一部抗清斗争的血泪史，清代学者全祖望就曾说过："尚书（张煌言）之集，翁洲（舟山）、鹭门（厦门）之史事所征也。"

完成了这一工作之后，张煌言就遣散部属，寓居在浙江南田县的一个荒瘠的小岛上。张煌言所住的茅屋中，一壁堆积着他最喜爱的书籍和他自己的诗文稿，一壁靠墙处停放着一口棺木，床头上悬挂着一口锋利的宝剑，他已决意以死殉国。1664 年 7 月的一个夜晚，张煌言正在熟睡，突然一大群清兵在他的一个叛变的旧部的带领下闯进屋中，张煌言欲拔剑自刎，未遂，被清兵逮捕。

两天后，张煌言被满清官兵押解到宁波——他离别将近二十年的故乡。宁波人民得知消息，希望最后一次瞻仰这位民族英雄。黄昏的时候，在清兵的押解下，张煌言昂首挺胸地走进城来。他戴着明代文人常戴的方巾，穿着葛布衣服，头发束在顶上，神态安详，泰然自若。这种装束宁波人民已有近二十年没有看到了，他们的头发早已被满清政府强行要求剃去而留成了长辫子。今天忽然在这样的场合，见到这样一位身着自己的民族装束的英雄，无不伤心落泪。在宁波狱中，张煌言写下了《被执归故里》一诗，对河山变色、人事全非的故国故家寄以凄婉的哀思。十几天后，张煌言被从水路押送往杭州。船过钱塘江时，忽然有一僧人向船舱中投进一块包着纸的瓦片，张煌言拾起，见纸上写着几首诗，其中有两句"此行莫作黄冠想，静听文山正气歌"，告诫张煌言不要投降。张煌言于是写下了《将入武陵》诗二首以明节操，"生比鸿毛犹负国，死留碧血欲支天；忠贞自是孤臣事，敢望千秋青史传！"这高亢的歌声，表现了张煌言宁死不屈的民族气节。

到了杭州之后，满清统治者派降官降将三番五次地到狱中劝降，张煌言严词拒绝，为表明自己的态度，他在狱壁上题《放歌》一首："予生则中华兮死则大明，寸丹为重兮七尺为轻……予之浩气兮化为风霆，余之精魂兮化为日星，尚足留纲常于万载兮，垂节义于千龄！"于是终日面南高坐，有说客来访但拱手而不起。

1664年九月初七，张煌言清早起来，伏在案头上缮写他昨晚用岳飞〔满江红〕韵填的两首词，这时狱卒走来叫他上轿，他知道以身殉国的时候到了，于是放下手中的笔，站起身来，束好头发，戴正方巾，从容地上轿来到刑场。面对刽子手明晃晃的大刀，张煌言高傲地遥望凤凰山一带山色，连呼："大好河山，竟使沾染腥膻！"口占绝命辞一首："我年适五九，复逢九月七，大厦已不支，成仁万事毕。"然后端坐地上就义，时年四十五岁。他临死前写的诗被后人收集起来刊印，题名《采薇吟》。他死后，尸骨被弃荒郊，无人敢为收殓。故交黄宗羲、纪五昌、万斯大等出资收拾弃骨，葬在杭州西湖湖滨岳飞和于谦二墓之间的南屏山荔子峰下。当时张煌言的坟墓仅黄土一口，连碑碣也没有竖立。但在他的墓前时常有"包麦饭而祭者"；"寒食酒浆，春风纸蝶，岁时浇奠不绝；而部曲过其墓者，犹闻野哭云"。一百年以后，清高宗皇帝追赠张煌言谥号"忠烈"。

张煌言以身殉国的民族气节，在中国历史上写下了悲壮的一页，而他的慷慨激昂的爱国诗篇，也奏响了中国文学的最强音。

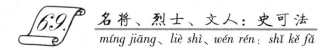

69. 名将、烈士、文人：史可法
míng jiāng、liè shì、wén rén：shǐ kě fǎ

扬州的梅花岭下，有一座著名的"衣冠冢"。这是明末抗清民族英雄史可法的墓陵，里面埋的是他就义前穿戴的衣冠。史可法的尸骨，被清兵肢解，已经无法寻到，而他慷慨英勇的抗清壮举和宁死不屈的高风亮节，在中华民族历史上留下了光辉的一页。

史可法（1601—1645年），字宪之，号道邻，出生在河南祥符县（今开封）一户中产家庭。祖父史应元举人出身，曾做过知州，是当地闻名的清官。少年时代的史可法受祖父影响很深，他读书刻苦、博通经史，写得一手好文章，又喜好练拳习武，体魄健壮，有一身好武艺。

十九岁时，史可法到顺天府（北京）参加考试，在一所古庙中居住借读。一日读书疲倦，伏案而睡。这时，恰巧当时顺天府学政、东林党的重要领袖左光斗路过，信手拿起他写的文章观看，极为赏识。待府试开考，左光斗为主考官，史可法呈上考卷，他当场批为第一名。从此，史可法便成为了左光斗的得意门生。史可法住进左府，继续攻读，得到了左光斗在生活和学业上无微不至的关怀。师生关系融洽，情如父子。一次史可法偷偷地穿起左光斗的冠带袍笏，不巧被左光斗撞见，史可法很不好意思，左光斗却真诚地鼓励道："你是做国家栋梁的材料，穿这套衣服只怕辱没了你。"左光斗当时是比较正直清廉的官，相处之间，经常谈论国家兴亡之事，忧国忧民，对史可法的成长和爱国思想的形成影响很大。后左光斗罹阉党之祸，被陷下狱，惨遭酷刑，生命垂危。亲朋好友都惧怕魏忠贤权势，无一敢前去探监。史可法冒着杀头的危险，化装成左家的家仆进入狱中看望恩师。左光斗在狱中不畏强暴、不怕死亡的斗争精神，深深激励着史可法，他说："吾师的肺肝是铁石铸成的。"史可法在以后的人生道路上，时时处处都以老师为榜样，同样铸造了一副为国为民敢于赴汤蹈火的铁石胸膛。

明崇祯元年（1628 年），史可法考中进士，从此步入宦途。他先任西安府推官之职，由于他为官清正，办事干练，赈荒恤民，因而"能声大著"，于崇祯五年，被提拔为户部主事，经管太仓国库和东北军费。这本是一个肥差，但史可法却一尘不染，生活上一直保持着"终岁一衣，蔬食自足"的俭朴作风。当时朱明朝廷已经腐败不堪，农民起义的烽火四起。史可法主张改革政治，减轻赋役，反对贪官污吏，实行清廉政治。很快又被提升为右佥都御使，率领部队和李自成的农民起义军作战，积累了大量的军事经验。

崇祯十一年（1638 年）冬，清军入关，大举攻明。叛将吴三桂勾结清兵击败了李自成起义军，占领了北京。此时，明朝在南京的中央官吏们成立了南明政权，史可法被任命为兵部尚书，参与军机，成为了支撑岌岌可危的明王朝的一根栋梁支柱。然而，南明小朝廷昏庸无能，朝中大权为马士英、阮大铖一伙奸臣把握，耿直的史可法被排挤出南京内阁。1644 年，史可法奉命前往淮、扬前线督师抵抗清兵的进攻。

这时明朝的军队，在清兵强大的攻势下，屡战屡败，已经是一群士气低沉的残兵败将，并且江北前线的主要抵抗兵力"江北四镇"之间矛盾重重，为了争夺地盘而自相残杀。史可法面对这副烂摊子，没有退却，而是以严谨的作风和坚强的毅力苦心经营，力图挽回败势。

史可法治军，纪律严明，廉信果敢，因此很有威望。据史载，史可法身材短小精悍，面目黧黑，但双目烁烁有光，英气逼人，军中无人敢不听令。到了江北之后，史可法首先威慑住了靖南侯黄得功、东平伯刘泽清和广昌伯刘良佐三镇兵马，使他们听从调遣。最后找到兴平伯高杰。这个高杰原是李自成手下的一员大将，性情暴烈，专横跋扈，因与李自成妻邢氏私通事发，畏罪投降明朝。这时他率领部队不是抵抗清兵，而是去争占扬州城。史可法冒险来到高杰营中，据理力争，谈了形势的严重性，并要他顾全大局，指出如违抗命令会造成严重错误。高杰暴跳如雷，竟将史可法

软禁达月余之久。史可法毫不退让，利用机会接触高营兵将，晓之以理，高营上下齐声赞扬史可法是忠臣良将。高杰慑于史可法的威望，终于接受了规劝，合力抗清。

1645 年，清兵大举南下，直逼江北重镇、南京的门户——扬州城。史可法冒雨来到扬州，组织兵力死守。但由于各路部将再次内讧，致使城内兵力空虚。史可法以"血书寸纸"急报南京请求援兵，朝廷不应，很快，清军就包围了扬州城。清军统帅多铎派人持书劝降，史可法大怒，下令将招降者扔进护城河中。这时史可法已知扬州城早晚必破，他已决意以死报国，便于城楼之上写了上奏朝廷的奏表，又写了五封遗书，一上母亲，一留夫人，一致亲属，一给义子德威，一交清军统帅多铎。多铎又五次派人持书招降，史可法一概不予拆封，全部投入火中。

公元 1645 年 4 月 25 日，是历史名城扬州永远值得纪念的一天。这一天天一亮，清军便在荷兰造红衣大炮的掩护下，向扬州城发起猛攻。扬州城墙一处处倒塌，守城将士一片片倒下。史可法冒着炮火，率领军民死守城头，寸步不让，与清军展开了一场肉搏厮杀。但毕竟势单力薄，扬州城顷刻之间就被攻破。史可法见大势已去，不愿落入敌人手中，拔刀自刎，未遂。部将拥他下城突围时，与清兵相遇。这时史可法挺身而出，凛然高呼："我督师史阁部也！"被清兵逮捕。

清军统帅多铎欲劝服史可法归降，史可法严词拒绝，答道："我是大明臣子，岂肯苟且偷生！"并要求多铎杀掉自己，不要再杀戮扬州的百万生灵。多铎凶相毕露，举起佩刀向史可法砍来。史可法迎着刀锋，面不改色，岿然不动。多铎被惊得倒退数步，慨叹道："好男子！"最后，史可法被清军"尸裂而死"，英勇就义，时年四十四岁。过后，他的养子史德威来寻找史可法的遗体，由于清军屠城十日"尸积如山"，加上天气炎热，"众尸蒸变难识"。次年清明节，史德威便将史可法生前所用过的"衣冠袍笏"，葬于扬州城外的梅花岭，并立碑封土，这就是有名的史可法衣冠冢。

史可法鞠躬尽瘁的爱国精神和宁死不屈的民族气节，鼓舞了江南人民的抗清斗争。他死后，苏皖一带仍有人假借史可法的名义号召人民继续抗清。清朝统治者见史可法在人民中间影响巨大，为了缓和矛盾，便在扬州他的衣冠冢前建祠立碑，追谥为"忠正公"。

史可法是南明大吏中抗清而死的第一人，他的孤忠亮节，史志多有记载。他的后人为了追忆他，把他一生所著文章辑为《史忠正公集》传世。史可法本是以科第起家，一生为官，公务繁忙，没有过多的时间读书作文，所写文章大都是奏章、笔札、书牍等和公务有关的文字。明代末年，政治腐败，公文奏章亦趋雕缋繁芜，空洞无物，"读者洸洋莫知首尾"。而史可法的这些文章却见识深刻，文笔简古，醇畅淹精，曲合机宜，削切中情，在当时实属难得。史可法生平孝友，在长期的官宦生涯中，经常抽空给父母、妻子、兄弟等家人写信，和朋友也经常保持书信往来，这些家书和信牍，在他的文集中也有收录。另外，他在以身殉国之前，还写了五封遗书，文集中也一并收录。这些书信皆情真意切，催人泪下，充分表达了史可法忠贞报国之志。读史可法文，一种慷慨丹诚、忠正清刚之气布满行墨间，令人想见其为人。

明代笑话：诙谐幽默的结晶

míng dài xiào huà：huī xié yōu mò de jié jīng

我国被形诸文字的笑话，在文学史上可以溯源到很早的春秋战国时诸子百家的著述中。《孟子》、《韩非子》等作品中随处可见，如"拔苗助长"、"守株待兔"、"齐人妻妾"这样可发一噱而让人深思的笑话，只是这些带有寓言性质的笑话被作者作为表达思想、政见的论据而组织进那些赫赫经籍中，其作为笑话的性质与地位无法独立出来。汉魏以后，断续出现了一些笑话集，《隋书·经籍志》载魏国邯郸淳曾撰《笑林》三卷，今已散佚，隋代侯白著《启颜录》，唐李商隐著《杂纂》，朱揆著《谐噱录》，宋代苏轼著《杂纂二续》，周文□著《开颜录》，朱晖著《绝倒录》，刑居实著《拊掌录》，无名氏著《籍川笑林》等。这些笑话大都不是真正意义上的笑话，而是由文人创作的类似于《朝野佥载》一类的杂记，着眼

于真人真事，内容大都是当时的文坛掌故或子史杂著中的趣闻。如《谐噱录》中记载："韩玄与顾恺之同在仲堪坐，共作危诗。一参军云：'盲人骑瞎马，夜半临深池。'仲堪眇一目，惊曰：'此太逼人。'因罢。"这样的作品实则是文人士大夫仕宦读书之余的遣兴之作，名人轶事，其趣在雅，无论是讽刺性还是幽默性，都不能于后来的笑话相比，它只能在文人之间流传以增谈资，而不能深入民间，得到人民百姓的认同。

真正的笑话是俗文学，而不是雅文学，通俗性是它的生命所在。它的创作者是普通百姓而不是士大夫，它的接受者也多是普通百姓。即使经过文人的整理加工也不能改变它作为民间文学的根本特性。它形式短小精悍，语言浅白俚俗，毫无顾忌，内容是加工提炼过的社会万象，人物却不是真人名人，而虚写为"某人"、"甲乙"等。笑话的这些特点，使它能非常灵活及时地反映社会现实，其广度深度都不再仅仅局限于文人雅事，各色人等的各种丑恶荒谬的言行都成为讥嘲揭露的对象，痛快淋漓地表达了人民的爱憎喜怒之情。这样的笑话无疑在宋元以前就已经在民间大量地存在，遗憾的是缺少有心的文人收集整理，所以我们今天已经很少能看到了。

笑话在明代得到了纯粹而长足的发展，并且有了比较令人满意的收集与保存。明代商业繁荣，资本主义经济有所萌芽，城市的繁荣刺激着市民文学的发展。文学格局中虽然诗文创作仍牢牢占据着中心地位，但市民文学由于历史与现实的因素，地位逐渐抬头，唐代的传奇、变文，宋代的话本，元代的杂剧、散曲，以及明代的拟话本与传奇，都取得了巨大的实绩。文人们喜爱民间文学，看到了市民文学的价值与意义，不仅致力于收集整理市民文学，而且尝试创作市民文学，作为市民文学的笑话正是在这样的背景下得以发展和存留的。今天可见的明代笑话集约有四十种之多，有璠埙的《楮记室》、托名李贽的《山中一夕话》、陆灼的《艾子后语》、刘元卿的《应谐录》、浮白斋主人的《雅谑》、张夷令的《迂仙别记》、江盈科的《雪涛谐史》、起北赤心子的《新话摭粹》、醉月子的《精选雅笑》等，尤其是赵南星的《笑赞》、冯梦龙的《笑府》可为代表。赵南星官至吏部尚书，而"杂取村谣俚谚，耍弄打诨，以泄其肮脏不平之气。"（尤侗语）冯梦龙一生不第，著有"三言"、《墨憨斋传奇》十种，是明代俗文学的重要编集者，其《笑府》可说是明笑话的集大成者。

明代笑话是讽刺与谐谑的结晶。它以概括集中的艺术形式抓住典型事物，生动地勾画出无数贪婪、吝啬、虚伪、愚昧、懒惰、淫荡、狡诈、迂腐的人生脸孔，讥刺一针见血，幽默出人意表。"用玩笑来对付敌人，自然也是一种好战法，但触着之处，须是对手的致命伤"（鲁迅语），明代的一些笑话正是触着了社会丑恶现象的致命之处，寓犀利于诙谐，充分表达了人民百姓的真正爱憎。

官吏的贪赃枉法、不学无术，官府的黑暗腐败，在明以前的文人雅笑中是看不见的，这里却得到了大量反映。如《笑赞》中的《王知训》说：王知训帅宣州，入觐赐宴，伶人戏作一神，或问："何人？"答言："吾是宣州土地。"问："何故到此？"答言："王刺史入觐，和地皮卷来。"再如：官值暑月，欲觅避暑之地。同僚纷议，或曰"某山幽雅"，或曰"某寺清闲"，一老人进曰："总不如此公厅上最凉也。"官问何故，答曰："此地有天没日头。"可谓入木三分。

地主富人聚敛不义之财，其贪吝无知，种种可笑之处，尤为人们所乐道。《笑府》中有一则说麒麟死了，孔子很悲伤，弟子们把铜钱挂满牛身安慰说麒麟复活了，孔子看了说："非也。分明一只牛，只多这几个钱耳。"还有一则，说一富翁把"江心赋"读做"江心贼"，人家告诉他是赋字，他说："赋（富）便赋了，终是有些贼形。"直指富人本性。富人无知，常为人所笑。有一则笑话说有人持帖子向富翁借牛，富翁打开看了看，说："知道了，少停我自来也。"连富人之子也常常以愚蠢无知的形象出现在笑话中。吝啬小气也是许多富人的本性，一则笑话说一个富翁从不请客，他的仆人对别人说"要我家主人请酒，等到那一世吧"。这富翁气急败坏："谁叫你许他日子的？"更有甚者，《笑府》中有一则写道：有人到一家做客，见仆人赤身裸体捧茶待客，只在前面挂块瓦片遮羞，问主人，答道："家下只管饭食，不管衣服。"吝啬残忍如此，已让人笑不出声了。

科举制度到了明代日益僵化腐朽，孳生许多可悲又可笑的故事，秀才监生也成了笑话嘲讽的对象。明代国子监学生许多是花钱买得的，因不学无术而出丑也就不为奇怪了：

> 监生过国学门，闻祭酒方盛怒两生而治之。问门者曰："然则罚与？打与？礅锁与？"答以出题考文。即哂然曰："咦！罪不至此。"

> ——《笑府》卷一

写文章本是读书人的起码要求，在这里却成了最重的刑罚，监生固然可笑，科举制的弊病也令人深思。也有笑话将秀才作义比做产妇生子，说是"你还有在肚里，我肚里却是空空"，也是妙喻。即使能写一些"代圣人立言"的秀才，也不过是些"屁颂秀才"（《笑赞》）、"放屁的畜生"（《笑府·吃粮》）。考中科举的从此鲤登龙门，那些落第的往往只有两条出路，一是做教师，往往误人子弟；一是做医生，往往草菅人命。这两种职业与人民生活息息相关，却又由这些不中用的人担当，所以明笑话中嘲骂塾师医生的作品相当多。如：学生问先生"屎"字怎么写，先生记不起，答道："分明在口边，一时说不出来。"嘲医生的，如：一医医死人儿，赔以己儿；医死人仆，以自家唯一仆人赔还。一夜有人来请，说是娘娘难产，医生对妻子说："又看中你了。"这类作品不胜枚举。

明代笑话投枪匕首似的发挥了它的讽刺功能。和尚诱人妻女，道士装神弄鬼，妓女虚情假意，伪善者的凶狠，同性恋的肮脏，风水相士的坑财骗物，道学先生的虚伪酸腐，其他盗贼无赖、贫士乞丐、农商百工，各种各样的人物中的丑恶者，无一能逃过笑话的谴责。明代笑话所塑造的讽刺形象，超过其他任何文学形式。

笑是人生不可或缺的有机组成部分，是情感的有益宣泄，懂得幽默的民族才是健康的民族。"仁义素张，何妨一弛，郁陶不开，非以涤性。"（《谐史引》）"君子何必硁硁然妆道学腔哉？妙在适兴而已。"（冯梦龙语）

明代人充分认识到笑话陶冶宣泄的愉悦功能，创作笑话犹如相声中的"抖包袱"，以出人意料的睿智幽默的对话，将"包袱"抖得恰到好处，使笑话成为人们喜闻乐见的艺术形式。不仅揭露现实的笑话使人解疑，而且创作了许多纯粹娱人的笑话，如关于人体形状的，日用器皿的，性情缓急憨直的，都是这一类：

> 一人性缓，冬日共人围炉。见人裳尾为火所烧，乃曰："有一事见之已久，欲言，恐君性急；不然，又恐伤君。然则言是耶？不言是耶？"人问何事，曰："火烧君裳。"其人遽收衣而怒曰："何不早言？"曰："我道君性急，果然。"

真是令人捧腹。

值得一说的是，明笑话中相当部分的作品语涉猥亵，几近黄色。这一方面因为作者庸俗，一方面正是明代淫逸世风的反映，另外也与笑话的创作思想有关。"古今世界一大笑府，我与你皆在其中供话柄。不话不成人，不笑不成话，不笑不话不成世界。"（《笑府序》）正是这种带有哲理意味的旷达思想，使得上至王侯贤圣、经史子书，下至芸芸众生、村谚巷语，万事万物无不成为笑话广阔的题材范围，也是明笑话不同于前代作品而取得成功的原因。少数低级趣味作品的存在，相比之下，不过美玉微瑕而已。

明代笑话的成就，影响了后来的文学创作，沈□的《博笑记》、清代的讽刺小说中，都可以看到它的影子。这一份文学遗产，今天读来，不仅可供一笑，对于我们认识生活中的某些丑陋的人和事，仍然有着它独特的意义。